光文社文庫

文庫オリジナル

すずらん通り ベルサイユ書房

七尾与史

KOBUNSHA

目次

【登場人物】

日比谷研介《ひびやけんすけ》……ミステリ作家を目指す二十五歳。アルバイトをしていた神保町の古書店が閉店し、すずらん通りの新刊書店「ベルサイユ書房」で働き始める。

剣崎瑠璃子《けんざきるりこ》……ベルサイユ書房のオーナー店長。男装の麗人。業界最大手のお菓子メーカーのお嬢様にして、フェンシングの元国体選手。

美月美玲《みつきみれい》……ベルサイユ書房の副店長。たった一枚のポップで本をベストセラーにするカリスマポップ職人。隠れ巨乳。

栗山可南子《くりやまかなこ》……ベルサイユ書房のアルバイト店員。二十歳の大学生。

津田寛三《つだかんぞう》……警視庁捜査一課刑事。古今東西のミステリに精通していれば解けない事件はないと考える〝ミステリ至上主義者〟。

竹中民太郎《たけなかみんたろう》……元刑事。かつてグリコ・森永事件の捜査を担当した。定年退職後も真相を追い求め、文献を漁っている。

丸塚丸子《まるづかまるこ》……作家。殺人鬼ノブエの半生を描いた小説『連続殺人鬼ノブエの倒錯』の著者。美月美玲の書いたポップでベストセラーとなる。

土居宇宙船《どいうちゅうせん》……作家。角松社オカルト小説大賞を受賞したホラー小説『東京人肉天婦羅《てんぷら》』の著者。

天知《あまち》みすず……認知症が始まった老婆。いつもベルサイユ書房の第二次世界大戦を扱った本のコーナーにいる。

天知純香《すみか》……天知みすずを介護する孫。

有吉達也《ありよしたつや》……作家。第二次世界大戦中の特攻隊員とその恋人の手紙で構成された書籍『桜の往復書簡』の著者。本名・田部竜也《たべたつや》。

足立秀敏《あだちひでとし》……すずらん通りそばのカレー屋「ビブリオカレー」店主。伯父の足立源太郎《げんたろう》が営業していた「すずらんカレー」を引き継いで開店。

すずらん通り　ベルサイユ書房

第一章

十一月も一週間を過ぎた。先月まで気配が残っていた、猛暑だった夏の余熱もほとんど感じられなくなっている。朝夕は冷え込むようになったが日中は過ごしやすい。

秋といえば読書、スポーツ、旅行、食欲などなど。日比谷研介《ひびやけんすけ》にとっては読書である。しかし彼にとって本は読むものではない。書くものだと思ってる。いや、正確にはそうありたいと願っている。

彼は子供のころからのミステリ作家志望だった。きっかけは小学生のときに父親から買ってもらったシャーロック・ホームズの本を読んで自分もこんな小説を書いてみたいと思ったのだ。

明治大学文学部に在学中から作品を書いては、大手出版社が主催するいわゆる文学新人賞に応募を重ねていた。江戸川乱歩賞、横溝正史ミステリ大賞、日本ミステリー文学大賞などなど。あらゆるミステリの賞に出しているのだが一次選考通過もままならない。しかしこの夢を諦めるつもりはない。厳しい世界であるのは最初から分かっている。何年かかろうと作家になるのだ。

最終的な夢は……そう、原作の映画化だ。クレジットタイトルに自分の名前が刻まれたらどんなに幸せだろう。そんなことを考えると思わず顔がにやけてしまう。

そんな彼は大学を卒業しても、執筆に専念するため就職をしなかった。浜松の両親には「就職活動がうまくいかなかった」と言ってある。実際は就活をせずに江戸川乱歩賞に出す作品の執筆に没頭していた。結果はいつものように一次落選だった。両親には申し訳ないと思うが、売れっ子作家になればそこらの正社員なんかより何十倍も稼ぐことができるのだ。そうなれば豪邸や高級車や豪華客船の旅行をプレゼントしたりと手厚い親孝行をしてやることもできる。とりあえず出世払いだ。今は自分の明るい未来を確信して毎日を過ごしている。

就職はしなかったが大学卒業と同時に親からの仕送りが終わったので生活費を稼がなければならない。寝床は大学時代からずっと住んでいる明大前駅近くのアパートだ。文学部の一・二年生は駅近くの和泉キャンパスだが三年生から駿河台キャンパスに移る。高台にある大学から坂を下って五分も歩けば古書店街・神保町が広がっている。

明治頃からこの界隈では官立、私立など多くの大学が設立された。必然的に多くの書店が集まり今では百五十を数える店舗が建ち並ぶという。その規模は世界最大ともいわれており、太平洋戦争中にアメリカ軍が「神保町古書店街の焼失は文化的に大きな損失である」として、このエリアのみ空襲を避けたという逸話もあるそうだが真偽のほどは定かではない。

近隣には小学館や集英社など著名な出版社も多い。それゆえ出入りしていた文豪たち御用達の老舗も並んでいる。書籍だけでなく楽器、画材、登山、スポーツ用品など学生たちを対象とした店舗も密集しており独特の商業文化を形成している。

大学生だった研介はほぼ毎日、ここに通っていた。古書店で古いミステリ小説を買い込んでは老舗の喫茶店「さぼうる」や「ラドリオ」で読み耽《ふけ》るのが日課だった。大学時代は一日の大半をこの街で過ごした。古今東西の本が集まってくるこの街の空気や匂いが好きだった。作家の生原稿やサインを眺めては自分の将来の姿を重ね合わせてみる。渾身《こんしん》の作品が落選してもそれだけでモチベーションを保つことができた。

そんな神保町の古書店に研介はバイトとして入った。時給九百円足らず。東京の相場としては高くないが本に囲まれる、少しでも創作に関わりのある仕事を選んだ。「珍本堂《ちんぽんどう》」という屋号の店は大通りから離れた人通りの少ない路地にひっそりと佇んでおり、小説が主体だがこれといった特徴のないラインナップのため来客は乏《とぼ》しい。店名のわりに稀覯本《きこうぼん》という類《たぐい》の商品はほとんどなかった。店主は七十をとうに過ぎた老人でほとんど店に顔を出さない。なので仕入れも販売も研介一人に任されていた。店主の目もないし、客も少ないので店番をしながら持ち込んだノートパソコンで執筆ができる。彼にとって実に都合の良いバイトだった。

レジカウンターの上には新聞が広げられたまま置かれていた。見出しの「書店」の文字に目が留まった。

『書店全焼、不審火か　中野区』

とある。

書店は紙の塊のようなものだ。一度火がついたらとんでもないことになるだろうなあと思いながらその様子を想像してみるも、いたたまれなくなって頭の中から振り払った。自分の作品がそんな目に遭《あ》ったらそれこそ身を焼かれるような思いをするだろう。ただでさえ閉店の相次ぐ書店業界なのに、これでまた貴重な店舗を失ってしまった。研介は放火犯に強い憤《いきどお》りを覚えた。

記事を一読して新聞を置くといつの間にか白髪《しらが》の男性が立ち読みをしている。顔に刻まれた深い皺《しわ》から年齢は六十後半から七十といったところか。年配のわりに長身でがっしりした体格だ。目つきは鋭い。

アマチュアとはいえ物書きの性分だろうか。研介は無意識のうちに客を観察していた。どんな人間がなにを考えてどんな行動を取るのか。小説のネタやヒントになるかもしれない。

男性は二ヶ月ほど前から週に三回ほどのペースでこの店に訪れてくる。本好きなようで他の店で買ったと思われる古書を抱えている。たまにはこの店でも買うことがある。ドキュメンタリーやルポルタージュが多い。

今、読んでいる本も『グリコ・森永事件の謎と真相』という本だ。先日もやはりグリコ・森永事件の関連の本を読んでいた。いや、その前もだ。男性が立つ棚にはグリコ・森永事件関連の本が充実している。おそらく関連書を大量に売り込んだ客がいたのだろう。グリコ・森永事件に関するラインナップは神保町随一ではないかと思う。もっともそこに気づいている客はその男性だけだろうけど。しかし彼は立ち読みを続けるだけで決して関連書を購入しようとしない。男性がここで購入した本はまるで関係のないものばかりだ。しかし彼は来店するたび熱心に事件の関連書を読み込んでいる。その表情は異常なほどに険しい。ただでさえ鋭利な目つきをさらに尖《とが》らせて、頬には歯を食いしばるような皺が浮き上がる。今もそんな顔で読書中だ。

どうしてこの客はこの事件の関連書にこだわるのか。研介はその理由を確かめたくなった。

研介ははたきで書棚の埃《ほこり》を落としながら客に近づいた。

「いつもお買い上げありがとうございます」

声をかけると男性は我に返った様子で、

「ああ、すまん。すっかり夢中になっちまった」

と謝った。「立ち読みは悪いよな」

「いいえ。お客さんにはいつも買っていただいてますから。それに僕はただのバイトなので気にしないでいいですよ。店長はうるさいですけどね」

研介は苦笑いを広げた。店長は立ち読み客には辛辣《しんらつ》だ。露骨にはたきを振り回して退店を促《うなが》す。

「それは知ってる。初めてこの店に来たときがそうだったからね。だからあのオヤジさんがいないときを見計らっているんだ。君は寛容みたいだからね」

男性は片方の口角《こうかく》をつり上げた。しかし鋭利な目つきはそのままだ。

「グリコ・森永事件の本ですね」

「君は何歳になるんだね」

「二十五ですけど」

「だったら生まれる前だ。ご存じないだろうな」

「ええ。名前くらいしか知りません」

「警察庁広域重要指定一一四号事件。別名、かい人21面相事件」

男性は簡単に事件のあらましを説明してくれた。「かい人21面相」と名乗る犯人が食品会社を標的とした企業恐喝事件。会社の社長を誘拐して身代金を要求したり、商品に毒を仕込んだりして世間を騒がせた。かい人21面相の脅迫文である「食べたら死ぬで」がちょっとした流行語になっていたという。

「いわゆる劇場型犯罪だよ。犯人は何度も目撃されているにもかかわらず結局正体が分からなかった」

男性は悔しそうに顔を歪めている。

「お客さんはどういうわけかその事件の関連書を買おうとしませんよね」

「悪いけど買わないよ。どいつもこいつも俺たちをバカにしたようなことばかり書いてやがる」

彼は吐き捨てるように言ったが、すぐに「しまった」といった顔で舌打ちをした。

「もしかして刑事さんですか。当時、事件を担当した」

彼はしぶしぶといった様子で首肯した。

「当時の私は四十過ぎの脂がのりきった刑事で、早急な事件の解決を確信していた。それが忸怩《じくじ》たる思いを抱えながら定年を迎えて刑事人生を終えることになった。事件から三十年近くたったが真相は闇の中だ。私は生きている間に真犯人を知ることができるんだろうか」

元刑事は遠い目をして言った。

「捕まるといいですね、犯人」

彼が読んでいた本の表紙には犯人と思われる似顔絵が入っていた。キツネのように細い目が特徴的な男だった。

「時効成立しているからな。逮捕はできない。ただ犯人がどこの誰なのか、それだけは知りたいものだ。そうでなければ死んでも死にきれんよ。おっと……長居をしてしまった。そろそろ失礼するよ」

男性はそそくさと店を出て行った。入れ替わりに店長が入ってくる。ハゲ頭の小太りの老人。彼の顔を見るのは三日ぶりだ。

「いやあ、今日もさっぱりだ」

なにがさっぱりなのか敢えて聞かない。大方パチンコに行っていたのだろう。

「お疲れさまです」

研介は書棚をはたきながら店長に言った。彼のいいかげんな経営方針のおかげでバイト中でも執筆ができる。店内の商品は資料にもなるのだ。特に歴史関連の書籍は時代考証の役に立つ。それらは古いわりに存外に値が張るのだ。

「今日の景気はどうだ」

「相変わらず客入りは奮《ふる》いませんでしたけど、藤田《ふじた》嗣治《つぐはる》の画集セットが売れましたよ」

「おお！　そうか」

店長は顔をパッと輝かせた。消費税込みで七万三千五百円の売り上げだ。いくらで仕入れたのか知らないがそれなりの利益になっただろう。

「買い取りの方はどうだ」

「そちらは今ひとつで……一冊だけです」

研介はカウンターの上に置いてあった文庫を店長に見せた。

「『連続殺人鬼ノブエの倒錯』？　なんだ、こりゃ」

「最近売れているみたいですよ。単行本の文庫化らしいですけど書店員たちの間でクチコミで広がってると聞いたことがあります」

タイトルからしてノブエという平凡な名前の女性が殺戮《さつりく》をくり返すスリラーのようだ。聞いたことのない作家だし、裏表紙にあるあらすじを読んだだけなのでなんとも評価できないが。

「こんなふざけたタイトルの小説が文学といえるか？　世も末だな。アニメやゲームばかりやってるからこんなくだらんものしか書けなくなるんだ」

太宰治《だざいおさむ》フリークでかつての文学青年だった店長は作品を読んでもないのに吐き捨てるように言った。

「それでも売れ筋の商品ですからね。五十円で買い取れました」

客は存外な安値に落胆していたようだが他の店を当たるのが面倒だと思ったのだろう。ふてくされた様子で了承した。

「でかした。俺に言わせれば五円の価値もないがな。まあ、いいさ。これもビジネスだ。どんな名作でも売れなければ意味がない。十円のバルザックより百円のラノベだ」

店長はハゲ頭をペチペチと叩きながら本棚の在庫のチェックを始めた。たまにはそうやって売れそうもない本を取り除いて、新しいものに替えていく。

「おい、日比谷くん。どうしてこんなもんが置いてあるんだ」

店長の方を向くと彼は黄色い球体を手にしていた。鮮やかな黄色。見るだけで唾液が口の中にあふれてくる。彼はレジ台の上にトンと置いた。

「レモンじゃないですか。本物ですか」

「本物だよ。本の上に置いてあった」

「商品は汚れませんでしたか」

表紙に果汁がしみついたら大変だ。

「大丈夫だ。ご丁寧にシートが敷いてあった」

店長は丸い厚紙を差し出した。コップの下に敷くコースターのようだ。紙製なので果汁が出ても吸い取ってくれるだろう。

「いつの間に……」

そのコーナーは午前中に一度、本を並べ直している。そのときレモンは置いてなかった。そうなると午後以降ということになる。何人かの来客があったとはいえその数はさほど多くない。レジから店内は見通しが利くのでレモンを置くようなことがあればすぐに気づくはずだ。客がいるときは執筆を止めてちゃんと見ている。万引きを警戒するという意味もあるが、研介にとっては小説ネタのための人間観察だ。

午後から研介は一度も店の外に出ていない。ただ一度だけ客がいないのを見計らってトイレに寄っている。ほんの数分のことだが、誰かがその間に入店してきて本の上にシートを敷いてからレモンを置いたのだろうか。そうとしか考えられない。

「それにしてもレモンなんて、なんのために？」

わざわざシートまで敷かれている。そこだけは本に対する愛情を感じる。かなりの読書家か、編集者や作家など本の世界に携わる人間だろうか。

「御茶ノ水駅前の丸善さんから聞いたんだが、今でも一年に何回かはレモンが置かれるらしいぞ」

「客が置くんですか」

「だろうな。店員がするわけないわな」

「なんでそんなことを？　そもそも『今でも』って元なんてあるんですか」

「お前は本当に文学部卒か。丸善でレモンといえば理由はひとつしかないだろ」

研介はしばらく考えて「そうか！」と膝を打った。

「梶井《かじい》基次郎《もとじろう》ですね」

「気づくのが遅いわ」

梶井基次郎の『檸檬《れもん》』。大正時代に書かれた小説だ。

借金取りに追われて友人の下宿を転々としながら鬱屈《うっくつ》とした生活を送る「私」が、寺町通で買った色鮮やかなレモンを爆弾に見立てて、よく通っていた文具書店・丸善店内の本の上に置く。木端《こっぱ》みじんに大爆発するその様子を想像しながら店を出て行く、というたわいのないストーリーだ。しかし主人公が抱える得体の知れない鬱屈や焦燥などの心理描写、眼前に突きつけられるようなたった一個のレモンの存在感が多くの作家や評者たちの感性をとらえ日本文学を代表する傑作とされている。

「でも梶井の小説では京都の丸善なんですけどね」

「読者もそこまでこだわってないのさ。丸善だったらどこでもいいんだろうよ。現に他の店舗でも同じような報告が出ているそうだ。店にとっては迷惑以外のなにものでもないが罪のないイタズラといえるだろう。だけどうちは丸善じゃない」

「ですよねぇ。置いた人はなにを考えてるんだろ。レモンだって安くないだろうに」

研介はレモンを手に取ってみる。実の詰まったみずみずしい感触がある。表面の彩《いろど》りも眩《まぶ》しいほどである。質の良いレモンだ。研介の視界の中でくっきりと浮かび上がっている。

「せっかくの粋《いき》なイタズラも勘違いではマヌケだ。まあ、捨ててしまうのはもったいない。

蜂蜜漬けにでもしてみるか」

「食べちゃうんですか⁉」

「なにかマズいことでもあるか」

「爆発するかもしれませんよ」

研介はにやりとした。

「なるほど。まあ、それもかまわないさ」

「困りますって。店が吹っ飛んじゃいますよ」

「いいんだよ、そうなったって。この店も今日が最後だからな」

「へっ⁉」

研介はマヌケな声を上げた。店主はレモンをお手玉のように投げている。

「言ってなかったっけ？　今日で閉店」

彼はあっけらかんと言う。「創業五十五年の歴史も今日で幕を下ろすのよ」

「聞いてないですよっ！」

「あっ、そう。とにかく決めたことだから。今までごくろうさん。はい、これ今月分の給料ね。少ないけど上乗せしといたから」

店主は引き出しの中から茶封筒を取り出すと素っ気ない態度で研介に手渡した。今月といってもまだ一週間しか経ってない。それだけに中身は薄っぺらい。

「本が売れない時代になってしまったのは淋《さび》しい気がするな。今はアニメだのゲームだの読書以外の娯楽にあふれてる。文学青年たちが小説談義で口角泡を飛ばす姿も見なくなった。時代は変わるもんだな」

彼は淋しげに店内を見渡した。客入りや売り上げから研介の給料を支払ったら利益がでないことはなんとなく分かっていた。店主も惰性で続けていたのだろう。

「お前が作家になったら連絡くれよ。真っ先に読んでやるからな」

「ありがとうございます」

研介は頭を下げた。展開が唐突すぎて気持ちがついていかない。

「これ持って行きなさい」

店主は手に持ったものをポイッと投げて寄こした。研介は思わずキャッチする。

「爆弾処理、頼んだぞ」

肉厚でヒヤリとした感触。見るまでもなくレモンだ。

「それから好きな本を一冊だけ持っていっていい。餞別《せんべつ》だ」

「はあ……」

研介は頭を小さく下げると本棚から一冊の文庫を選んだ。

色褪《いろあ》せた表紙の新潮文庫。梶井基次郎の『檸檬』だ。

＊＊＊＊＊＊＊

研介はすずらん通りを歩きながらため息をついた。右手はレモンを握って、左手は『檸檬』を抱える。

三省堂本店のトイレに立ち寄って個室の中で封筒の中身を確認してみた。珍本堂の店主が少し上乗せしたと言っていたとおり、五十円玉が一枚だけ多めに入っていた。今すぐあの書店に本物の爆弾を仕掛けてやろうかと思った。

すずらん通りは靖国通りが拡張される前はメインストリートだったらしい。有名古書店の多くは靖国通りに並んでいるが、この通りにも小規模ながら古書店だけでなく文房具屋や飲食店なども櫛比《しっぴ》している。

靖国通りにしろすずらん通りにしろ、書店は通りの南側に位置して入り口は北側を向いている。これは日射によって本が傷むのを防ぐためだと珍本堂の店主から聞いたことがあった。

バイトを探さなくては……。今月に入ってから今日までの給料プラス五十円だけでは半月もたないだろう。

腹がぐうっと鳴った。悩んでいても腹は減る。

「カレーが食べたい」

研介の好物はカレーだ。一日三食カレーでも飽きない。彼が神保町を離れない理由は古書店街だけではない。神保町はどういうわけかカレー激戦区なのである。彼のイチ推しは神田古書センター二階にある欧風カレーの老舗「ボンディ」だ。ああ、でも「エチオピア」も捨てがたいぞ。

しかしこの所持金では明日からの生活が心許ない。とりあえずカレーはバイトを探してからだ。もちろん神保町から離れることはしないしするつもりもない。

研介はベルサイユ書房の前に立っていた。彼は空腹であることもバイトのことも忘れて吸い込まれるように店内に入っていった。

ベルサイユ書房は三年前にすずらん通りにオープンした。同じ通りに並ぶ三省堂本店や東京堂書店と同じく古書ではなく新刊を扱う、いわゆる普通の書店であり神保町界隈では新参者だ。

書店としては平屋建ての中規模クラスで既存の店舗と比べてもフロア面積や蔵書数で大きく劣る。しかし研介はこの書店が気に入っていた。本のセレクションや陳列が他とまるで違うのだ。出版社別や著者別に整然と並べるのではなく、一見カオスに思える陳列にも書店員のセンスが随所に光っている。本好きのツボを絶妙に押さえた陳列棚は、見て歩くだけでワクワクするのだ。

世の中にはこんな本があるんだ、自分はこんな本を求めていたんだ、まさかこんな本を手に取ることになろうとは！　立ち寄るたびに新しい発見がある。ここは未知の惑星を探索しているかのようなスリルとサプライズに満ちている。

そしてなによりポップである。

ポップとは商品売り場の店頭広告のことをいう。その多くは葉書サイズで、その本を読んだ書店員がキャッチコピーを書き込む。それらはもちろん本を売り込むための販促ツールだが、そこには書店員の思いが反映される。彼らが「どうしてもこの本を売りたい」と思えば、その情熱が言葉や字体にあふれるようにして表れてくる。

研介はポップを見るのが好きだった。それぞれに本を愛する者たちの思いが伝わってきて心地よいからだ。いずれ自分の本がポップと一緒に店頭に並ぶ姿を見るのが夢である。

ベルサイユ書房のポップは他の書店とモノが違う。簡潔で明快な言葉が研介を突き動かす。気がつけばその本を持ってレジに並んでいるのである。そしてポップのメッセージは研介を裏切らない。むしろそれ以上の感動や衝撃を与えてくれる。

現在一日に平均二百点もの書物が刊行されているという。一年に換算すれば七万点以上だ。もちろんそれらすべてに目を通すことは不可能である。書店員はただ本を陳列したり販売したりすることだけが仕事ではない。いわば書物のソムリエである。客が読みたいと思っている本に彼らを導く。しかしそれはある種の超能力である。他人の好みを完全に把握するのは無理筋だし、なにを読みたいのか客本人ですら分かってないことが多い。それは本好きの研介自身にも当てはまることだ。

ベルサイユ書房のポップはそんな研介をいつだって感動と衝撃に導いてくれる。それは満足のある読後感に留まらない。その本を読むことでなにかが変わるのだ。それは気持ちが前向きになるとか人に優しくなるといったようなことではない。気がつけばなにかが解決している。それはとてもささやかな悩みやトラブルの解決なのだけど、あらためて思い起こしてみればベルサイユ書房で買った本がきっかけだったりするのだ。

研介はいつものように店内をゆっくりと歩いて回る。この三年で顧客もついてきたようで、三省堂や東京堂書店のようにはいかないにしても店の規模を考えれば繁盛しているように思える。レジを見ると客たちが列を作っていた。それぞれが二冊三冊と買い込んでいる。中には十冊ほど抱え込んでいる客もいた。真の本好きが集まる書店の風景だ。

「おっ！　鎌倉拓三《かまくらたくぞう》だ」

研介は新刊コーナーの棚に背差しされている一冊の本を手に取った。奥付を確認すると発行日が今日の日付だ。つまり発売ホヤホヤの最新刊である。タイトルは『偽りのボジョレー・ヌーヴォー』。ボジョレーの解禁日は二週間後だ。それに刊行を合わせたのだろう。

研介は鎌倉拓三の作品の大ファンだ。

出会いは三年前、ベルサイユ書房のオープン日。奥の平台《ひらだい》の隅っこに一冊だけ並べられていた。そこに掲げられていたのはなんとも奇妙なポップだった。「↓」と下向きの矢印がひとつだけ葉書サイズの紙面に赤色マジックで大きく書き込まれていた。それがなんとも印象的で彼は四六判サイズのそれを手に取ったのだ。藝文《げいぶん》新社という聞いたことのない出版社からの刊行で、鎌倉拓三という名前も聞いたことのない作家だった。『辛口ショートケーキ』という一風変わったタイトル。

研介はページを開いて冒頭数ページを読んでみた。ヒロインのどうということのない日常が綴《つづ》られている。なのにどういうわけか引き込まれた。まるで覗き穴からその女性の生活を覗き見しているような不思議な筆致《ひっち》。食事をしたり着替えたり風呂に入ったりとヒロインの一挙一動が生々しく伝わってくる。たまには男が部屋に出入りして性交したりする。読者は彼女に介入できないもどかしさを抱きつつページをめくるしかない。

顔を上げると女性がこちらを見ていた。青いエプロンにはベルサイユ書房のロゴが入っている。書店員だった。セルロイド製で黒フレームのメガネをかけている。その表情はどことなく心配そうだった。成熟した大人の色気とあやうい幼さが同居したような顔立ち。研介と同年齢、または一つ二つ年上だろうか。黒い髪は首にかかる程度のショートだ。胸には「美月美玲《みつきみれい》」と印字されたネームプレートがついている。

目が合うと彼女はさっと視線をそらした。そして慌てた様子ですぐ近くにある「スタッフ以外立ち入り禁止」の札がかかった部屋の中に逃げるようにして姿を消してしまった。

オープン初日でまだ慣れてないのかな。

研介は『辛口ショートケーキ』をレジに持っていった。これだけ多くの本があふれているのに目立たない棚の隅っこにひっそりと、それも一冊だけ置かれていたこの本を手に取ったきっかけはやはり矢印マークだけのポップだった。さまざまな本が派手な表紙とタイトルで「私を読んで」と呼びかけてくる。そんな本たちの必死のアピールが洪水となって押し寄せてくる中であのポップだけがくっきりと研介の視界に浮かび上がっていた。太くて真っ赤な矢印が「お前の読む本はこれだ！」と言わんばかりに彼の視線を下方向にねじ曲げる。強力な磁石に引っぱられるかのように手が伸びた。

そしてその作品は研介にとって当たりだった。最初はたわいもなかったヒロインの日常が、恋愛や失恋、結婚や離婚、そして神様のいたずらとしか思えないような波乱の運命を通して徐々にねじれていき、彼女の世界が狂気に満ちた異様な風景に変わっていく。ヒロインが初恋をして結婚するまでに至る物語が収められた『辛口ショートケーキ』はシリーズ第一作でもあり、鎌倉拓三のデビュー作だった。

著者紹介にはそれしか書かれていない。出身地や生年月日といった基本的なプロフィールもなかった。それは決して珍しいことではない。彼はプロフィールを一切明かさない、いわゆる覆面作家だろう。研介はある覆面作家のサイン会に足を運んだことがある。どんな人物なのだろうと興味を抱いたからだ。しかし作家本人は会場に姿を現さなかった。スタッフに本を手渡すと別室で待機している作家がサインをするのだという。鎌倉拓三もそんなタイプの作家なのだろうと思った。

しかし彼はまるで無名だった。デビュー元は聞いたこともない小さな出版社だし書店でも滅多に作品を目にしない。おそらく初版部数がかなり低く抑えられているのだろう。千部くらいになるとほとんどの書店では並ばない。ベルサイユ書房規模ではまず扱われないはずだ。しかしどういうわけか新作が出るたびに同じ棚に同じポップで陳列される。入荷はいつも一冊だけなので研介が購入すると棚から鎌倉の作品は消えてしまう。再入荷はない。増刷されたという話も聞かない。そもそも話題にもなってないのだ。

雑誌や新聞などの媒体で取り上げられることもないようだし、一般読者が参加する書評サイトでもレビューがつかない。鎌倉拓三は小説家として世間ではほとんど認知されていないようだ。しかし彼の一連の作品は研介の心の琴線に大いに触れた。作風、文体、人物造型、ストーリー。鎌倉文学（と敢えて呼ぶが）は自分が求めていた創作のすべてが詰まっていた。「こんな作品を書いてみたい」とここまで強く思ったのは初めてだ。それほどまでにヒロインに共感したし、斜め上をいく波瀾万丈の物語に没入させられた。

この作品のすごさに気づいているのはポップを書いた書店員以外でおそらく自分だけだ。そんな優越感を噛みしめながら『偽りのボジョレー・ヌーヴォー』を持ったままレジに向かう。シリーズもこれで五作目。佐賀県の外れにある小さな運送会社の事務員だった見た目も略歴も絵に描いたように地味だったヒロインが壮絶ともいえる運命に翻弄され流されるように世界を放浪する。今ではイタリアンマフィアのボスの情婦であり、組織最強のヒットマンでもある。前作の『禁断の果実』はそんな彼女が秘密結社イルミナティから命を狙われるという手に汗握る展開であった。今回の表紙には宇宙船のような機体が描かれているからついに宇宙に行くのかもしれない。読む前からワクワクする。

レジを待つ客の列は文芸書コーナーまで伸びていた。待っている間、店内を眺めてみる。週に何度も立ち寄っているとよく見かける顔も少なくない。

たとえば雑誌コーナーで雑誌を広げている女性だ。白い肌とは対照的な漆黒の髪。長身の彼女はいつもトレンチコートを羽織《はお》っている。長い首にはブランド品と思われる鮮やかなデザインのスカーフを巻いている。彼女は雑誌を開いているが、店頭付近にある平台の棚が気になるようだ。雑誌を読みながらもチラチラとそちらの方を気にしている。そんな様子を何度も見かけたことがある。おそらくあの棚に並んでいる書籍の作者、または編集者。本に対する反響を定点観察しているのだろう。研介はそう踏んでいた。

または腰が曲がり杖を突いたおばあちゃん。彼女はいつも第二次世界大戦を扱った本のコーナーにいる。ときどき涙ぐんだり鼻をすする姿から戦時中には辛い思い出があるのだろうと推測される。文芸書コーナーの青いセーター姿の長身の中年男性。いつも長時間にわたって立ち読みをしている。青色が好きなのかいつも同じ色のセーターを着ている。

研介のすぐ近く、実用書コーナーでは革のジャケットを羽織った小太りな男性が目を細めながら新刊コーナーの方を見つめていた。三十代後半から四十といったところか。彼も常連の一人だ。男性は小説コーナーで立ち読みをしている老女を眺めていた。他の客の何人かも彼女に奇異な視線を向けている。

この老女もここ最近、何度か見かけたことがある。ホームレスではないかと思わせるみすぼらしい身なりと手入れの行き届いてない髪型が一部の客たちの注目を集めているようだ。不遇であったろう人生が顔に刻まれた多数の深い皺に色濃くでているような気がする。また、彼女が手に取っているのは『東京人肉天婦羅《てんぷら》』というホラー小説だった。老女とホラー小説というアンバランスな取り合わせが人々の興味を引いているのかもしれない。

『東京人肉天婦羅』は今年の角松社オカルト小説大賞を受賞した作品である。研介も応募していたがいつものように一次選考も通過しなかった。

受賞者は三十代後半の男性で、公務員という身分のためか本名も顔出しもNGにしているようだ。受賞が発表された角松社の文芸誌にも授賞式の様子が紹介されていたが、後ろ姿だけで顔を写した写真は掲載されてなかった。「土居宇宙船《どいうちゅうせん》」という一風変わった著者名ももちろんペンネームだ。研介も応募した縁で受賞作をさっそく読んでいたが、吐き気を抑え込みながらでないと読めないような酸鼻《さんび》極まる描写の連続に圧倒された。さすがは受賞作と感心するとともに、自分の作品は描写面において足下にも及んでないと意気消沈した。しかしあまりに常軌を逸した非道すぎる内容にこの手のジャンルは自分のテリトリーでないという諦めもあった。やはり自分の作品は読者を楽しませたいし、読んだ後は前向きな気持ちになってほしい。

小柄な老女は口に手を当てて顔をしかめながら、ただでさえ多い顔の皺をさらに深くしながら件《くだん》のホラー小説を熟読している。見た目からしてそういうジャンルを好みそうな女性には思えないが、彼女はこの書店にやって来てはあの作品の立ち読みを重ねているのだ。他の作品に関心を向ける様子がない。

研介もつい人間観察モードに入ってしまう。そういえば以前、その本を手にとって財布の中身を確認していた。そのときは購入しようと思ったのだろう。しかし彼女の財布には小銭しか入ってなかった。少ない年金でギリギリの生活を余儀なくされている、身なりからしてそのような様子が窺《うかが》える。そんな老女が『東京人肉天婦羅』を読み込んでいる。その姿はとても楽しんでいるようには思えない。嫌悪感と吐き気をこらえながらなんらかの義務を持って読み進めているように見える。

「その小説、エグいですよね」

研介はついその老女に声をかけてしまった。この作品に対する年配者の感想が聞きたかったのだ。読者の生の声を知りたくて書店で客に尋ねてしまうことがままある。神保町エリアは読書好きが多いためか熱く語ってくれる客も少なくない。彼女は顔を上げると白く濁ったような瞳で研介を見上げた。化粧気もなく皮膚にはところどころに垢が浮いていた。腐葉土のような臭いがする。

「本当に気持ち悪いわ。こんなものを書く作家ってどんな人なんだろね」

「公務員らしいですよ。それ以上のプロフィールは伏せられているようです」

研介は雑誌コーナーから件の文芸誌を持ってくると老女に見せた。彼女は引ったくるようにして文芸誌を取り上げると受賞コメントが掲載された記事を読み込んだ。

「作者には家族がいないそうよ。愛情を知らずに生きてきたからこうも人でなしな小説が書けるんだ。こんな恐ろしいことを考えている人間が同じ日本で生活していると思うと背筋が凍るわ」

彼女は文芸誌を研介に返しながら言った。

「おばあさんはどうしてその本を読もうと思ったんですか」

「その紙に騙されたんだよ」

「紙？」

研介は老女が指さした方を見て得心《とくしん》した。紙とはポップのことだった。葉書サイズのそれには、

『お母さん、あなたの息子はここにいます』

と黒のマジックで書き込まれている。キャッチコピーの下に『東京人肉天婦羅』のタイ

トルと著者名があった。なぜか著者名はひらがなで、そのうち四文字は赤、残り四文字が青色だ。名字が赤、名前が青といった規則はなく、色分けはランダムに思える。キャッチコピーとタイトルと本来目立たせるべき文字が平凡な黒で、著者名だけが二色でカラフルに施されているのも妙な話だ。

「私は若い頃に息子を亡くしているんだ。それもあってその紙を見てついその本を手に取ってしまったんだよ。まさかこんなむごい小説とは思わなかったわ。息子を亡くした母親の小説は他にもたくさんあるのになんでこれに執着してしまったかねぇ」

老女は苦笑しながら首を傾げた。

またもポップだ。やはりここの書店のポップは客の心を動かす力を持っている。この意味不明とも思える配色やデザインもなんらかの心理効果を狙ったものなのかもしれない。

このホラー小説では息子を捨てた母親が出てくる。その息子が成長して天麩羅屋を開店するというストーリーだ。食材はもちろんタイトル通りである。

しかしこの老女はこの作品に対して良い印象を持たないようだ。精読しているのか、もともと読むのが遅いのか。ページはまだ半分を過ぎたところらしい。

「今日はここらにしておこうかね」

彼女はページを閉じると本を元の場所に戻した。そしてバイバイと手を振りながらゆっくりとした足取りで店を出て行く。周囲の客たちは研介を訝《いぶか》しげに見ていた。彼は咳払《せきばら》いをしながらレジ待ちの最後尾に並ぶ。レジ前には「ベルサイユ書房・週間ランキング」のポスターパネルが掲げられていた。全国的なベストセラーはもちろんランキング入りしているが、他の書店ではあまり見かけないタイトルも少なくない。大型書店とは違った独自の客層を摑んでいるということなのだろう。それがこの書店の魅力ともいえる。

「カバーをお掛けしますか?」

「はい、お願いします」

丸顔で可愛らしい顔立ちの若い女性店員はにっこりと微笑《ほほえ》むとたどたどしい手つきで差し出した本の表紙にベルサイユ書房のロゴが入った紙カバーを掛け始めた。ネームプレートには栗山可南子《くりやまかなこ》とある。二十歳前後だろうか。不二家のペコちゃんにどことなく似ている。頰もほんのりとピンク色だ。

慣れないのか不器用なのかカバー掛けに苦戦しているようだ。彼女は「あれ?　なんで?」とつぶやきながら首を傾げている。手持ちぶさたの研介はカウンターの上に置かれた各種チラシを眺める。その中の一枚に目を留めた。

『バイト募集!　ベルサイユ書房は一緒に仕事をしてくれる本好きのあなたを待っています』

時給や勤務時間をチェックする。もともと書店の時給は全国的に低く抑えられている傾向にある。それでもそれに関しては珍本堂よりほんの少しマシな程度である。しかし労働はこちらの方が大変そうだ。来客数や扱っている在庫の規模がまるで違う。前のように暇に飽かして執筆するのはできそうにない。そう考えると珍本堂はおいしいバイトだったといえる。早くもあのうさん臭い店長が恋しくなる。

とはいえこの書店には強く惹《ひ》かれるものがある。特にあのポップだ。あれを書いているスタッフが誰なのか知らないが、相当の目利きであるのは間違いない。自分の作品を読んでもらえれば、なにか的確なアドバイスをもらえるのではないか。

全国の書店員が選考する本屋大賞の受賞作品がミリオンセラーになったりと、ここ数年、出版業界における書店員たちの影響力は計り知れないものがある。本の帯カバーに彼らの言葉が打たれることが多くなった。中にはカリスマ書店員と呼ばれる人たちも存在する。彼らが推す作品はメディアなどで大々的に取り上げられてベストセラーになったりする。

そうだ。このまま手探り状態で闇雲《やみくも》に書いていたとしても劇的な向上は見込めない。都内にはたとえば山村正夫《やまむらまさお》記念小説講座などの小説教室があって、作家志望者である塾生たちはプロの編集者や有名作家たちの講評を受けられるという。研介も入塾を考えたがバイト代だけでは生活するのが精一杯で会費や月謝を捻出できそうもないので諦めた。

作品はやはり誰かに読んでもらう必要がある。たまには家族や友人に読んでレビューしてもらうことがあるが彼らは読書の素人である。伸び悩んでいる今、プロの目を通したいところだ。この書店にはうってつけの読み手がいるではないか。

「あのぉ」

研介はいまだ苦戦している栗山に声をかけた。

「す、すみません。もう少しで終わりますから」

「いや、そちらはゆっくりやってもらっていいんだけど、これってまだ空いているかな」

研介はチラシを彼女に差し出した。

「ちょっとお待ちくださいね」

彼女は手を止めると備え付けの受話器を取り上げた。

「店長、バイト希望の方が来られてますけど……いえ、お客様です」

それから二言三言やりとりすると受話器を置いた。

「明日の三時に履歴書を持ってこちらに来ていただけますか。店長が面接をすると申しております」

「本当ですか。ありがとうございます」

「新しい方が来てくれると助かります。今のスタッフだけでは大変なので」

「そ、そうみたいね……」

研介は後ろを振り返った。レジ待ちの列がさらに伸びていた。

＊＊＊＊＊＊＊＊

次の日。

研介は景気づけにランチに好物のカレーを食べることにした。神田古書センター二階にある欧風カレーの老舗「ボンディ」だ。

人気店だけあって昼時には行列ができている。面接は三時からなので時間は充分にある。ファストフード店に比べれば値は張るが、それ以上のクオリティがある。明日人類が滅亡するとして最後の晩餐になにを選ぶかと聞かれたら迷うことなくボンディのカレーと答える。研介は試験やバイトの面接など気合いを入れないといけないとき、ボンディでカレーを食べる。また作品が完成したときもそうだ。封筒に収めた原稿を抱えてボンディに立ち寄る。それで結果を伴ったことがないが、彼にとっては外せない験担《げんかつ》ぎである。

というか、単にカレーが食べたいだけなのだが。

腹を満たしてからいつものように古書店回りをしていたらあっという間に三時になった。この街は時間の経過を忘れさせる。

ベルサイユ書房に入ると栗山可南子が迎えてくれた。

「こちらです」

研介は彼女のあとについて店の奥に進んでいく。「スタッフ以外立ち入り禁止」のプレートのかかった扉を開けると中はさらに短い通路が延びていて突き当たりの正面と左右の壁に一つずつ部屋の扉が見える。栗山は突き当たりの扉を開けた。

「店長、日比谷さんがお見えになりました」

さほど広くない部屋の真ん中には六人ほどが座れる大きさの会議用テーブルと椅子が置かれていた。右手にはいくつかのファイルが収まった収納ケース、その上には何本かのトロフィーが飾られていた。

それ以外のスペースは本や雑誌が所狭しと積まれている。

「返本の山なんです。売れないと可哀相ね」

栗山は淋しげに言った。受賞という高い高いハードルをクリアして晴れてプロ作家デビューできたとしても店頭で売れなければこの本たちのように出版社に突き返される。やがてそれらの本は裁断の憂き目に遭うのだ。そうなれば売れない作家のレッテルが貼られてオファーが来なくなる。研介はいきなり残酷な現実を突きつけられてたじろいだ。今までバイトしたのは古書店ばかりだったので出版社に返本するという作業がなかったのだ。

「あちらがうちの店長です」

部屋の大きな窓はブラインドが降りている。店長が研介たちに背中を向けながら、ズボンのポケットに両手を突っ込んだ状態でブラインドの隙間から外を眺めていた。といっても外は密集して建っている隣ビルの壁面であるが。

長身で肩幅のひろいがっしりとした体型。ウィッグではないかと思うほど妙にボリュームのある栗色の髪の毛が肩まで伸びている。上着は群青色《ぐんじょういろ》の重厚そうなジャケット、下半身はスラリと伸びる長い足にピタリとフィットする革のズボンだ。

「名を名乗りなさい」

まるで舞台役者みたいに声量がある。口調もまさに舞台劇のようだ。

「ひ、日比谷研介です」

声の迫力に気圧《けお》されて若干怯《ひる》む。

店長は勢いよく振り返った。その風圧で髪の毛がふわりと浮き上がる。

「オーナー店長の剣崎瑠璃子《けんざきるりこ》だ。履歴書を持ってきたか」

お、女⁉

声が女性のわりに太い。目も鼻も口も大作りだが整っている。ヨーロッパの美術館に飾ってある彫刻を思わせる中性的な顔立ちだ。雄々《おお》しく逞《たくま》しい後ろ姿から男性だとばかり思っていたが、どうやら女性のようである。

研介は剣崎を見上げた。身長百七十センチある研介よりも長身だし肩幅も広い。逞しく引き締まった体格はワンピースよりも男性のスーツが似合いそうだ。少女漫画から飛び出てきたようなまさに男装の麗人《れいじん》。

そして彼女はこの店のオーナーである。

「も、持ってきました」

研介はさらに気圧されて後ずさりながら履歴書を提出する。後ろに立っている栗山がクスッと笑い声を漏らす。

「珍本堂は閉店したのか」

剣崎は履歴書に一通り目を通して言った。

「はい、そうです……」

「そうか。それは残念だ」

顔立ちも髪型も仰々《ぎょうぎょう》しいが口調も舞台劇じみている。年齢は四十代だろう。いかにもアラフォー女性を思わせる煌《きら》びやかさと華やかさだ。いや、アラフォーとはいえ普通はここまで仰々しくないよな。

「率直に聞かせてもらう」

剣崎の目が厳しくなった。それだけですごい迫力だ。ケンカになったらとてもかなわない気がする。手足のリーチが違いすぎる。

「な、なんでしょうか」

研介は上官を前にした軍人のように足を揃えると、背筋を伸ばして顎《あご》を上げた。

「私に忠誠を誓うか」

「誓います、誓います!」

研介はキツツキのように何度もうなずいた。とても革命を起こせるような空気ではない。

「よろしい。それではお前を採用してやろう。正式な勤務は明日から。ただし三ヶ月間は試用期間だ。よいな」

「光栄の至りに存じます」

店長の雰囲気に呑まれてこちらの口調まで大げさになる。

「あとは就業規則に従ってもらう。書類一式は副店長から受け取るがよい。分からないことがあったら彼女か栗山に聞け。分かったら下がってよろしい」

そう言って剣崎は勢いをつけて隣ビルの壁しか見えない窓の方を向いた。栗色のボリュームのある髪の毛がばさりと音を立ててなびく。それをやってみせたかったんじゃないかと思う。

＊＊＊＊＊＊＊＊

「店長はフェンシングの国体選手だったんですよ」

部屋から出ると栗山が言った。

「棚に飾ってあったトロフィーがそうですか。見るからに強そうな店長さんですね」

「うちの女子たちの憧れです。女性のお客さんたちにも人気があってバレンタインになるとチョコレートが殺到するんですよ」

「腐女子《ふじょし》系にモテそうですもんねぇ」

「バレンタインデー当日の閉店後、出待ちの彼女たちに揉《も》みくちゃにされるんですよ。だから私たちスタッフが総出でガードするんです」

「ここって書店ですよね」

雑誌やテレビから何度も取材のオファーが来ているようだがすべて断っているという。オーナーは他の店員のようにエプロンをしてないし、売り場に顔を出すことは少ないそうだ。研介も店の常連だが店長の姿は見たことがない。もっともあの仰々しい応対では客もどん引きしてしまうだろう。

「あのぉ、ベルサイユ書房って名前はやっぱりあのベルばらから取っているんですか」

『ベルサイユのばら』通称「ベルばら」は、池田理代子原作の漫画である。フランス革命前後を舞台に、男装の麗人オスカルと王妃マリー・アントワネットらの人生を描くドラマだ。アラフォー女性なら一度ははまったことのある作品だろう。

「ベタでしょう、うちの店長。宝塚音楽学校の卒業生らしいですよ。舞台に立ったこともあるとか」

「マジですかっ⁉」

まあ、たしかにそんな感じだ。

「ええ。でもご両親の反対にあって諦めたって話です。なんたってケンザキ製菓のお嬢さんですからね」

「ケンザキ製菓って……超がつくお嬢様じゃないですか！」

ケンザキ製菓といえば業界最大手のお菓子メーカーである。研介もケンザキのドリアンキャラメルは子供の頃から慣れ親しんできた。

「この書店も本好きの娘のためにお父上が出資したそうです。だけど店長、オスカル役の夢が今でも捨てきれないみたい。なりきっちゃってるんですよねえ」

いまだ根っからの宝塚女優ということらしい。

「失礼します」

栗山は倉庫のプレートが貼ってある扉を開いて研介を中に促した。こちらは先ほどの部屋の数倍の広さがある。しかし夥《おびただ》しい本や雑誌が詰め込まれていてその広さを実感できなかった。彼女について本の山で形成された迷路を進んでいく。今地震がきたら生き埋めになってしまうだろう。

「美月さん、新人さんです」

迷路の終点で伝票を眺めている女性がこちらを向いた。この女性も何度か店内で見かけたことがある。この店のオープン初日に鎌倉拓三の本を手に取ったとき目が合っている。

あれから三年経っているのに彼女の見た目はさほど変わってない。年齢はまだ三十前だと思うが、顔立ちや体型に熟女を思わせるけだるい色気がある。そのわりに黒縁メガネのレンズを通して見える大きくクリッとした瞳が少女のようだ。あまり自己主張をしない大人しそうなタイプに見える。

「隠れ巨乳ですよ」

栗山がいたずらっぽい声で耳打ちした。

エプロンの上からだと分かりにくいが、側面からだとその突出感が窺える。研介は思わず見とれてしまった自分に気づいて咳払いをする。

「は、初めまして。日比谷といいます」

研介は慌てて頭を下げた。

「副店長の美月です」

彼女の胸のプレートには美月美玲とあった。オーナー店長である剣崎瑠璃子を除けばこの店で唯一の正社員だという。他の店員はすべてバイトである。

「美月さんは店長さんが横浜の書店からヘッドハンティングしてきたんですよ。彼女はカリスマポップ職人です」

「カリスマポップ職人？」

「そうです。美月さんが手がけるポップはすごいんですよ。それまでまったく売れなかった本をたった一枚のポップでベストセラーにするんです。あの『連続殺人鬼ノブエの倒錯』だって当店発ですから！」

栗山は誇らしげに胸を張って言った。

「そうだったんですか⁉　知りませんでした」

栗山が説明を補足してくれた。

単行本は三年前に刊行されたが、初版部数が少なかったこともありほとんど話題にならなかったという。もちろん増刷もかからない。文庫化の際も版元はさほど期待してなかったので初版部数は抑え気味だった。それを発掘したのが美月だという。彼女は目を引く字体とデザインでこの作品の怖さの本質を一言で表した。それが書店員たちの間でクチコミとなって広がり、矢継ぎ早に重版を重ねて先日四万部を突破したらしい。まだブレイクしたとはいえないがその兆しを見せ始めている。販売を大きく展開していく店舗が増えれば一気に広がっていくだろう。

「あなたがそうだったんですか」

研介は感慨深い思いで彼女を見つめた。彼がここをバイト先に選んだ動機。それは美月に近づくためだった。豪快な字体と大胆な筆致からポップの書き手は男性だとばかり思っていたが、まさかこんな大人しそうな女性だとは意外だった。

「いつも鎌倉拓三を買ってくださってますよね」

美月は耳にかかった髪の毛をそっと指で上げながら言った。研介は自分のことを覚えていてくれて嬉しく思った。

「僕、彼のファンなんです。初めて手に取ったきっかけは美月さんのポップでした。矢印だけなんてインパクトがありましたよ」

と、つい声が弾《はず》んでしまう。あの矢印のポップはシリーズを通して立てられていた。そんな奇抜な演出は鎌倉の作品だけである。それだけ思い入れが強いのだろう。

彼女は恥ずかしそうな笑みを浮かべた。クラスに一人はいる大人しくて目立たないけどちょっと気になる女の子。まさにそんな感じだ。

「いつも取次から一冊しか配本してもらえないんです。部数が相当に少ないみたいでその一冊も無理言って回してもらっているんです」

研介が昨日購入した本も鎌倉の最新作で一冊しか置いてなかった。

「でしょうね。他の書店で見かけることがありません。古書店でたまに見かけるくらいかなあ」

美月が複雑そうな顔をした。売りたくても配本されなければどうしようもない。どうやら鎌倉作品に注目しているのは彼女と自分の二人だけらしい。研介は美月に親近感を覚えた。そんな彼女なら自分の書く小説を分かってくれるかもしれない。

「日比谷さんは小説家を目指してるんですか」

美月の唐突な質問に研介は背筋をのけぞらせた。

「な、なんでそれを……」

「手に取る本からその人がなにを求めているのかいつも想像してしまうんです」

「なるほど。さすがはカリスマと言われるだけありますね」

「カリスマなんて大げさですよ。それはそうと『邪悪な植物』と『邪悪な虫』は役に立ちました？」

研介は思わず目を剝《む》いた。二冊とも朝日出版社が刊行するエイミー・スチュワートの書籍である。先月、執筆中のミステリの参考資料として購入したばかりだ。もちろんこの書店でである。手に取ったきっかけはやはりポップだった。

『殺し方で悩んでいるあなたへ。ミステリ書きは必携！　もうすぐ江戸川乱歩賞の締切りですよ』

このとき「殺し方」で詰まっていたのだ。だからこのポップを目にして二冊の本に飛びついた。その資料本が大いに参考になり我ながら秀逸な手口の着想が得られた。それから一気に執筆を進捗《しんちょく》させることができた。現在、七割ほどだが早くも手応えを感じている。それは「もうすぐ締切りの江戸川乱歩賞」に応募予定の作品だった。

「もしかして僕のためにあのポップを？」

殺人のトリックで詰まっていたことでこの書店でも関連資料を漁《あさ》っていた。それを悟った美月がポップを使ってそれとなく研介を誘導した？　思い起こすと今までにも彼女のポップで些末ながらも私的な問題がいくつか解決している。

「ま、まさか。私は超能力者ではありません」

彼女は戸惑った様子で胸の前で両手を左右にヒラヒラさせながら否定する。「そうだよな」と思いつつ少しだけ残念な気持ちになった。

美月は窓際に設置された書類ケースからA４サイズの封筒を取り出した。

「就業規則や労働契約書などの書類が入ってます。明日、契約書にサインと印鑑を押して提出してください。就業規則はしっかりと読んでおいてくださいね」

そのとき電話が鳴った。近くに立っていた栗山が「ベルサイユ書房でございます」と応対する。

「……美月ですね。すぐに代ります」

彼女は受話器を美月に手渡した。

「丸塚《まるづか》丸子《まるこ》さんです」

栗山は小声で伝えた。聞き覚えのある名前だ。美月はうなずくと受話器を耳に当てて話を始めた。先方に来訪予定があるようだ。カレンダーを見ながら日時の確認をしている。

栗山と研介は彼女に向かって一礼すると倉庫部屋から出た。

「丸塚丸子って『連続殺人鬼ノブエの倒錯』の作者ですよね」

通路に出たところでその名前を思い出した。

「そうなんです。美月さんのポップがクチコミの発信源ですからね。丸塚さん本人から、ぜひうちの書店でサイン会を開かせてほしいと申し入れがあったんです。ブレイク寸前の作品ですしうちとしてもさらに売り込みたい作家さんですからね。店長もＯＫを出してくれました。今の電話はそれの打ち合わせでしょう」

売り場には作家たちのサイン色紙が多数掲示されている。それだけ多くの作家がこの書店に訪れてくる。書き手や売り手たちにとっても美月美玲というカリスマのいるベルサイユ書房は販売における重要拠点なのだ。ここで取り上げられる作品はヒットする可能性が高いというわけだ。それだけ業界において美月たち書店員の影響力は計り知れない。書評家の書いた新聞記事よりも、書店員の書いたたった一枚のポップの方がはるかに訴求効果をもたらしたりする。その好例が『連続殺人鬼ノブエの倒錯』である。レジ前の「ベルサイユ書房・週間ランキング」ポスターパネルを思い出す。文庫部門では堂々の一位だった。書店巡りを日課としている研介が知る限り、まだ他ではランキング入りまではしてないはずだ。

「それでは明日からよろしくお願いします」

店の出口まで見送ってくれた栗山に向かって頭を下げる。可愛らしい女性だ。

明日からの仕事は楽しくなりそうだ。

＊＊＊＊＊＊＊＊

新刊書店はやはり古書店とは勝手が違う。似て非なるものと言っていい。時間の流れがゆったりとしていた珍本堂に比べればベルサイユ書房は異次元の別世界だ。本を扱っているという点では同じなのにどうしてこうも違うのかと思うほどだ。とにかくやることが多くて忙しい。毎日のように運ばれてくる雑誌や書籍が詰め込まれた段ボール箱の山。それを開封して棚に並べるだけでも重労働だ。漫画やゲーム攻略本は立ち読みを防止するためシュリンク包装しなければならない。一日に膨大な商品が届くので在庫管理も重要な仕事である。棚にも限りがある。売れそうもない本をいつまでも並べておくわけにはいかない。それらを撤去して新刊と入れ替える。棚は常に新陳代謝しているのだ。それを怠れば客は失望する。その書店からは足が遠のいてしまう。かといって売れ筋ばかりを並べておけばいいわけでもない。それでは特色のないつまらない書店になってしまう。そこは「こんな本を売りたい」と書店員たちの自己主張が入るのだ。それこそが書店における本当の意味での商品ではないかと研介は思う。そうと分かっていても次から次へと押し寄せてくる新刊の洪水に気持ちが折れそうになる。体力がもたない。家に帰ればくたくたになってすぐ布団に入ってしまう。執筆も進まない。

そんな状態で一週間が過ぎた。

「ああ、またやられた！」

栗山可南子が悔しそうに顔を歪めている。

「どうしたんですか」

「ポップがなくなったんです。もう何枚目かしら。盗まれたに違いないですよ」

彼女は「当店オススメコーナー」の平台を指さした。ここには当店の書店員たちがセレクションした本がポップ付きで並べられている。いずれのポップからも「読んでほしい」という彼らの熱い思いが伝わってくる。しかしそれだけでは手に取ってもらえないのが難しいところだ。客の心に響くサムシングエルスが必要なのである。

「ノブエですね」

研介もすぐにポップ不在の空白に気づいた。『連続殺人鬼ノブエの倒錯』だけポップが見当たらない。それでも本は売れているようで昨日見たときより山の高さが半分になっている。文庫売り上げ第一位だけあってこのコーナーの中でも突出している。栗山が「また発注をかけなくちゃ」とつぶやく。

「ポップを万引きする人なんているんですか」

「商品なら結構ありますけどポップはあまり聞かないですね」

商品の万引きは半期で数十万円に上るという。特に漫画が多いそうだ。万引き防止は書店経営において重要事項である。その被害だけで傾いている書店も少なくないと聞いたことがある。薄利多売の書店ビジネスにおいてこの数十万円という被害を取り戻すためにはその何倍もの売り上げを出さなければならない。それは本の売れない今日、実に大変なことである。特に最近はミシシッピーをはじめとするネット書店の台頭が著しい。大手書店を凌ぐ膨大な在庫を有し、いつでもクリック一つで自宅へ届けてくれるのだ。彼らの存在はリアル書店を脅かしているという。

朝礼でも剣崎店長が万引きには厳しく対応するようスタッフたちに発破をかけていた。

「見つけ次第ギロチンにかける」と冗談みたいなことを真顔で言っていた。

「ポップなんて盗んでどうするつもりなのかしら。ちょうどこの位置はカメラの死角になるんですよ。レジから近いという安心感から警備が手薄になってるのね。こういうところが狙い目なのよ」

と栗山が舌打ちをする。在庫を確認してみたが、幸い商品の方に被害はないようだ。

「他の書店員が持っていくとも思えないし、ポップのコレクターなんているんですかね」

ポップに高値がついたなんて話は聞いたことがない。しかしマニアにとってはお宝なのかもしれない。カリスマポップ職人が手がけた逸品だ。

「美月さんに頼んでまた書いてもらわなくちゃ」

「カラーコピーして用意しておくというわけにはいかないんですか」

「ダメダメ！　ああいうのは手書きじゃなければダメなんです。出版社からきれいにデザインしたポップが送られてくるけどうちではほとんど効果がないわ。どんなにきれいでも印刷されたものに体温は感じられません。だから思いが伝わらないんです。手間を惜しんだものに真心は生まれません。そしてお客さんたちはそれにものすごく敏感なのです。書店員は本を売るだけが仕事じゃない。本を通じて自分の気持ちを届けるのも仕事です。それがたとえ思い上がりでも独りよがりでもいいじゃないですか。たった一人でもお客さんの心に響くのならそれは立派な実業です」

栗山は熱っぽく語った。

「そ、そうですね。勉強になります」

栗山は研介より五つ年下の専修大学の学生だ。彼女の熱弁に圧倒されてしまった。

「なあんて、美月さんの受け売りなんですけどね。でも彼女みたいな書店員に私はなりたいです」

栗山はニコリと微笑むと雑誌コーナーで本を並べ直している美月の方に向かって行った。カリスマが惹きつけるのは客だけではないようである。

夕方ともなると店内は混み合っている。その中には常連の顔もちらほら見える。茶色の革ジャケットを羽織った小太りな男性もその一人だ。彼は実用書コーナーから文芸書コーナーを見つめている。他の客たちもそちらに視線を向けていた。その先ではみすぼらしい身なりの老女が立ち読みしていた。彼女は熱心な様子で『東京人肉天婦羅』を読んでいる。あれから三回ほど件の小説を読んでいる彼女の姿を見かけているが随分と進んだようだ。数ページを残すのみとなっている。あと数分もすれば読み終わりそうだ。書店としては好ましい客ではない。それでも万引きされるよりずっとマシだ。

それにしてもと思う。作品に対して嫌悪感さえ向けていた彼女がこの店に通ってまでどうして読破しようとするのだろう。研介は彼女が他の本を手にしている姿を見たことがない。来店すると一直線に土居宇宙船のホラー小説に向かう。他には一切目もくれない。そしてある程度読むとそのまま他の棚に立ち寄ることなく店を出て行く。そして二、三日後にまたやって来るというわけだ。本を読んでいるときの彼女の表情はあまり愉快そうでない。内容が内容だけにそれは無理もないと思うが、あの老女がどうしてあんな陰惨なホラー小説にこだわっているのか。

彼女は「ポップに騙されたんだよ」と言った。

『お母さん、あなたの息子はここにいます』

彼女は若い頃に息子を亡くしていたこともあってそのポップのキャッチコピーに心を惹かれた。しかしまさかこんな非道な内容だとは思わなかったらしい。タイトルを見れば分かりそうなものだが、それ以上にポップが彼女の心を摑んだのだろう。あの老女にとって息子はかけがえのない存在だった。それゆえに今もこの作品から目が離せないのか。

それとも息子を亡くしたシチュエーションが作中の物語と似通っていたとか。

まさか。人肉天婦羅である。

そうこうするうちに彼女は本をパタンと閉じた。ついに読み終えたらしい。彼女は複雑そうな顔で表紙を眺めていた。

作品の感想を聞きたい！

あの老女がどちらかといえば若者向けのホラー小説にどんな読後感を持つのか。作家志望者としては気になるところである。研介は彼女に近づいて声をかけようとした。

「その本、どうでしたか？」

研介の声ではない。革のジャケットを羽織った男性である。つい先ほどまで実用書コーナーに立っていた小太りの男性だ。その彼が老女に声をかけている。彼女は目を丸くして男性を見つめていたが、

「読むのは止めた方がいい。ひどいもんだよ」

と唾棄するように言った。その表情には作品に対する嫌悪が色濃く浮かんでいた。

「どうひどいのですか」

男性はなおも問いかける。研介も彼女の答えが聞きたかったので彼らの近くで聞き耳を立てていた。

「この作者には人を慈《いつく》しむ心が欠片《かけら》もない。育った環境が悪かったんだろうね」

「なるほど。早くに父親を亡くし、それからすぐ母親に捨てられて養護施設で育ったとプロフィールに書いてありました。両親の愛情を知らずに育てばそうなってしまう可能性もありますね。ただ、これはホラー小説ですから心の歪みや邪悪さを楽しむものなんですよ」

「私はそんなもんに興味ない。毎日のすさんだ生活で人が傷つくところを嫌というほど見てきたし私自身も傷ついてきた。これも神様が私に与えた罰かもしれんけどね。それはともかく、小説の中にまで人が苦しむ姿は見たくないわ」

老女は煤《すす》ばんだ顔をしかめる。頬の皺がグニャリと歪んだ。

「そうですか」

男性は静かにうなずくとスタンドのクリップに留められていたポップを取り上げた。そしてポケットからサインペンを取り出すとポップにサラサラと文字を書き始めた。

「ちょ、ちょっと！　お客さん」

研介は思わず詰め寄ろうとするが背後から腕を引っぱられた。振り返るとそこにはいつの間にか美月が立っていた。彼女は研介を見上げて首を左右に小さく振った。

「これを受け取ってください」

男性はサインペンのキャップを閉めると老女にポップを差し出した。彼女はそれを受け取って目を丸くする。

「あんた、これを書いた人かい？」

ええっ⁉

研介は身を前に乗り出して老女が手にしているポップを覗き込んだ。

『お母さん、あなたの息子はここにいます』の上から「土居宇宙船」と洒脱《しゃだつ》に崩した字体で書き込まれている。さらに今日の日付と一緒に「仙道祐子《せんどうゆうこ》さま」と為書《ためが》きされている。

男性はペンを胸ポケットにしまい込むとそのまま老女から離れて出口に向かって行った。

「ちょっと、待ちなさいよ！」

老女は彼のあとを追おうとするもつまずいて倒れそうになった。研介は咄嗟《とっさ》に彼女の体を受け止めた。彼女の視線の先は男性の背中に向いている。しかし彼は一度も振り返ることなく店の外に出て行った。

「どうしてよ？」

老女はポップを眺めながらぽつりとつぶやいた。

「なにがどうしてなんです？」

「あの人はどうして私の名前を知っているのよ」

たしかにそうだ。彼女は男性との会話の中で一度も名乗っていない。研介も老女の名前を知らない。しかし土居宇宙船を名乗る男性はフルネームで彼女の名前を書いている。授賞式の様子が紹介された文芸誌の記事に掲載されていた作者の後ろ姿を写した写真はあの男性の背中と一致する。また作者プロフィールに書いてあったようにあの男性も三十代後半に見えた。

「お知り合いではないんですか」

「知るわけな……」

そう言いかけて彼女の表情は突然張り詰めた。

「心当たりがありますよね、仙道さん」

今度は美月が彼女に声をかけた。仙道祐子は頬を震わせている。両目はほんのりと充血していた。

「あの男性は間違いなく土居宇宙船さんです。ぜひそのポップはお持ち帰りになってください。実はそれ、土居さんからのメッセージです。彼に頼まれてあなたに届くよう私が書きました」

えっ……？

研介も仙道も美月を見た。彼女の言っている意味が分からない。

「土居宇宙船。へんな名前だと思うでしょう。でもこの名前には彼の本当の名前が隠されているんです。おそらく仙道さんはそれを読み取ったんだと思います」

「それはない。私には隠された名前の意味なんてさっぱりだよ」

仙道は首をフルフルと振った。その表情から本当に心当たりがないと見える。

「仙道さんが気づいてなくてもあなたの脳みそは無意識の中でその意味を読み取ったんです。そうでなければあの本を手に取るはずがありません。ホラー小説なんてお嫌いでしょう。それをあなたは読破したんです」

たしかにそれは疑問の一つだった。どうして彼女は唾棄したくなるような小説を最後まで読み切ったのか。

「あんたの言っている意味がさっぱり分からんよ。この紙はいったいなんなの」

仙道は手に持ったポップを美月の前で上下に揺らした。

「土居さんが誰なのか、もうお気づきでしょう。彼の本名は仙道祐市《ゆういち》さんです」

「仙道⁉」

研介は聞き返す。老女と同じ名字だ。つまりそれは……。

「あなたの息子さんです」

美月ははっきりと言った。仙道は顔を強《こわ》ばらせるとよろめいて倒れそうになる。今度も研介がしっかりと支えた。

「息子さんは亡くなったんじゃないんですか⁉」

万引きの現行犯とでも思ったのか、周囲の客は訝しげな目つきで遠巻きに研介たちを眺めていた。通路に立っていては他の客の邪魔になってしまう。美月が「これからお話がありますから」と仙道をバックヤードの応接室まで導いた。研介もついていく。応接室は四人掛けのテーブルと椅子が置いてあるだけの簡素で狭い部屋だった。仙道は美月に促されて着席する。美月も研介も腰を下ろした。

「祐市がまだ物心がつく前だった。夫を早くに亡くして経済的にも困窮して私は育児ノイローゼに陥っていた。そんなときある男を好きになってしまったんだ。人生をリセットしたいと思っていた私は息子を置いてその男性と駆け落ちしてしまったんだ。だけど罰が当たったんだろうね。その男は大きな借金を作ってヤクザに追われるようになった。彼が交通事故で亡くなると今度は私に取り立てが来るようになった。あの連中は破産なんて認めない。そんなことをすれば酷い目に遭《あ》わされる。借金は返済するしかなかった。あとは転落するだけの人生さ。今の私にはなにも残ってない」

「息子さんを捜そうと思わなかったのですか」

美月が尋ねた。

「捜したところで合わせる顔なんてあるもんか。私に子供はいない。あの子を捨てたときにそう念じた。今でもいないと思ってる。一度も捜したことなんてないよ」

「ところが息子さんはあなたを見つけ出しました。一ヶ月ほど前のことです。あなたは週に三回ほど当店に立ち寄ってましたね。お買い上げになったことは一度もなかったと思いますが」

「悪かったね。とりあえず話を続けて」

仙道は片手をサッと振って続きを促す。

「彼は当店に立ち寄ってたまたまあなたのそばを通り過ぎた。血とは不思議なものですね。匂いであなたが実母だと直感したそうです。そして調査会社をつかってあなたの素性を突き止めた。実は私、息子さんとはちょっとした知り合いなんです。私も作家を目指していた時期があって、山村正夫記念小説講座という教室に通っていたんです。そこで彼と出会いました。彼の作品をいくつか読んで、近いうちにきっとデビューできる人だと思ってました。私の目に狂いはなかった。彼は大きな賞を獲ってデビューしました。私は途中で教室を止めてしまったわけですけど彼とは親交が続いていたんです。ある日彼から頼まれました。あなたに自分の作品を届けたいとね。だけど彼の身元を明かした状態で本を渡してもあなたはきっと拒否するに違いない。そこでポップを使ってあなたにメッセージを送ったんです」

それが『お母さん、あなたの息子はここにいます』というわけだ。

「ちょっと待ってください！　売り場にはあふれるほど本が並んでいるんです。ポップだけで特定の客をその本に誘導させるなんて無理がありませんか」

研介は疑問を挟んだ。

「もちろんです。だから私はポップにちょっとした仕掛けを施しました。それは文字の配色です。キャッチコピーも本のタイトルも黒。なのに著者名だけはすべてひらがな、そして二色で大きめにデザインされてます。なぜだか分かりますか？」

美月の謎かけに研介は今一度ポップを覗き込んだ。仙道も同じようにしている。著者名だけが「どいうちゅうせん」とひらがなでそれぞれの文字が赤と青に分かれている。色が交互になっているわけでもなく上から「ど」「う」「せ」「ん」が赤色、残りの「い」「ち」「ゅ」「う」が青色である。最初に見たときどうしてこんなデザインにしたのか疑問に思った。

「そういうことか……」

仙道はその答えに気づいたようだ。

「仙道さんは無意識とはいえちゃんと息子さんの名前を読み取っていたんですよ」

美月がほんのりと微笑んだ。

「ちょっと待ってくださいよ！　まだ正解は言わないで！」

研介はポップに顔を近づけた。まだ分からない。

「あんた、若いくせに鈍いねえ」

「彼はこう見えてミステリ作家志望なんですよ」

美月が小さく肩をすくめながら言った。

「そりゃ無理だわ。こんな簡単なことに気づかないようじゃ、向いてないとしか言いようがないね」

老女は残念そうに首を振った。

「ヒント、ヒント！　ヒントをください」

これではミステリ書きとして立つ瀬がない。さすがに悔しい。

「な・ら・べ・か・え」

美月が一文字ずつ発音を区切った。そのヒントで一分後に気づいた。

「そっか！　土居宇宙船は仙道祐市のアナグラムだったんだ」

つまり「せんどうゆういち」を並べ替えれば「どいうちゅうせん」になる。分かってしまえば実に単純なトリックである。

「ひらがなにして名字と名前を色分けすることで分かる人には伝わりやすくなります。思ったとおり、仙道さんは無意識のうちにアナグラムを読み取っていた。だから『東京人肉天婦羅』を手に取ったのです。唾棄すべき内容ながらも、最後まで読まれたのは息子さんへの思いが心のどこかに残っていたからです。あなたは気づいてなくても心はそうだった。いや、もしかすればあなたは作者が息子であることに気づいていたのかもしれない。ただそれを受け入れられなかった」

美月は持ってきた紙袋から『東京人肉天婦羅』の本を取り出すと作者直筆サインの入ったポップを表紙の上に載せて仙道の方に差し出した。彼女は顔をうつむけてじっとそれを見つめている。

しばらく沈黙が続いた。

やがてテーブルの上に水滴が落ちた。それからポタポタといくつも落ちてくる。彼女は肩を震わせていた。

「息子さんは、母親のあなたに作家デビューして晴れ舞台に立つ自分の姿を見てほしかったんですね」

研介は彼女の背中に手を置いて優しい声をかけた。熱くなった体の震えが手に伝わってくる。涙はテーブルの上にちょっとした水たまりをつくっていた。

突然、仙道が勢いよく立ち上がった。キャスター付きの椅子が後ろに弾かれて壁にぶつかって止まる。

「その紙は捨ててちょうだい。本もいらないわ」

彼女は乱暴に涙を拭《ぬぐ》いながら言った。

「ど、どうして？　この本もポップもあなたの息子さんの晴れの姿ですよ。ホラー小説はお嫌いかもしれませんが、どんな新人賞でも受賞して作家になるってものすごく大変なことなんです。僕たち作家志望者にとって夢のまた夢。それを叶えられるのはほんの一握りだけ。それを成し遂げた息子さんは本当にすごいですよ。僕は心から尊敬します」

研介は思わず立ち上がってまくし立てた。作家デビューへの道のりの険しさは身を以て知悉《ちしつ》している。

「さっきも言ったでしょ。私に子供はいない。土居宇宙船なんて男は知らないし私には関係ない」

「息子さんはあなたに今の自分の晴れ姿を見せたかったんだ。彼にとってあなたはいつまで経ってもお母さんだった。なに意地を張っているんですか！」

「あんたはなにも分かってない！」

仙道はテーブルを思いきり叩くとそのまま部屋を出て行った。

「ちょっと……」

あとを追いかけようとしたとき美月にエプロンの紐を引っぱられた。

「あれで本当にいいんですか、美月さん」

彼女は哀しそうな顔でうなずいた。「あれでいいんだと思います」

「それじゃあ息子さんが気の毒ですよ。あの人は彼のメッセージも本も受け取ろうとしなかった。なんてひどい母親だ」

研介は失望のあまりドスンと腰を椅子に落とした。

「そんなことないです。息子さんのメッセージはお母さんにちゃんと届いたと思う。彼は私に『君のポップで僕のデビュー作を母に読ませてほしい』と言いました。その表情はとてもにこやかだった。それに騙されたんです。つい先ほどまで私も、彼が作家になった姿をお母さんに見てもらいたいと思っていると考えていました。でも、今はそうじゃなかっ

「たんじゃないかと思います」

「それはどういうことですか」

「これはきっと復讐……自分を捨てた母親に対する復讐です」

彼女は一言一言、言葉を選ぶように慎重な口ぶりだった。研介には彼女の言っていることが今ひとつ分からなかった。

「仙道さんはあの小説を読んで彼に言いましたよね。『この作者には人を慈しむ心がない。育った環境が悪かったんだ』と。やがてその作者が自分の息子だという事実を突きつけられる。捨てた子供が成長して書いた小説は、やはり作者本人の歪みきった人間性や非道なメンタリティを活写したものだった。母親にとってこれほど絶望的で残酷な仕打ちはありません。彼は作品を通して母親に思い知らせたんですよ。自分の心の闇と歪みはあなたの責任だと。その歪んだ心でこれからも人の道を外れたおぞましい鬼畜小説を書き続けていくんだと」

美月はそこで一つ大きなため息をついた。

「もし復讐が目的だと分かっていたら、私は決して協力なんてしませんでした。土居宇宙船さん、ひどいよ……」

彼女は唇を噛んだままうなだれる。

しばらく重苦しい沈黙に包まれた。

「本当にそうでしょうかね」

研介はうなだれたままの美月に声をかけた。彼女はゆっくりと顔を上げる。

「僕はやっぱり純粋に自分の晴れ姿を母親に見てもらいたかったと思うんですよ。少なくとも彼女にデビュー作を読んでもらいたかった。もしかしたら彼が小説を書き始めた一番最初のきっかけは母親への復讐心だったかもしれない。でも今は違うと思います。デビューもしてない僕がこんなことを言うのは見当違いかもしれませんが、作家になるってそんなことすら超越してしまうことだと思うんですよ」

「超越？」

白目をほんのり赤くした彼女が聞き返した。

「ええ。私怨《しえん》だけの小説なんて他人にとってはさして面白味のない陳腐な私小説に過ぎません。文学新人賞の選考委員たちは読書のプロです。彼らは一読するだけで作品の本質を読み取ってしまいます。ましてや受賞作ですからそこに至るまでに多数の下読みや編集者、作家たちの目が入っているはずです。もし『東京人肉天婦羅』が単なる私怨を晴らすための道具に過ぎなかったら彼らはそのことを決して見落とさない。そんな作品を受賞させることは断じてないと思います。自分を捨てた母親に復讐するため作家になる。そんな浅はかな意識でデビューできるほど甘い世界じゃありません。私怨を飛び越えてその先にあるものを書かなければならない。作家を目指したことのある美月さんなら分かるでしょう」

美月はしばらく研介を見つめていたが、やがてゆっくりとうなずいた。

「僕も同じ文学賞に応募していたんで読みました。土居宇宙船さんは純粋にエンターテインメントとしてこれを書いたんだと思います。悔しいけど慄然とする筆致に圧倒されました。陰惨で非道な話だと思うけど、僕は間違いなくこの作品を楽しめました。同じ作家の次回作も読んでみたいとすら思いましたからね。この作品の本質は私怨ではありませんよ。そんなものでここまで僕を楽しませることはできませんから」

彼女はニッコリと微笑むと、

「人を観察する目には自信があったつもりでいたんだけどまだまだですね」

と伸びをしながら言った。少しは気持ちがほぐれたようだ。

「僕はすごいと思いましたよ」

「なにがですか」

「ポップです。美月さんのポップには人を動かす力があります。まさかあのような仕掛けが仕込まれていたなんて思いもしなかった。今回、あんな形だったとはいえ生き別れになっていた親子を結びつけたんです。これからどうなるかは二人の問題。僕は親子の絆《きずな》を信じたいです」

「雨降って地固まるになればいいんですけどね」

「それはそうと美月さんは作家を目指していたんですね」

山村正夫記念小説講座に在籍していたのならかなり本格的に目指していたのだろう。あの講座は数あるカルチャーセンターではなく道場のような小説教室だと聞いたことがある。

「え、ええ……それはもう昔の話です。恥ずかしいので止めてください」

彼女は頬を赤らめながら片手を左右に振った。

「お願いがあるんですけど……」

研介は彼女の前で居住《いず》まいを正した。彼女はきょとんとした顔で研介を見つめる。

「お願いってなんですか」

「今度、僕の作品を読んでもらえないでしょうか。美月さんに読んでもらいたいんです」

彼はテーブルに手をついて頭を下げた。

「お断りします」

美月の応《こた》えに顔を上げると、彼女は真っ直ぐな眼差しを研介に投げかけていた。

「だ、だめですか」

「ごめんなさい。それはできません」

彼女はお見合いパーティーで男性の申し出を断るときのようにきっぱりとした口調で頭を下げた。

「どうしてでしょうか？」

「私もこの道のプロです。ですからプロ作家の作品しか読まないことにしてます。なぜならアマチュア作家の書いた作品は書店にとってなんの意味も価値もないからです。私は馴れ合いの読書をするつもりはありません」

彼女の目つきがわずかに厳しくなった。研介は落胆を隠すことができず肩を落としてため息を吐いた。まさかこんなにはっきりと断られるとは思わなかった。

「日比谷さんがプロデビューしたらそのときは読者第一号になります。ぜひ私にポップを作らせてください。楽しみにしてます」

言い過ぎたと思ったのか彼女は研介の顔を覗き込むようにして励ました。手はガッツポーズを作っている。

「僕の方こそ図々しいお願いをしちゃってすみませんでした。そうですよね。美月さんはプロフェッショナルですもんね」

研介は納得した。彼女は矜持《きょうじ》を持って真摯《しんし》な気持ちで仕事と向き合っている。だからこそ人の心に響くポップが書けるのだ。

プロデビューしたら彼女に第一号読者になってもらってポップをつけてもらおう。彼女が手がけるポップなら心強い。彼女に書いてもらいたくて多くの作家がやって来るのだ。

しかしその前に。

デビューしなくちゃ！

第二章

ベルサイユ書房の応接室。

研介はテーブルを挟んで二人の男性と向き合っている。隣には美月が腰掛けていた。

「今日はわざわざお越しいただいてありがとうございます」

彼女が二人の男性に向かって丁寧にお辞儀をする。研介も慌てて彼女に倣った。部屋の扉が開いて栗山可南子がお茶を運んできてくれた。

「こちらこそいつもありがとうございます。美月さんのポップのおかげで先日、二十五万部を突破しました」

眼鏡をかけた小太りの男性が人なつこそうな笑顔で言った。談合社の編集者だ。先ほど受け取った名刺には石川《いしかわ》とあった。

「それはすごいです！」

美月が手を組み合わせて声を弾《はず》ませる。

「美月さんのおかげですよ」

「そんなことありません。明らかに七尾《なな お》先生の作品の力ですよ」

石川の隣で長身でハンサムな男性が微笑《ほほえ》んでいる。人気ミステリ作家の七尾良夫《よしお》だ。

「僕のデビュー作『死亡フラグが立つ男』も美月さんのポップがきっかけでブレイクしました。あれがなければ今の僕はなかった。無名の新人作家の作品なんて見向きもされませんからね。そう考えると七尾良夫という作家を生み出したのは美月さん、あなたです。美月さんは僕のお母さんみたいな人です」

「い、いやだわ……ちょっと、止めてくださいよ。照れるじゃないですかぁ」

美月は顔をトマトのように真っ赤にしてフルフルと首を振っている。

テーブルの上では七尾の最新刊が百冊の山を作っている。『殉職刑事アルシンドの冒険』は彼の記念すべき十作目の作品で三ヶ月ほど前に刊行された。矢継ぎ早に重版がかかり早くも映画化が決定したという。ベルサイユ書房発の作家ということもあって、彼の著作は刊行されるたびに美月がポップを書いているという。七尾の方もそのたびに新刊の報告と挨拶で当店に訪れてくる。

「この書店は僕にとっての聖地ですからね。ここに来ると気持ちが落ち着きます」

七尾は背中を伸ばしながらくつろいでいる。

「七尾先生もすっかり作家の顔になってますね」

「最初お会いしたときは右も左も分からず不安でいっぱいでしたからね。デビューした作家の多くは数年で消えていくといいます。今も書き続けられるのはベルサイユ書房と美月さんのおかげです」

「私がどうこうしなくても先生の本は必ず売れてましたよ。あんな面白い作品を見過ごすほどお客さんたちは鈍くありません。百パーセント作品の力です。ただ、先生にそう言っていただけると嬉しいわ」

彼女はうっとりとした瞳を彼に向けていた。どういうわけか研介の胸がチクリと痛む。

「ぼ、僕も七尾先生の大ファンなんです。『大江戸線探偵』のトリックにはシビれました。どうやったらあんな着想が出てくるんですか?」

「それは君、企業秘密だよ」

七尾は魅力的な笑みを広げながら答えた。

そりゃそうだよな……。研介は落胆を呑み込んだ。

「それでは先生。サインの方をよろしくお願いします」

「腱鞘炎《けんしょうえん》になりそうな数だな」

「本当に申し訳ないです。先生のサイン本はいつも即日完売ですから」

本は基本的に委託販売だ。書店は本を置くスペースを出版社に貸す形で売り上げの一部を利益とする。売れ残った本は出版社に返すことができるのだが、商品に文字が書き込まれたりすると返本がきかなくなる。サイン本が売れなければその損害を書店がかぶらなければならない。つまり書店にとって作家のサイン本というのは大きなリスクになる。よほどの売れっ子でもなければ百冊もサインさせられない。それだけ彼の本は売れるわけだが、それ以上に書店がその作家を応援したいという気持ちが大きい。作家を育てるのは出版社や読者だけではないのである。

「お母さんの頼みだからね。親孝行しなくちゃ」

「お母さんとかやめてくださいよぉ」

美月は両方の頬を手のひらで押さえている。

「先生、私もサインしてもらっていいですかぁ」

お盆を抱えながら後ろで立っていた栗山がすかさず七尾の著作を差し出す。彼は快く表紙にサインをいれた。

「一生の宝にします！」

彼女は七尾と握手をすると浮かれたままの表情で部屋を出て行った。彼女のそんな姿を見て、研介は自分もいずれ七尾のような作家になるぞと信念を強くする。

それから彼は山になっている本一冊一冊にサインする。十作目ともなるとその手つきに熟練が窺《うかが》える。彼が次から次へとサインをすると、美月と研介が滲《にじ》んだインクが他のページを汚さないよう「返し」の紙を挟み込む。休憩を入れてたっぷり一時間の作業となった。七尾は利き手をヒラヒラと振っている。

「どうもお疲れさまでした」

研介はサイン本を抱えて倉庫に移動した。これらをシュリンク機にかけて包装する。そして売り場に並べるのだ。もちろん店内で一番目立つ位置の新刊棚に多面展開である。

ベルサイユ書房には七尾良夫のように新刊を出すと挨拶回りに多数の作家が訪れてくる。都内に夥《おびただ》しい数の書店があるが、売り上げに影響力を持つのは当然大型店である。本来ならそちらだけを回れば効率が良いはずなのだが、彼らは当店を外さない。それはやはり美月美玲という書店員の存在があるからだ。剣崎店長が横浜の書店からヘッドハンティングしてまで連れてきただけのことはある。

研介はサイン本を新刊コーナーに並べた。その作業の途中にも客たちはサイン本をレジに持っていく。人気作家だけあってすごい売行きだ。本が売れないと嘆く声しか聞こえない出版業界だが、それでも売れる本は売れるのだ。ごく一握りのベストセラーとまったく売れないその他の本。書籍の売行きはそんな構図になっている。デビューするだけでもハードルが高いのに、越えたら越えたでその一握りに入らなければ作家として生きていけない。やはり厳しい世界である。

こうしているうちにも次々と売れていく。美月が即日完売といったが、百冊ともなるとそれは大げさにしろ今週中にはすべて捌《さば》けるだろう。

「よし！　ノブエは今のところ無事ね」

栗山可南子が「当店オススメコーナー」の棚をチェックしている。またあれから『連続殺人鬼ノブエの倒錯』のポップが何者かによって持ち去られたのだ。そのたびに美月に新しいポップを作ってもらっているという。売り上げの方はこちらも順調どころか日に日に大きくなっている。クチコミは着実に広がっているようである。美月のポップに見入っている客も少なくない。

栗山と一緒に「丸塚丸子サイン会」告知ポスターパネルを棚のすぐ近くに設置する。日時は十一月三十日。今日は十九日だから十日ほど先だ。サイン希望者には整理券を配布するが先着百名で受け付け終了と書いてある。まだ無名に近い作家だけにどれだけ集まるか。

作業が一段落して店内を見渡す。

この時間はさほど混み合ってないが何人か常連客の顔が見える。雑誌コーナーで雑誌を読んでいるふりをしている、トレンチコートの細身で長身の女性は相変わらず文芸書コーナーを気にしている。今日も定点観察だろう。作家なのか編集者なのか分からないが自分が手がけた本の動きを窺っているに違いない。文芸書コーナーでは青いセーターの中年男性が立ち読みをしている。彼も何度も見かけたことがある。彼が読んでいる本は女性に人気のある作家の恋愛小説だ。四十代に見えるが独身なのだろうか。

そしてミステリ小説コーナーでは四十代の男性が立ち読みをしている。彼はミステリ専門で週に二、三回ほどのペースで訪れてくる。七三にきっちり分けられた髪型、切れ長の双眸《そうぼう》、すっと通った鼻筋、直線的な顔の輪郭や体型。全体的にシャープに整っていて均整が取れているが、その分隙の無い印象を与えている。

研介はまたも人間観察モードに入っていた。彼が今日どんな本を読んでいるのか気になる。研介はそっと男性に近づいた。本の表紙には『平成版・謎の迷宮入り事件』とある。ミステリ小説コーナーはフィクションばかりでなく、ミステリのネタになりそうな実録モノやドキュメンタリーも陳列されている。男性は熱心にその本を読みふけっていた。しかし青いエプロン姿の研介に気づくと「ちょっと店員さん」と声をかけてきた。

「なんでしょうか」

「この本のポップって誰が書いたの」

彼は棚を指さした。この本はポップと一緒に縦置きで面陳《めんちん》されている。そのポップは字体から美月の仕事だ。ここでバイトを始めてから十日が経つ。字体とデザインを見ただけで、どの書店員が書いたものなのか分かるようになっていた。

「もちろんうちのスタッフです」

「これの意味を教えてもらいたいんだが」

研介はポップを眺める。

『真犯人は小説のヒロインかもしれません』

彼は首を傾げた。『平成版・謎の迷宮入り事件』は読んだことがないが、帯カバーの紹介を見る限り実録モノのようだ。平成に入ってから起こった、数々の迷宮入り事件のルポルタージュといったところだろう。いわばノンフィクションだ。そこにフィクション（小説）のヒロインが絡んでくるとはどういうことなのか。本書を読んでみないことにはなんともいえないが、たしかに意味が分からない。

「あのぉ、お客さんはもしかして刑事さんですか」

研介が声を潜《ひそ》めて尋ねると男性は目を丸くした。

「どうしてそう思う？」

「以前、他の書店でお見かけした刑事さんと同じ目をしてらっしゃるので」

珍本堂でグリコ・森永事件関連書籍を漁《あさ》っていた定年退職した元刑事のことだ。男性の切れ長の目は元刑事と同じように鋭利な光を湛《たた》えていた。

男性は「ほぉ」と感心したようにうなずく。表情はほのかに緩《ゆる》んだが眼光は変わらなかった。

「警視庁捜査一課の津田《つだ》といいます」

「捜一の刑事さんですか！」

研介は思わず感激してしまった。捜査一課といえば殺人などの凶悪犯罪を専門に扱うセクションだ。警察物を書くに当たって警察のセクショナリズムとか捜査会議の状況とか分からないことがたくさんある。刑事ドラマで描かれる捜査は、実際のそれとかなり違うという。今すぐ津田にインタビューをしたいくらいだ。

「シッ！　声が大きいですよ」

津田が慌てて口に指を当てる仕草をした。

「すみません。本物の刑事さんに会うのは初めてなのでつい……。そういえば赤バッジをしてないんですね」

警視庁捜査一課の捜査員たちはスーツの襟に「S1S　mpd」と刻まれた赤いバッジをつけている。最初の「S1S」は「Search 1 Select」の略で「選ばれし捜査一課員」の意味、「mpd」は警視庁を指す。ミステリ書きなら常識で知っておかなければならない。

「今は休憩中なので外してあります。それはともかくこのポップを書いた店員さんと会いたいんですが」

「このポップがなにか」

「ちょっと話を聞きたいだけです」

刑事は顔を近づけて言った。有無を言わさない口ぶりだ。

「よ、呼んできます」

彼の凄味《すごみ》に気圧《けお》されて思わず後ずさる。やはり本物の刑事だ。

「できたら他のお客がいないところがいいんですが」

刑事のリクエストに応えて研介は応接室に彼を通した。すぐに倉庫で伝票作業をしている美月を呼んでくる。彼女はテーブルを挟んで刑事と向き合って座る。研介はお茶を淹《い》れた茶碗を彼の前に置いた。

「お仕事中に大変申し訳ありません」

彼は頭を下げると名刺をテーブルの上に置いた。警視庁捜査一課の津田寛三《かんぞう》と印字されている。

「私が書いたポップのことでなにか？」

「あの『真犯人は小説のヒロインかもしれません』というキャッチコピーですけど……あれはもしかして十年前に杉並区で起きた事件のことではありませんか」

そう言って彼は棚から持ってきていた『平成版・謎の迷宮入り事件』のページを開いた。そこには「杉並区一家殺害事件の謎」と見出しが打たれている。写真に写っている現場は中流家庭向けの平凡な二階建ての一軒家だった。また一緒に掲載されている四人家族の集合写真は、両親に小学生の兄弟である。背景はディズニーランドだろうか、四人とも笑顔でカメラに向けてピースサインを送っている。彼らが被害者だという。四人は家の中に押し入ってきた何者かによって刃物で刺殺されていた。深夜寝静まったときだったので、彼らはそれぞれの自室に分かれて寝ていたという。父親だけトイレに立ち寄ったところを背後から襲われたらしい。

「この本はまだ精算が終わってませんが、帰りに買っていきますんで」

そう言って刑事は本が閉じないよう折り目をつけた。美月は無表情でそのページをじっと見つめている。

「実は私、この事件を担当してました。当時の私は所轄《しょかつ》勤務で管轄《かんかつ》内で起こった事件なんです。現金も貴金属類も手つかずで窃盗目的の可能性は低い。目撃情報も遺留品も乏《とぼ》しかったので捜査は難航しました。家族の交友関係も徹底的に洗いましたが、被害者一家は他人から恨まれるような人間ではなかった。両親に借金や浮気の痕跡も認められない。二人の子供にもイジメなどのトラブルはありませんでした」

津田は険しい表情で事件のあらましを語った。

「ああ、その事件なら僕も憶えてます。当時はワイドショーで騒がれてましたよね」

研介は十年前の報道を思い出した。子供を含めた一家が惨殺されるという凄惨《せいさん》な事件にもかかわらず容疑者を特定できなかった。やがてマスコミの論調は警察の杜撰《ずさん》な捜査への批判に傾いていった。津田にとっては忸怩《じくじ》たる思いだったろう。あれから十年。すっかり事件のことを忘れていたが迷宮入りしていたのだ。

「津田さんは当店をご贔屓《ひいき》にしていただいているようでありがとうございます」

美月はほのかに微笑むと頭を下げた。彼女も彼が常連であることを認識していた。

「いやあ、たまにしか買っていかないのでそんなことを言われると心苦しいのですが……。捜査に行き詰まるとここに足が向いてしまうんですよ」

「それはどうしてですか」

「どんな犯罪であろうと、その手口やトリックはすでにミステリ小説で使われています。つまり刑事にとってミステリ小説は最高の教科書なんです。そしてこの書店は特にミステリ関連が充実している」

津田は片方の口角を上げた。

「たしかにそれはよく言われることです。どんな画期的なトリックを思いついても、それはすでに他の作品で使われているから、ミステリ小説の世界においてもうネタが残ってないと」

同じことをある著名なミステリ書評家が雑誌のインタビューで語っていた。

「つまり世の中で起こっている犯罪の多くは既存のミステリの焼き直しに過ぎません。古今東西のミステリに精通していれば解けない事件はないと思うんです。事実は小説よりも奇なり？　そんなことはありません。いつまでたっても『小説は事実より奇なり』なんです」

津田は美月と研介を前にして身振り手振りを加えながら熱い口調で語った。この刑事、どうやらミステリ至上主義者らしい。

「だから私は事件が起こるたびに現場より先に書店に行きます。捜査のヒントの宝庫ですからね」

研介は苦笑いを抑えた。現場より書店。小説のキャラクターに使えそうな刑事だ。

「今日もそれで来られたんですか」

研介は身を乗り出して尋ねた。現役のそれも捜査一課の刑事を前にするだけで興奮する。津田には聞きたいことがたくさんある。

「ええ。気になる事件が二つありまして。いずれも書店絡《がら》みなんですよ」

「書店？」

「ひとつは私が担当している恵比寿《えびす》で起こった書店員刺殺です。仕事帰りに、背後から襲われたようです。現場は深夜、人気の少ない公園だったので、めぼしい目撃情報が得られてません」

「先月の事件ですね。その方とは何度か書店員が集まった飲み会で話をしたことがありますし、メールでも頻繁にやり取りしてました。殺されたただなんて今でも信じられません」

美月が痛ましそうに言った。

「もうひとつは私の担当ではありませんが中野で起きた放火事件です。幸い死者こそ出ませんでしたが書店が全焼しました」

研介も新聞記事で読んだので知っている。先週の事件だ。商店街にある小規模書店で深夜に出火して全焼した。現場の状況から不審火が疑われているという。

「そこでバイトしていた書店員さんともフェイスブックを通じた知り合いです。彼女は火事のショックで書店員を辞めてしまったと聞きました。本を愛する人だったのにとても残念です」

美月は心底辛そうに顔を歪めて言った。

「彼らとはどんなやりとりをされていたんですか」

彼女に尋ねる刑事の瞳がギラリと光った。

「もちろん本に関する情報交換です。私たちは本を売るプロですから、なるべく読むようにしてます。だけど毎日、洪水のような勢いで刊行されますから、目を通せるのはほんの一部です。だから書店員同士で互いのオススメを教え合うのです」

「なるほど。その本は自腹で買うのですか」

「社員割引はありますけど全部自腹です」

「それは大変なことですね」

刑事はお茶をすすりながら言った。

「読まなければお客さんに本の紹介をできませんから。版元から送られてきた本を並べて売っているだけではただの機械と同じです。泣きたくなったらこんな小説、ワクワクしたくなったらこの漫画、恋で悩んでいるのならこんな本。大げさな言い方になっちゃいますけど、お客さんを本を通して導いてあげるのが私たち書店員の仕事だと思ってます」

今度は美月が熱っぽく語った。

「本のソムリエですね」

「そう言う人もいますね。といってもそんな立派なものでもないんです。好きで勝手に読んでいるだけですから」

熱弁が過ぎたと思ったのか彼女は恥ずかしげに語尾を濁した。

「いやあ、店員さんの本に対する愛情がこの書店を魅力的なものにしていると思いますよ」

「そう言っていただけると嬉しいです」

美月は小さく頭を下げた。

「選文《せんぶん》書房恵比寿店の松本秀作《まつもとしゅうさく》さんと中野西書店の若林美智代《わかばやしみちよ》さん」

津田はメモ帳を取り出すと二人の名前を告げた。件《くだん》の書店員だろう。名前を聞いて美月が表情を暗くしながら俯いた。松本という男性は刺殺されている。

「美月さんが彼らにオススメしたのは『連続殺人鬼ノブエの倒錯』ではないですか」

彼女はハッと顔を上げた。

「どうしてそれを……」

「二軒とも大々的にその作品を展開しようとしてました。大部数を発注して店頭の目立つコーナーに山積みにする準備を進めていた。中野では大型のパネルまで製作していたようです」

「そうだったんですか……」

「ご存じなかったですか？」

「ええ。そこまでは。棚が出来上がったら連絡してくれていたと思いますが……」

美月は悔しそうに唇を噛んだ。膝に置いた握り拳が震えている。

「美月さん、大丈夫ですか」

研介は彼女に声をかける。

「え、ええ、大丈夫。ちょっとショックだっただけ」

そんなやりとりを刑事は鋭利な目つきで観察するように見ていたが、

「それで先ほどのポップのことに話を戻したいんですが」

と話を続けた。

「え、ええ……。なんでしょうか」

「実は私、この店でノブエを買いましてね。きっかけはもちろんポップのキャッチコピーでした。昨夜、読み終わったところなんです」

「それはありがとうございます。ノブエはいかがでしたか」

「すごいですね。あんな女が本当にいたら恐ろしいと思います。読み終わってから、ノブエに狙われているんじゃないかと思わず部屋のカーテンを閉めましたよ」

刑事は眼光そのままに苦笑する。

「私もそうでした。その日の夜はドアや窓の鍵を何度もチェックして布団にくるまってました。冗談抜きに怖くて朝まで一睡もできませんでしたよ。ノブエが殺しに来るんじゃないかって」

美月は気味悪そうに両腕をさすりながら言った。

「ちょっと行き過ぎた残酷さがありますが、それも面白さなんですかね」

「そうだと思います。貧困にしろ暴力にしろ、あるラインを越えてしまえばファンタジーですからね。その読後感の悪さこそエンタメになるんだと思います。最近では『イヤミス』というジャンルが流行ってます。本読みの刑事さんならご存じですよね」

津田はうなずいた。

イヤミスとは読者がイヤな気分になる後味の悪いミステリをいう。研介が最近読んだ中では映画にもなったジャック・ケッチャム原作『隣の家の少女』などがある。あれも相当に救いのない酷《ひど》いストーリーだった。しかしそれだけに目が離せない。この手の作品を読んでいると自分の中に登場人物と同じような獣性《じゅうせい》が潜んでいるのではないかと疑ってしまう。作品や登場人物だけでなく、自分に対しても嫌悪感を抱いてしまうのだ。そう思わせる作品こそが優れたイヤミスなのかもしれない。

「物語の中盤あたりでノブエが一軒家に押し入って一家を皆殺しにするエピソードがありますよね。舞台は都内某所となってましたけど」

「はい。ノブエは自分の実の娘を殺すことが目的でした」

と美月が応える。

『連続殺人鬼ノブエの倒錯』は醜い容姿に生まれたノブエがいかに殺人鬼になっていくか、その半生を描いたイヤミスである。研介も先日読んだばかりだ。フィクションの小説であるがドキュメンタリータッチで描かれているので、いかにも実話を思わせる迫真がある。最悪の読後感だったが読んでいる最中は存外に引き込まれた。

肥満体でルックスに恵まれないノブエは中学校でイジメに遭《あ》っていた。苛烈《かれつ》にエスカレートする情け容赦ない残酷なイジメに、友人や頼る者のいない彼女はただひたすら耐えるしかなかった。その筆舌に尽くしがたい辛苦や痛みから逃れるため彼女は人間としての感情を麻痺させるしかない。そのうちヒューマニズムが欠落して心が歪んでいく。最初は小動物に向いていたストレスのはけ口も、やがては復讐へ向かうことになった。

ノブエは首謀者たちと、イジメと知りながら黙認した担任教師を惨殺して姿を消した。

彼女の部屋には遺書が残されており、これから海に投身することが記されていた。目撃情報は北陸方面の電車に乗る姿が最後で、警察は自殺場所に向かったのだと判断して日本海から上がった身元不明の溺死体の洗い出しに捜査の方向を転換した。しかしノブエと思われる死体は見つからなかった。

ノブエはもちろん生きていた。遺書も捜査の攪乱《かくらん》を狙った捏造《ねつぞう》である。

彼女は整形で顔や体型を変えながら、行く先々で他人を殺しては戸籍を奪ってその人物になりすます。狙うのはすり替わっても疑われにくい天涯孤独の人生を送る女性ばかりである。それでも正体を探ろうとする者など、ノブエにとって不都合となる人間をもまた殺していく。彼女は殺人衝動の塊でありモンスターだ。ときには気まぐれでなんの罪もない人までも手にかける。そんなノブエが行きずりの男と交わり妊娠した（その男は性交が終わると同時に殺害）。

どういうわけか彼女は堕胎することなく町外れにある個人経営の産婦人科医院で出産する。

次の日、その病院から出産に関わった産科医とナースの惨殺死体と一緒に生まれたばかりの赤ちゃんが見つかった。警察は消えた母親を捜したがその行方は杳《よう》として知れなかった。その赤ちゃんは施設に預けられるが、間もなく子供に恵まれなかった夫婦に引き取られる。結局、その夫婦はそれからさらに二人の子供を授かることになるのだが、養女も他の子供たちと同じように分け隔てない愛情で育てた。

そして十年後。子供たちは小学生となり幸せな生活を送っていた。そこへノブエが押し入ったのだ。彼女は命乞いをする子供たちを虫を潰《つぶ》すように殺し、さらには育ての両親に手をかけて姿を消した。

「物語でも事件は迷宮入りしてしまいます。目撃情報も遺留品も出なかったこともありますが、なにより犯人の目的が子供の殺害という発想が警察にはなかった。他人から恨まれるような家族ではなかったし、現金や貴重品が持ち去られていたので強盗だと決めつけてしまった」

娘が養子であることを警察は把握しているので、彼女だけを殺せば当然ノブエに結びついてしまう。そこでノブエは一家を皆殺しにして捜査の攪乱を図ったのだ。このような短絡的な殺意がこの作品の怖さでもある。そもそも出産したのも母性に目覚めたわけでなく「自分の産んだ子供を殺してみたい」という好奇心に過ぎない。その好奇心を十年後に一家惨殺という形で果たしてしまったわけである。これほどヒューマニズムを踏みにじる展開もイヤミスならではの醍醐味《だいごみ》といえよう。

研介はもう一度、『平成版・謎の迷宮入り事件』に目を通す。

「まさか刑事さんはノブエのエピソードとこの杉並区の事件を結びつけているんですか」

小説の方は強盗の仕業に見せかけていたが、杉並区の方は物色された痕跡がない。目撃情報や遺留品などの手がかりが乏しかったのは共通しているが、そもそも迷宮入りする原因の多くはそれだ。それに子供の数と性別が違う。小説の方はノブエの実子である長女と下は男の子二人だが、杉並区は二人兄弟である。

「無視できない共通点があるんですよ。杉並区の殺された兄弟のお兄ちゃんの方は養子なんです。本当の両親は不明です」

「ちょっとそれは……こじつけすぎじゃないですかね」

研介は笑いながら首を捻《ひね》った。

「美月さん。あのポップの『小説のヒロイン』というのはどういうことなんですか」

津田は彼女に向かって聞いた。

「いくつかのミステリ小説は実際の事件をモチーフにして描かれています。有名なところでは松本清張の『黒い福音』なんてそうですね。こちらは昭和時代ですけど」

「つまりこの本が扱っている事件が元ネタの小説があるということですか、あのポップは」

「そんなところです」

美月があっさりと応える。

「そうですか……」

見込み違いだったようで津田は肩を落とした。

「二件の書店絡みの事件とこの杉並区の事件がたまたま昨日読み終わったノブエに結びついたのでどうにも気になってしまって……。そこへあのポップを見たので思わずお話をお聞きしたというわけです。ちょっと考えすぎでしたね」

「考えすぎってなにを考えていたのですか。まさかノブエが実在するとか」

研介は冗談交じりに言った。

「ははは。実はそのまさかでしてね。ミステリ小説の読みすぎかな。現実とフィクションの区別がつかなくなっているのかもしれません」

津田は表情を緩めるが、それでも鋭い眼光はいささかも弱まらない。

「よろしかったらこれを」

美月はカラーでデザインされたチケットを彼に差し出した。

「サイン会の整理券です。ノブエの作者さんです」

「丸塚丸子ですね。あんなエグい小説を書くなんてどんな女性なんですかね」

「実は私もまだお会いしたことがないんです」

と美月が言った。顔写真を公開していないので研介もどんな女性なのか知らない。著作の著者プロフィールにも詳しいデータが記されていない。

「当日は絶対に伺います。楽しみだな」

「刑事さん」

美月は急に真剣な顔を彼に向けた。

「なんでしょう」

彼も整理券をしまって居住《いず》まいを正す。

「書店の事件のことはよろしくお願いします。絶対に犯人を捕まえてください」

美月は丁寧に頭を下げながら言った。彼女の瞳の光は強い意思がこもっているように見えた。

「もちろんです。ああ、でもノブエのことがどうしても気になっちゃうな」

津田は頭をクシャクシャと掻《か》いた。それなのに形状記憶のように髪型がくずれない。

「だからノブエは小説のキャラですってば」

研介は微苦笑する。

「狙われた書店はいずれもノブエの大規模な販促を展開しようとした店舗だった。犯行の動機がそこにあるなら真っ先にこの店が狙われるはずです」

「つまりノブエは関係ないってことじゃないですか」

「そうですよねぇ……。一度疑ってしまうと、どうもそれから意識が離れない。今回はそれが特に強いようです」

彼は尖った顎先を指でさすった。

「いわゆる刑事の勘っていうやつですか」

「そんな非科学的なものを当てにしてはいけないんですけどね。この本は買って行きます」

津田は『平成版・謎の迷宮入り事件』を抱えて立ち上がると頭を下げて部屋を出て行こうとした。

「刑事さん」

美月が彼を呼び止める。彼は振り返った。

「なんでしょうか」

「サイン会は絶対に来てください。お願いします」

彼女は真っ直ぐに彼を見つめながら言った。懇願するような目だった。

「仕事をさぼっても行きますよ」

彼は美月の態度に戸惑ったような表情を見せたが、サッと手を振るとレジに向かって行った。

研介もサイン会に念を押す彼女の意図が気になった。


次の日。

靖国通り沿いの古書店街を歩いていると研介のすぐ近くの路肩に車が止まってクラクションが鳴った。左ハンドルの運転席側のウィンドウが開く。

「今日は休みではなかったか」

少女漫画から飛び出してきたようなキラキラした顔立ちの人物が研介に声をかけてくる。店長の剣崎瑠璃子だ。車内からテノール歌手の歌声が大音量で聞こえてくる。彼女が登場するバックミュージックに妙にマッチしていた。

洗練された重厚なフォルムのスポーツカー。色はシルバーだ。公道ではあまり見かけないが最近観た映画に出ていた。

「今日は休みですよ。ていうかこれってアストンマーティンですよね」

研介も以前書いた小説に登場させたことがあるので知っている。新車価格で二千万円を超えていたはずだ。英国車であり、００７ことジェームズ・ボンドの愛車でもある。さすがはケンザキ製菓のお嬢様だけのことはある。

「ただの通勤車だ。もっとも今の経営状況ではお前たちのバイト代を支払うと運転手も雇えないがな」

剣崎は高らかに笑うと、派手なエンジン音をまき散らしタイヤを軋《きし》ませながら発車した。あっという間に研介の視界から消え去る。あまりの浮世離れっぷりに清々《すがすが》しささえ覚えるほどだ。

今日はベルサイユ書房に勤務して初めての非番である。バイトを始めてから慣れない仕事に疲労困憊《ひろうこんぱい》気味で執筆がはかどらない。いかに珍本堂の労働条件と環境が恵まれていたか実感する。しかし作家と直《じか》に会えたり、本や客の動向をリアルタイムで把握できる。そしてなにより美月美玲の存在だ。研介はどんな本のどこがよかったのかを、それとなく聞いている。プロでもない自分の作品を読んでもらうわけにはいかないが、本読みのプロがどんな作品を求めて、評価しているのか知ることができる。このメリットは大きい。彼は聞いたことを目立たないところでメモしていた。

今日は資料集めの古書店巡りだ。今度は書店員を主人公としたコージーミステリを書いてみようかと思っている。コージーミステリは主に「日常の謎」を扱ったもので人の死なないミステリといわれている。コージーは「心地よい」「くつろいだ」という意味があり、ミステリの世界ではハードボイルドの反意語とされる。殺人事件という非日常的な設定に頼ることができないので、謎解きとキャラクターの面白さで話を盛り上げていかなければならない。そうでなければただのヌルいミステリになってしまう。暴力的表現を極力排除することでスリルやサスペンスが封印されてしまうので、書き手にとっては案外難しいジャンルだと思う。

思えばここ十日ほど他の書店に立ち寄ってない。仕事が終わると神保町駅からどこにも寄らず真っ直ぐに帰宅していた。たった十日なのに随分と久しぶりに思えてしまう。

まずは靖国通りの古書店を一通り物色してからすずらん通りを巡回する。その途中でカレーのランチ。この日はすずらん通りにある「キッチン南海」を選んだ。黒いカレーソースにサックリした舌触りのカツ。ここのカツカレーは絶品だ。この順路は学生時代から変わってない。

「珍本堂さんがなくなると淋しくなるな」

ランチを終えてから一番最初に入った「文観書店《ぶんかん》」の店主が研介に声をかけてきた。老猿《ろうえん》を思わせる小柄で華奢《きゃしゃ》な体格だ。ここの店は国文学をメインとしている。主に純文学であるがミステリやSFなどのエンターテインメントも少なからず置いてある。

「ええ、本当に。僕にとっても愛着ある職場だったんですけどね」

愛着というか、おいしい職場だ。

ここの店主は珍本堂の店主と囲碁仲間だった。ときどき店主に会いに顔を出していたので研介もよく知っている。

「日比谷くんはそれからどうしたんだ」

「実はすぐそこのベルサイユ書房でバイトを始めました」

「そうなの。ご近所さんなのに気づかなかったよ」

それは無理もない。新刊書店と古書店は深いつき合いがない。ましてやバイトレベルであればなおさらだ。

「おお、そうだ。紅茶でも飲んで行きなさいよ」

「助かります。ちょうど喉が渇いていたところです」

「ちょっと待ってな」

店主は奥の部屋に引っ込むとしばらくして戻ってきた。盆の上にカップを二つ載せている。そのうちのひとつを研介に手渡した。

「ありがとうございます」

「レモンを入れるといい」

店主はさらに小さな小皿を差し出した。レモンの輪切りが数枚載せられている。みずみずしい果肉に蛍光灯の光が反射して白く光った。

「本物のレモンを使うなんて粋ですね」

「お・も・て・な・し、だよ」

店主は一文字ずつ区切って言った。研介はそのうちの一枚を紅茶の中に入れた。

「美味《うま》いだろ、うちの爆弾は」

「爆弾？」

研介は聞き返す。

「あんた、文学部だろ。俺の言っていることが分からんか」

「分かりますよ。梶井基次郎でしょ。うちの爆弾ってもしかして……」

珍本堂に置かれたレモンを思い出す。

「察しの通りだ。誰かがうちの店に置いてった。もちろん心配しないでいい。そのレモンはすでに試食済みだ。毒は入っておらんよ」

「そのレモンの下に丸い厚紙のコースターが敷かれてませんでした？」

「なんで知ってるんだい？」

研介は珍本堂のレモンについて説明した。

「商品を果汁で汚さないよう気を遣ってくれたというわけか。ご丁寧なこった。でもなんでうちなんだろうな。梶井基次郎を再現するならせめて丸善だろ。ここからなら近くにお茶の水店があるじゃないか。ましてやうちも珍本堂も古書店だ」

店主は小首を傾げながら紅茶をすすった。コースターからしてレモンを置いたのはどうやら珍本堂と同一人物のようだ。

「どの本の上に置かれていたんですか」

そういえば珍本堂のときは店主が取り上げたあとだったので置かれた本を確認してなかった。

「ええっと……どれだったかな」

文観書店の店主は髪の薄くなった頭を掻きながら入り口近くの本棚に向かった。そして平台に置いてある一冊の本を取り上げた。

「ああ、たしかこれだ。鎌倉拓三？　知らない作家だな」

彼は眼鏡をかけて巻末の奥付を確認している。「藝文新社なんて出版社も聞いたことがない」

「シリーズ第二作目ですよ」

タイトルは『柿木夫人の憂鬱』。デビュー作『辛口ショートケーキ』に続く作品だ。

「さすがは文学部だな」

この店主も相当の小説通である。そんな彼が知らないのだから鎌倉拓三は思った以上にマイナー作家だ。界隈の古書店でも彼の作品はごくたまにしか見かけない。

「梶井基次郎気取りじゃなければ、置いた人はどういうつもりだったんでしょうかねぇ」

「なにかの告白かもしれないな」

「告白？」

「うん。先々週か。組合の集まりで聞いたんだが他の店でもレモンが置かれていたらしいぞ」

「それってどの店ですか」

「原文書肆《げんぶんしょし》だ」

原文書肆は裏通りに佇む小さな古書店だ。同人誌やマイナー作品を主に扱っている。研介もたまにではあるが足を運んでいる。

「で、告白ってのは？」

店主が不敵に微笑んだ。

「こういうのはどうだ。犯人はある犯行を計画している。それは殺人かもしれないし、銀行強盗かもしれん。彼は複数のミステリ小説を参考にしながら完全犯罪ともいえる手口を構築した。有名な人気作ではバレてしまうから、誰の目にも留まらないマイナーな作品をセレクトした。それらの作品は三軒から調達している」

「どうしてレモンなんて置くんですか」

「犯人は葛藤しているんだよ。本当の悪人なんていない。誰かに止めてもらいたいのさ。だからこのレモンはヒントなんだよ。この『柿木夫人の憂鬱』をトリックの参考にした」

店主はどうだと言わんばかりの顔を向ける。

「いやあ、面白い推理です。感心しましたよ」

案外ミステリ作家としての才能があるかもしれない。

「でもどうしてレモンなんですか。みかんやリンゴではだめなんですか」

「そ、それは……犯罪は酸っぱいからだろ」

「なんですか、そりゃ」

適当すぎる根拠には呆れてしまうが、その整合性を詰めてこそのミステリだ。犯人はなぜ古書店にレモンを置いて回るのか。これから書こうと思っているコージーミステリのネタになるかもしれない。

「ごちそうさまでした」

研介は紅茶のカップを置くと立ち上がった。

「ちょっと原文書肆のオヤジさんに話を聞いてきます」

「おっと、俺の推理をパクるんじゃないだろうな」

「もしかしたらちょっとだけ拝借させてもらうかも」

店主の語る犯人の動機は捨てがたい魅力にあふれている。

「受賞して本になったら賞金と印税は山分けな」

「謝辞に名前を載せますから、それで勘弁してください」

ほんのりと黴《かび》の臭いが漂う色褪《いろあ》せた古書店に色彩鮮やかなみずみずしいレモン。この二つのギャップで味わいあるミステリになりそうだ。

研介はバッグを抱えると店を出た。


原文書肆は文観書店から徒歩五分ほど離れた裏路地に佇む。

棚には簡易製本された同人誌が詰め込まれている。それらの多くは黄ばんだり色褪せたりして年季が窺える。雑誌名も『樹海文学』『灌流《かんりゅう》』『黎明《れいめい》』など昭和を感じさせる古風な響きがある。それらをめくってみると現在は大御所といえる作家の作品が掲載されていたりして思わず読み入ってしまった。彼らにもこんな下積みの時代があったのだと感慨深くなる。

「あんた、日比谷さんかい」

奥のレジカウンターに座っている痩軀《そうく》の老人がしわがれた声をかけてきた。皺の目立つ首から喉仏が突き出ている。さほど広くない店内に研介以外の客はいない。

「僕のことを知っているんですか」

この店に何度か足を運んだことがあるものの、話をするのはこれが初めてのはずである。ましてや名乗ったこともない。

「あんたが来る直前に文観書店のオヤジさんから電話があったんだよ。話があるからよろしく聞いてやってくれってな」

「そうだったんですか」

面倒見のいい店主だ。紅茶もごちそうになったことだし本を買ってやればよかった。

「先々週、本の上にレモンが置かれていたとオヤジさんから聞きました」

「ああ。ちょっと便所に入った隙に置かれたようだ。きれいなレモンでな。美味しくいただいたよ。酸っぱいのが好きでな。そのまま囓《かじ》るのがいいんだよね」

その様子を想像して研介の口の中に唾液が充満した。酸っぱい顔を見て老人は咳の混じった笑い声を上げた。丸囓りできるなら歯は丈夫らしい。

「丸い厚紙が敷かれてませんでしたか」

「そういえば敷かれておったな。おかげで本が汚れんで済んだ」

やはり同一犯だ。本に対する気遣いも気になるところだ。

「それでどの本の上に載せられていたんですか」

「それは忘れたな。ピンクがどうのこうのってタイトルだった」

「もしかして鎌倉拓三の作品ですか」

「そんな作家は知らんが、あんたの立っているその辺りだよ」

研介は平台に視線を落とした。果たして思ったとおりのタイトルが目に入った。『辛口ショートケーキ』『柿木夫人の憂鬱』に続く『ピンクの遊戯』、鎌倉拓三のシリーズ三作目だ。本作はシリーズ中でも出色の完成度であると研介は思っている。彼は本を手に取って店主に見せた。

「ほぉ、よく分かったな。間違いなくこれだよ」

店主は表紙を眺めながらはっきりと首肯した。

「実は僕がバイトしていた珍本堂でも同じように丸い厚紙の上にレモンが置かれていたんです」

「それも文観書店から聞いたよ。なにが目的なのか皆目見当もつかんわ。梶井なら丸善だろうに」

梶井基次郎の『檸檬』。

この老人も他の店主と同じことを言う。書店にレモンといえばこれしかないだろうけど。

それだけ人々に鮮烈な印象を残した名作なのだ。

それにしても……。

文観書店も原文書肆も鎌倉拓三の作品の上にレモンが置かれていた。珍本堂では気がつけば店主がレモンを見つけて手に取った後だったので、置かれた本を確認してなかった。しかしあの平台には鎌倉拓三『辛口ショートケーキ』が置いてあった。鎌倉の作品だったのではっきりと憶えている。レモンがその上に置かれていたのは、もはや間違いないだろう。

つまり置き主は鎌倉拓三になんらかの執着を持っている。複数のミステリ小説の手口で完全犯罪を構築したという、文観書店の店主のダイナミックともいえる推理は外れているように思える。

犯人は鎌倉拓三の作品にレモンを置いてどんなメッセージを伝えようとしているのだろう？

あれこれと推理を巡らせながら研介は店を出た。

＊＊＊＊＊＊＊

「お前たち、ランチは終えたのか」

栗山可南子と一緒に倉庫で返本の梱包作業をしていると、店長の剣崎瑠璃子が入ってきた。手には煌《きら》びやかな容姿にはそぐわない、はたきを握っている。ときどきそれを使って倉庫の掃除をしている姿を見かける。フェンシング国体選手だけあってはたきが剣先のようにしなやかな動きをする。というか掃除というより透明の相手と戦っているように見える。

「いえ、まだです」

研介は顔を上げて応えた。ずっと曲げていた腰がずしりと重くなっている。時計を見ると午後二時を回っていた。もうかれこれ四時間ほど作業を続けている。栗山の方も疲労が顔に出ていた。

「そうか。それはご苦労だった。ここは他の者に引き継がせるからランチに行ってこい」

「はい、ありがとうございます」

研介と栗山は腰を伸ばすと店長に頭を下げた。

「よかったらこれを使うといい」

彼女は栗山に二枚のチケットを渡した。

「『すずらんカレー』の割引券ですね。うわ、半額だ」

すずらんカレーはすずらん通りから細い路地に入ったところに佇む小さなカレー屋である。知る人ぞ知る人気店でここもランチ時になると混雑する。一番安いメニューが千五百円と値段もそれなりにするので半額券は嬉しい。

「僕、ここのカレー好きなんですよ」

「私も！　最近行ってないけどね」

研介も最後に立ち寄ったのは一年ほど前だ。量が少なめのわりに高価格なので滅多に足が向かない。しかしファンは多いはずだ。

「でも珍しいな。あの店の店主はプライドが高くて、こんなサービスチケットを客に配るような人ではないんだけど」

店主は職人気質《かたぎ》で誇り高い人物だ。自分の店のメニューの価値を下げるようなことはしないはずである。

「神保町は激戦区だからそうは言ってられなくなったんじゃないですか」

栗山は研介にチケットを手渡しながら言った。それには「すずらんカレー　50％オフ！」と書き込まれている。

「店長はどの店のカレーがオススメですか」

研介は剣崎に尋ねた。

「そうだな、『喫茶アントワネット』の野菜カレーをオススメしたいところだが、『カリオストロ』のシーフードカレーも捨てがたい」

「店長、なかなか通ですね」

店長の上げた二つも神保町の隠れた名店である。

「別に通というほどでもない。今年の『カレー・オブ・ザ・イヤー』にランキングされておる」

店長の言う『カレー・オブ・ザ・イヤー』は都内のカレーをランキングする毎年発行されているグルメガイド本である。これにランキングされると、その店には入れなくなるほどカレー好きの客が殺到するという。アントワネットもカリオストロも、今年初登場したことでにわかに注目を集めているというわけだ。ランキングにはやはり神保町の店が多い。それにしても男装の麗人がカレーを頬張る姿を想像すると笑えるものがある。

「そういえばすずらんカレーはランキングに入ってませんでしたね」

その前までは常連だったはずだ。

「あの店はその本の編者でもあるグルメ記者から叩かれていたからな。それでランキングから外されたと聞いている」

「えっ⁉　そうなんですか」

「あの店が扱っているカレー粉のスパイスのいくつかは輸入品で、アジアから仕入れているそのうちのひとつに健康被害が出ている報告があると記事にされたのだ」

本は読んでいるが目を通したのはランキング店の紹介だけだったので、その記事は知らなかった。

「だったら店もスパイスを変えてしまったのかな。そんなことをすれば味が変わっちゃうわ。でも健康被害が出ているというのなら仕方ないわね」

栗山が残念そうに言った。

「私もあれからあの店には足を運んでないから、味がどう変わったかまでは知らん。今からお前たちが自分の舌で確かめてくるがいい」

「そうですね。味が変わってたら嫌だなあ」

研介と栗山は店長に礼を言ってから店を出た。平日昼下がりのすずらん通りはスーツ姿のサラリーマンが行き交っているが、それでもまだ閑散としている。混み合ってくるのは夕方以降だ。二人は路地に入って店の前に立った。ベルサイユ書房から歩いて数分の距離だ。

「うわあ、マジですかぁ～」

店は抜け殻となっていた。入り口の扉には「閉店のお知らせ」の紙が貼られている。

〈平素より当店をご利用いただき、誠にありがとうございます。当店は勝手ながら本日十一月二十五日をもって閉店させていただきます。二十八年のご愛顧、誠にありがとうございました。なお『カレー・オブ・ザ・イヤー』で取り上げられていました記事は誤報でございます。そのようなスパイスを当店では扱っておりませんでしたのでどうかご安心くださいませ。ご迷惑をお掛けしました〉

とマジックの手書きで記されていた。

「有効期限はまだ一週間あるのにぃ」

栗山がうらめしそうに半額チケットを眺めた。

「今日だなんて、ついてませんでしたね」

「こんなことなら最後に食べておくべきだったわ。すずらんのカレーがもう味わえないなんて、ちょっとショック」

たまにしか立ち寄らない店ではあったが、なくなると知ると急に味が懐かしく思える。無性にすずらんのカレーを食べたくなった。

「二十八年も続いたお店なのに残念ですね。やっぱり記事が影響したのかしら」

「誤報ってありますね。本当にそのスパイスを使ってなかったとするなら気の毒な話ですね」

店主の怒りと失望の表れだろうか。殴り書きしたようななげやりな筆跡だった。

「カレーにおいては権威のある本ですからね。やっぱり影響しちゃうのかしら」

「記事もそうだし、ランキングから外されたことも響いたかもしれませんね。このランキングで客足がガラッと変わるらしいですから。そもそもすずらんカレーって味はいいんだけど、値段も高いし量も物足りないでしょう。それで急激に客離れを起こしたのかもしれないですね」

「だから慌てて半額チケットなんて配ったのね」

どうやらそれも遅きに失したようだ。一度離れた客を戻すことは難しい。一気に経営が傾いて閉店を余儀なくされたのだろう。

「商売って難しいですね。店主さんもまさかこんな形で店がつぶれるとは思ってなかったでしょう」

二人はため息をつくと店の前から離れた。

休憩は一時間と決められているのでゆっくりはできない。結局、近くのファミレスに入ってランチを済ませた。

「ちょっと！」

ランチを終えて職場に戻る途中、栗山は突然少年に声をかけた。あどけない顔立ちと身長から中学生だろうか。この時間は学校のはずだが彼は私服姿である。髪型や身なりが不良少年であることをアピールしていた。

「手に持っているものを見せなさい」

彼女は少年の右手を指さした。彼は葉書サイズの紙をつまんでいる。

突然、少年はそれを放り投げると踵《きびす》を返して走りだした。

「待ちなさいっ！」

栗山も駆け出して彼の後を追う。

速い、速い。

三十秒もしないうちに彼女は少年に追いついた。彼の片腕を引っぱりながらこちらに連れてきた。

「放せよ、おばさん！」

少年は腕を振って振りほどこうとする。

「誰がおばさんよっ！」

彼女はしっかりと少年の腕を摑んだまま放さない。

「駆けっこが速いんですね」

「これでも高校時代は陸上選手でしたから」

栗山は誇らしげにうなずいた。研介は地面に落ちている少年の放り投げた紙を拾った。

「これってうちのポップじゃないですか」

それも『連続殺人鬼ノブエの倒錯』とタイトルが打ってある。

『事実は小説よりおぞましい』

見慣れた字体は美月のものだ。このキャッチコピーもサイン会に合わせて新調したものだ。ドキュメンタリータッチな本作にはピッタリなコピーだろう。内容はおぞましいの一言では片づけられないレベルであるが。

「万引き犯はあんただったのね！」

栗山は腕を摑んだまま少年を揺すった。

「それは別に商品じゃないだろ！　だから万引きじゃねえよ」

少年も負けじと言い返す。

「そんな言い訳が通用すると思ってんの。店のものを持ち去ったんだから立派な万引きよ。今からいろいろと話を聞かせてもらうから。いいわね」

そう言って彼女はベルサイユ書房の方向に彼を引っぱっていく。少年も観念したようで抵抗をしない。足取りは重そうだが素直についてきた。

店の裏口から入って少年を応接室に入れた。栗山の連絡を受けて剣崎店長が部屋の中に入ってくる。

「な、なんだよ、この男みたいなおばさんは……」

店長の迫力に気圧されたのか少年は声を上ずらせながら半歩退いた。

「少年、時代が時代なら貴様はギロチン送りだ」

剣崎ははたきの柄の先を少年の首元に突きつけて掻き切るようにサッと横に滑らせた。

「ギロチンってどこのどんな時代だよ」

彼はポツリとつぶやく。栗山はそんな彼を椅子に座らせた。

「覚悟なさい。店長の尋問は甘くないわよ」

彼女は腕を組みながら少年を見下ろすと鼻を鳴らした。

「少年よ。どうしてあんなことをした？」

「さあ……。本を売れないようにしたんじゃねえの」

彼は店長から顔を逸《そ》らすと太々《ふてぶて》しい口調で答えた。

「したんじゃねえのって、それをしたのはあなたでしょうが！」

栗山がテーブルの上を軽く叩いた。

「あのさ、あれってただの紙だよな。別に漫画や雑誌を盗んだわけじゃないじゃん。なんでそんなに怒るわけ」

彼は悪びれることなく彼女に言った。

「あなたにとってはただの紙かもしれないけど、あれには書店員の思いがこもっているの。あの紙一枚で人の人生を変えることがある」

「人生を変える？　それって大げさすぎね？　あの紙で誰の人生が変わるんだよ」

「たとえばその本を書いた作家さんがそうよ。その紙で売れっ子になっていく人もいるのよ。それだけじゃない。その本を買って行く人たちもそう。本を読むことで人生観が変わるかもしれない」

「大げさじゃね？」

「本も読まないあなたには分からないでしょうね。とにかくその紙はうちの書店にとってとても大切なものよ。それを持ち去ったのだから立派な窃盗よ！」

栗山は少年に向かってビシッと人差し指を突き立てた。彼は舐めた様子で首を回し始めた。研介もさすがにイラッときた。

「仕方がないな。警察に突き出すとしよう」

剣崎が肩をすくめながら言った。少年の顔色が変わる。

「警察ってなんだよ。たかだか紙一枚で大げさじゃないか」

「はたしてその紙だけかな」

店長の瞳がキラリと光る。

「ど、どういう意味だよ」

「こういうのは一事が万事だ。ポップを持ち去っているなら他の商品にも手をつけている可能性を看過《かんか》できない。うちも万引き被害で悩んでいる。幸い所轄署の署長は私の父の知り合いだ。貴様のことを徹底的に調べてもらう」

「ちょ、ちょっと待てよ！　調べるってなにをどう調べるんだよ」

「まずは家宅捜索だな。調べれば貴様の部屋から未会計のうちの商品が出てくるかもしれない。そんなことはないだろうと信じたいが、ポップを持ち去って開き直る人間だからそれも難しいな」

店長の言葉に少年の顔がみるみる青ざめていく。どうやら心当たりがあるようだ。そもそも警察の家宅捜索なんて行われるわけがないのにそれを信じ込んでしまうあたり、まだまだ子供だ。研介は心の中で苦笑する。

「分かったよ。ポップのことは謝ります。本当に申し訳ありませんでした」

旗色が悪いと判断したのか、少年は立ち上がると店長に向かって丁寧にお辞儀をした。

「本を売れないようにしようとしたとはどういうことですか」

突然、美月美玲が部屋の中に入ってきた。少年は目を丸くしている。

「なにが？」

「さっき言ったでしょう。『本を売れないようにしたんじゃねえの』って。どういうことかしら」

美月は彼に問い質《ただ》した。彼は剣崎に視線を戻した。

「彼女の問いに答えろ」

剣崎は静かに告げた。少年は舌打ちをする。

「あの本が売れているのはポップのおかげなんだろ。だからあれがなくなれば売れなくなると思っただけさ」

「まるで他人事《ひとごと》みたいに言うわね」

栗山は呆れ顔だ。

「誰に頼まれたの？」

「え？」

栗山と研介は美月を見た。万引きはこの少年の単独犯ではないのか？

「知らねえよ。これは本当だよ。ネットを通じて依頼を受けたんだから」

「依頼ってなんなのよ」

栗山が少年に顔を近づけて問い質した。話がさっぱり読めなくなってきた。

「どっから俺のアドレスを知ったのか分からないけど、ある日メールが来たんだ。ベルサイユ書房の『連続殺人鬼ノブエの倒錯』のポップを外に持ち出して処分すれば五千円支払うってさ」

「五千円!?」

栗山が素っ頓狂《すっとんきょう》な声を上げる。犯人は少年にポップを処分させている。つまりそれの入手が目的でない。ますます分からない。

「報酬はどうやって受け取った？　そのときクライアントの顔は見なかったのか」

今度は店長が質問する。

「仕事が終わってしばらくするとお金の隠し場所がメールで知らされるんだよ。公園のベンチの裏に五千円の入った封筒が貼り付けてあったり、人の住んでない家のポストに入ってたり、コンビニのトイレの目立たないところに隠してあったり。いろいろさ」

「いろいろって何度もやったってことね」

少年は素直にうなずいた。今までにも何度かポップが盗まれている。それらはすべて彼の仕業だったのだ。

「クライアントがお金の隠し場所をメールしてきたということは、あなたが仕事を完遂《かんすい》したことを確認していたというわけね。つまりクライアントは犯行時にあなたを監視していたということになるわ」

美月が言うと少年は得心《とくしん》したようにうなずいた。

「たぶんそうだよ。決行の時間も『だいたい三時ごろ』みたいにいつも指定していたから。クライアントは時間になるとそこに来て俺の仕事をちゃんと見ていたんだ」

「そうなるとどこで見ていたかね。誰にも怪しまれずに監視できる場所といえば店内だわ」

美月が目を細めながら言った。

「なるほど。クライアントは立ち読み客に紛れ込んでいたというわけか。そしてその目的は『ノブエ』を売れなくするため」

店長がテーブルの上で指を組み合わせながら言った。たしかにノブエが売れたのは美月のポップがきっかけだ。それを撤去してしまえばその勢いも衰えるかもしれない。売れ始めているがまだブレイクしているとはいえない。ポップの不在は作品にとって大きな痛手になるのは確かだろう。

「でも、誰がなんの目的でそんなことをするんでしょう？」

研介は疑問を口にした。

「丸塚丸子のライバルじゃないですか。彼女の成功が気に入らないんだわ。なんて心の狭いヤツ」

栗山が握り拳を作りながら言った。

研介は津田寛三の話していた二件の書店絡みの事件を思い出した。狙われた書店員も書店も、丸塚丸子の作品を大きく展開しようとしていた。そこまでして彼女の成功を阻止しようとしているのなら尋常ならざる怨恨《えんこん》が窺える。事件は殺人と放火という凶悪犯罪なのだ。

そのライバルが店内の客の中にいたのかもしれない。研介は背筋に冷たいものを感じた。

「少年、今回だけは正直に話したことを勘案して警察に通報するのは止《や》めてやる。しかし次はそうはいかないぞ。よく憶えておけ」

「は、はい！　すいませんでした」

少年は椅子から立ち上がると店長に向かって深々と頭を下げた。

＊＊＊＊＊＊＊

十一月三十日。

研介は応接室の椅子に座っている女性に見とれていた。四十代半ばと聞いたが、そんな年齢をまるで感じさせない美しさだった。化粧っ気のない顔は、みずみずしいきめの細かい肌を乳白色に浮かび上がらせている。整った小さな顔立ちに華奢で小柄なシルエットは可憐なイメージを感じさせる。微笑むときれいに並んだ真っ白な歯が口元からこぼれてくるようだ。女優だといわれてもなんら不自然ではない。

彼女は『連続殺人鬼ノブエの倒錯』の作者である丸塚丸子だ。

そんな彼女があのような酸鼻極まる小説を書いただなんて想像できない。研介のイメージでは、たとえば美形であっても漆黒の闇を内面に塗り込めたような、負のオーラを充満させた翳りのある女性だった。しかし目の前に腰掛ける女性は凜《りん》とした輝きに満ちている。無名同然だった彼女はメディアで扱われたことがなく顔を表に出す機会がなかったという。ノブエのブレイクをきっかけに美人作家として注目を集めそうだ。

応接室には剣崎店長と美月美玲、栗山可南子と研介がいる。そして丸塚の隣に座っているのは豊臣《とよとみ》書店の担当編集者である望月《もちづき》だ。こちらも四十代だろうか。メタボ腹を手でさすっている。

今日の午後六時から丸塚丸子のサイン会である。栗山と研介は運営責任者である美月に指名されて進行スタッフを任されていた。

「ベルサイユ書房の皆さん、このたびは私のためにサイン会など開いていただき本当にありがとうございます。こちらで『ノブエ』をプッシュしていただいたおかげで、作家になって数年たちますが私にとって初めての増刷となりました」

丸塚と望月は立ち上がると丁寧にお辞儀をして深謝《しんしゃ》を表した。

「頭を上げてください。我々は一書店に過ぎない。読者を摑んだのは紛れもなく作品の力です」

剣崎が相変わらず仰々しい口調で歯切れよく言った。

「単行本が出たのはちょうど三年前でした。書き下ろしで初版は三千部。そのときはさっぱり売れませんでした。正直、社内会議でも揉《も》めたんです。文庫化しても売れる見込みが薄いだろうと。うちも厳しいですから、そうそう赤字を出すわけにはいかないんですよ。もちろん、私はこの作品に自信を持ってましたけどね」

望月が着席しながら嬉しそうに語る。

小説の多くは最初、ハードカバーやソフトカバーなどの単行本として刊行される。それがいずれ文庫本として再出版されるのが出版業界における慣行となっているが、時期やタイミングは出版社によってまちまちである。多くは単行本刊行から三年ほど経過してからだが、映画化やドラマ化などに合わせて前倒しされることもある。また売り上げの見込みが立たない商品によっては文庫化されないこともある。もっとも小説は単行本が鳴かず飛ばずだったとしても、文庫化することでブレイクすることも珍しくない。単行本が初版打ち切りでも、文庫化したらベストセラーになった例はいくつもある。出してみなければ分からないのがこの世界の難しさだ。もっとも単行本で売れない本は文庫化されても売れない傾向が強いのも事実であるが。

「あのぉ、ポップを書いてくださった美月さんというのは……」

丸塚は店長に尋ねた。

「彼女がそうです」

剣崎は美月に向かって手を差し出した。

「あなたが美月さん……」

丸塚は懐かしい友人を前にしたようにうっとりと美月を見つめた。

「初めまして。美月美玲です」

彼女は名刺を差し出した。ここで一同、思い出したように名刺交換を始めた。丸塚の名刺にはノブエと思われる怖い形相《ぎょうそう》の女が包丁を持ってこちらを睨《にら》み付けるイラストが入っていた。住所は高井戸《たかいど》とある。栗山が聞き出したところ彼女は独身だと答えた。こんな美形なら今までにいくらでも声がかかってきただろうにと思う。

「あのポップのおかげでノブエが日の目を見ることができました」

「読んだ瞬間にこれを売りたいと思ったんです。読み始めてすぐに物語に引きずり込まれました。すごい作品だと思います。あのドキュメンタリータッチの筆致《ひっち》が実話を思わせるんですよね。読み終わると、彼女の存在を知った読者を殺しにやって来るんじゃないかと思えてゾクゾクします。読んでいる最中にも何度も人の気配を感じて、振り返っては背後を確かめたくらいですよ」

美月が言うと一同が笑った。たしかにあの作品にはそう思わせる力がある。キャラクター造型にリアリティがあるのだ。物語の舞台となる街の空気や臭い、登場人物たちの感情や体温が克明に伝わってくる。

「そう言ってもらえると嬉しいわ。私にとってもノブエは特別な作品ですから」

「丸塚先生は当店にお越しいただいたことはあるのですか」

研介が尋ねると、

「ええ、実は何度かありますよ。だって自分の本をプッシュしていただける書店ですからね。ついついこっそりと覗いてしまいますよ。ポップも嬉しく拝見しました」

と言って笑った。研介は気づかなかったが月に一、二度くらいは立ち寄っていたという。

「作品について少しお聞きしたいんですが……」

研介は手を挙げた。

「どうぞ」

と丸塚。

「本作はルポライターによるルポルタージュ記事という体裁《ていさい》で書かれてますよね。これだと迫真性やリアリティは出せますが、文体がどうしても客観的すぎるゆえ無味乾燥なものとなります。物語性が損なわれると思うんですがいかがでしょう」

「おっしゃる通りです。この作品に関しては物語よりも、舞台の空気感とか登場人物の体温をリアルに伝えたかったのです」

「やはりそうですか。ただ気になったのはディテールの書き込みにムラがあったことです。たとえば被害者となる男性の服や殺された現場状況の描写が異様に細かく書き込んでありますよね。この男性は物語上ではさほど重要なキャラクターではありません。そうかと思えば準主人公と思われるキャラクターの描写はとてもシンプルでした。この作品では別に強調しなくてもいいのではないかと思うシーンや小道具、人物が不自然なほどに細かく描写されていますよね。これはなにを狙ったものなんでしょうか」

このことについてはぜひ作者に聞きたいと思っていたことだ。鮮烈に脳裏《のうり》に残るシーンやキャラクターがいくつか出てくるが、それらは物語上でさほど重要でなかったりする。たとえば冒頭の方で殺される男性のシャツの柄やメガネのデザインなどは執拗《しつよう》とも思える書き込みだ。読み終わってみると肝心のヒロインやそれに準ずるキャラたちの印象が案外薄い。彼女たちに対する書き込みが逆に不足しているのではないかと思うほどだ。これは意図された効果なのか知りたかった。

「なかなか鋭い指摘をされますね。それについては……」

丸塚は一度言葉を切って逡巡《しゅんじゅん》するような表情を見せたが「お答えすることはできません」と言った。

「そ、それはどうしてですか」

丸塚の思いがけにない拒否に研介は戸惑った。

「作品に込めた私の真意がいずれ伝わる日がくるかもしれないからです」

「どういう意味ですか」

「分かる人には分かります。これはそういう小説なのです」

丸塚の物言いに店長や栗山、隣で聞いていた望月も怪訝《けげん》そうな顔をした。しかし美月だけは表情を変えずに、

「私は丸塚さんの真意が伝わっていると思います。実はこの店で今までに『ノブエ』のポップが何度も盗まれています」

と言った。

「まあ……」

丸塚は口を手で覆《おお》った。

「作者の真意とポップが盗まれることがどう関係するんですか」

研介は美月に問いかける。しかし彼女は意味ありげに微笑むだけで答えてくれなかった。

「あのぉ、先生。サイン会までは四十分ほどあります。よろしかったらこちらにもサイン

をしていただきたいんですが」

栗山が本の詰まった段ボールをテーブルの上に置いた。五十冊近く入っている。こちらはサイン会に来られなかった客に向けての店頭販売用である。

「ええ、喜んで。こんなにたくさんサインさせていただいて光栄です」

丸塚は快諾した。それから彼女は筆ペンを取って一冊一冊丁寧にサインを入れていった。

そんな様子を眺めながら研介は、作品に込めた丸塚の真意とはなんだろうと思いを巡らせた。

美月は気づいているようだが……。

時計は午後六時の五分前を指している。

店内には『連続殺人鬼ノブエの倒錯』を買い求めた客たちが列を作って作家の登場を待っている。整理券百枚はすべて配布されている。その後も問い合わせがいくつかあったようだ。美月曰《いわ》く、サイン会は作家の知名度はもちろん、天候や気温によって大きく左右されるので来客が読めないという。来客数が振るわないと作家にとって少なからずの精神的ダメージになる。大御所になると怒って帰ってしまったこともあるそうだ。それだけにサイン会は気を遣うし難しい。

しかし今日の客入りを見る限り、その心配は杞憂《きゆう》のようだ。無名に近い作家でこれほど集まれば大成功といえる。研介は客の列を見渡した。常連客の顔もチラホラと見える。内容が内容だけに、どんな作家が書いているのかと関心を持っているのだろう。彼らは一様に好奇の眼差《まなざ》しを作家を待つテーブル席に向けている。席は店の一番奥側に設置され、バックには「丸塚丸子先生サイン会」と記された大型のパネルが掲げられている。純白のクロスが敷かれたテーブルの上には水差しとコップ、おしぼりが置かれ、筆入れの中に筆ペンが何本か収まっていた。

研介は時計を見る。一分前。客たちも気配を探るように声を潜《ひそ》めてテーブルを眺めている。

バックヤードへ通ずる扉が開き、中から剣崎店長、美月、望月に続いて丸塚丸子が姿を見せた。会場から小さなどよめきが起こる。彼らもまさかこんな美形の女性だと思わなかったに違いない。慈《いつく》しみや救いとはまるで無縁の陰惨と残虐で彩《いろど》られた小説なのだ。その鬼畜ぶりは、既に話題作となっている『東京人肉天婦羅』を凌ぐレベルだ。あちらはまだファンタジーと割り切ればその非道残虐ぶりを楽しめる余地があるが、『ノブエ』はリアルなだけに身につまされる恐怖がある。自身や愛する家族がノブエと遭遇したらどうなってしまうだろうという怖さだ。一度彼女から目をつけられたら最後、絶対に逃げられない。

美月らに促《うなが》されて丸塚がテーブルの前に立った。

「皆さん、お待たせ致しました。ただいまより丸塚丸子先生のサイン会を始めます」

美月が会場の客たちに声をかける。

「丸塚丸子です。皆さん、今日はお越しいただいてありがとうございます」

丸塚は会場に向かって一礼すると腰を下ろした。初めてのサイン会ということもあっていささか緊張した面持《おもも》ちだ。

客たちがスマートフォンやデジタルカメラを向けている。丸塚はビジュアル的に映《は》える作家だ。それだけに作風とのギャップも話題性がある。このサイン会は彼女のお披露目《ひろめ》ともいえる。これをきっかけに注目されるかもしれない。作家のビジュアルも作品のうちだ。

——自分もデビューできればルックス的にはまあまあだよな。

研介は心の中でそっとつぶやく。合コンに行けば一番ではないが二番手から三番手くらいにはなる。といっても特定の彼女はいないけど。

「申し訳ありません、一列に並んでいただけますか」

研介は丸塚にカメラを向けた男性に声をかけた。研介の役割は列に並ぶ客の誘導である。ただでさえ狭い通路なので列を乱すと他の客の妨《さまた》げになる。男性はカメラをしまうとおとなしく列に戻った。

「日比谷さん」

背後から研介を呼ぶ声が聞こえた。

「刑事さん」

ダークスーツ姿の男性は津田寛三だった。今日も警視庁捜査一課の捜査員であることを示す赤バッジをつけてない。

「丸塚丸子のサインはどうしても欲しかったので来てしまいました。実は仕事中ですけどね。バッジは外してありますよ」

「そんなことして大丈夫なんですか」

「こいつは相棒です。こいつが黙ってれば問題ありません。なあ、広瀬《ひろせ》」

もう一人津田の後ろについているスーツ姿の若い男性がペコリとうなずいた。広瀬にとって津田は大学の大先輩だという。二人とも体育会系空手部だというから上下関係は厳しいのだろう。後輩の方は緊張した面持ちだ。彼は例の書店員の刺殺事件の管轄《かんかつ》となった所轄《しょかつしょ》署の刑事で津田とコンビを組まされているという。彼も『ノブエ』を携えている。先ほど当店で購入したらしい。

「どうですか。書店員の事件の方は」

研介は声を潜めて津田に聞いた。放火と刺殺の二件だ。

「鋭意捜査中です。今はそれしか言えません」

「犯人像は？」

「それも捜査上の秘密ということで……。私の中ではなんとなくノブエのイメージなんですけどね」

刑事は口角《こうかく》をつり上げながら言った。捜査上の秘密というわりに前回もペラペラと話していたように思うが。

「この小説を読んでいるとノブエが実在してるような気がしてならないんですよ」

津田は文庫をパラパラとめくる。研介の脳裏にさまざまな容姿の女が浮かぶ。ノブエは整形で顔や体型を繰り返し変えている。さらに刑事は続けた。

「この前話した十年前に杉並区で起こった一家殺人事件。私の頭の中であれがどうにもノブエのエピソードにオーバーラップしてしまうんです。犯人の目的は長男の命ではなかったのかとね。それをカムフラージュするために一家全員を抹殺した。我々警察も犯人がまさかそこまでするとは考えが及ばなかった」

長男は殺された一家とは血のつながりがなかった。彼は養子として赤子のときにその夫妻に引き取られたのだ。

「犯人はその子供の実の親ではないか。あのポップを見て以来、その考えが頭から離れないんですよ」

後ろで相棒の若い刑事が失笑をかみ殺している。津田は鋭そうではあるが、ミステリマニアだけあって荒唐無稽《こうとうむけい》な推理に入り込んでしまうタイプの刑事なのだろう。小説の世界ではそういった刑事が事件解決の立役者となっていくが、現実はどうであろうか。

サイン会は順調に進行しているようだ。サインをもらった客たちは丸塚に握手や写真撮影を求めたりしている。望月と栗山は作家がサインをしやすいようページを押さえたり、返しの紙を挟んだりしてサポートする。剣崎はなぜかはたきを片手に持って丸塚がサインする様子を眺めていた。美月はその傍《かたわ》らに立って客の動きに目を光らせている。

丸塚は客たちに笑顔を向けているものの、どこかぎこちない。サインにも慣れてないようでその手つきはたどたどしい。これもブレイク前の作家の初々しい姿だろう。ベストセラー作家になってある程度年季が入れば貫禄も出てくる。そんな彼らも駆け出しのころは今の丸塚のようだったに違いない。もっとも研介にとってサイン会は夢のまた夢である。いつになったら丸塚と同じステージに立てるのかと考えてしまう。

多くの登場人物が容赦なく惨殺される血なまぐさい小説だけに読者層が気になっていたが、こうして見ると案外妙齢の女性が多いことが窺《うかが》える。男女比からすればむしろ女性の方が優勢だ。インターネットの書評サイトでは、ノブエが自分のお腹を痛めて生んだ子供をためらいなく殺すシーンに衝撃を受けたという女性の書き込みが多い。

やがて津田と広瀬の順番が回ってきた。

「刑事さん、約束通り来ていただけたんですね」

美月が彼らに向かって微笑んだ。

「もちろんです。ノブエの大ファンですからね。まさかこんな美しい方が作者だとは思いもしませんでした。仕事を放り出した甲斐《かい》があったというものです」

作家を前にして津田は声を弾ませた。買ったばかりの真新しい文庫を開いてテーブルに置く。

「『つだかんぞう』と言います。津市の津に田んぼの田……」

彼は名前の漢字を説明した。

「津田さんは刑事なんですってね」

「ええ。この小説もどうも刑事の目で読んでしまうんです。この作家は実はフィクションでなく実体験に基づいたストーリーを書いているんじゃないかと、ついつい妄想してしまいます。職業病ですね」

「そうとばかりも言えませんよ。作家は自分の過去の経験を膨らませて物語を作ることがあります」

丸塚は眩《まぶ》しそうに目を細めながら刑事を見上げて言った。

「ノブエもそうなんですか」

「たしかにそういう部分もありますね」

「たとえば十年前の杉並区で起こった事件とか。ノブエが一家を殺すくだりはあの事件をモデルにしてませんか」

「よくご存じですね。インスパイアされてますよ。あれはおぞましい事件でした」

丸塚はあっさりと認めた。つまり津田の勘の一部は当たっていたということになる。しかしそれに気づいたのは津田よりも前に美月だ。彼女はそれらしいことを『平成版・謎の迷宮入り事件』のポップに書いていた。『真犯人は小説のヒロインかもしれません』である。つまりヒロインとはノブエということになる。

彼女は筆ペンを取るとサインを始めた。その手つきは相変わらずたどたどしい。刑事はそんな彼女をじっと観察している。

「丸塚さん」

彼は改めて彼女の名前を呼んだ。

「なんでしょう」

彼女は手を止めて顔を上げた。少し警戒したような色を浮かべた目つきで刑事を見上げる。

「もしかして作中にあなた自身が出てきませんでしたか。榎本咲子《えのもとさきこ》でしたっけ。容姿の描写や言葉遣いから、どことなくあなたを彷彿《ほうふつ》させますが」

「偶然でしょう」

彼女は首を横に振って否定した。たしかに津田の言うとおり榎本咲子のキャラクターは作者をイメージさせる。もっとも榎本咲子は物語において脇役だ。彼女は愛するフィアンセをノブエによって殺害されてしまう。登場するシーンも少なく重要な役回りでもないが、大半の登場人物がノブエに殺されてしまう中で数少ない生き残りの一人ではある。

「もしかしてこのサイン会の開催にはなにか別の目的があるんじゃないですか」

「おっしゃっている意味が分かりませんが」

丸塚は手を止めて小首を傾げた。研介もその意味が分からなかった。

「ああ、私の独り言ですから聞き流してください。サインの邪魔をしてすみません」

津田は再び彼女にサインを促した。

「今日はお仕事中のところをお越しいただいて本当にありがとうございました」

「いいえ、こちらこそ。大ファンですからどこからでも駆けつけますよ」

津田は本を受け取ると頭を下げた。丸塚は次の広瀬の本にもサインをする。もちろん為書きと日付も入れる。

津田は広瀬と一緒にテーブルから離れると遠巻きにサイン会の様子を眺めている。今は視界に入るものすべてを疑う刑事の目をしている。その緊迫した視線を丸塚と客たちに向けていた。

さらに客が続いた。丸塚もサインに慣れてきたようで筆の動きが滑らかになってきた。サインの字体も最初に比べると随分と洒脱《しゃだつ》に見える。

客はあと数人を残すのみとなった。そのときよく見かける常連が丸塚の前に立った。いつも雑誌コーナーから文芸書コーナーを眺めている黒髪で長身の女性だ。トレンチコートにブランドのスカーフを首に巻いて、色白の顔立ちとは対照的な漆黒の髪が腰まで伸びている。四十代といったところか。整った顔立ちではあるが定規で測ったように直線的な目元や鼻筋で、どこか作り物めいて見える。

研介は彼女のことを作家か編集者あたりだと踏んでいた。雑誌を読んでいるふりをしながら、自分の関わった作品の動向を観察しているのだ。

彼女はコートのポケットに片手を突っ込んだまま購入したばかりの文庫本をテーブルの上に置いた。

「お名前は」

丸塚が彼女の顔を見上げながら尋ねる。女性がほんのりと微笑むと頰に不自然な皺が刻まれた。

「坂上《さかがみ》……です」

彼女は蚊の鳴くような声で答えた。

「ごめんなさい。よく聞こえなかったわ。もう一度お願いします」

丸塚が女性の方に顔を近づけて言った。

「坂上康子《やすこ》」

今度ははっきりと答える。そして両方の口角を不自然なほどにつり上げた。唇の間から黄ばんだ前歯が覗く。その瞳はステンレスに反射したような無機質で冷たい光を放っていた。

「坂上……康子？」

突然、丸塚の顔が強ばった。持っていたペンを落として椅子に座ったまま後ずさろうとする。そこから先は一瞬の出来事だった。坂上康子はポケットから出した手をいきなり振りかぶった。研介は息を呑んだ。女の手には包丁が握られている！

丸塚は包丁を見上げたまま固まっている。

研介もあまりの突然の出来事に体が反応しなかった。彼の視界に入っている美月や望月も同様のようだ。坂上を茫然と見つめたまま動けないでいる。

「きゃあああああああ！」

女はやっと叫びを上げた丸塚の体を目がけて一気に包丁を振り下ろした。それと同時に目の前を大きな影が動いた。

ガシャン！

次の瞬間、包丁がはじけ飛んで床に転がった。

剣崎だ。

咄嗟に女に駆け寄った剣崎は、目にも留まらぬ動きで包丁を叩き落としていた。さすがはフェンシングの元国体選手である。持っていたはたきがサーベル代わりだった。彼女は針の穴を通すような精度で、はたきの切っ先を女の手首に叩きつけた。剣崎の行動がなければ、包丁の刃先は真っ直ぐに丸塚の胸にめり込んでいたはずだ。

しかし女の動きもさらに速かった。

彼女はコートの裾をなびかせながらテーブルを飛び越えると、そのまま丸塚の背後に回った。そして袖の中に隠し持っていた別のナイフの刃先を彼女の首筋に食い込ませている。女は丸塚の首を強引に持ち上げて椅子から立たせた。そして彼女を盾にするようにしてテーブルからゆっくりと離れていく。剣崎ははたきのサーベルを女に向けてフェンシングの構えを取った。

「ナイフを捨てろ!」

同時に津田と広瀬が女に拳銃を向ける。

店内はざわつき始めた。サイン待ちや立ち読みの客たちは何事かとサイン会場を眺めている。あまりに非日常的な光景に「ドラマのロケ?」とささやき合っているカップルもいる。撮影カメラや照明がないことに気づけと言いたくなる。

二人の刑事はジリジリと女との距離を詰めている。女は顔の前をサラサラと流れる長い黒髪の隙間から、炯々《けいけい》とした瞳を覗かせていた。

「刑事さん、私に構わずこの女を撃ってください! この女は一片の情も持ち合わせない本物の悪魔です。ここで仕留めないとこの女はまた人を殺します!」

丸塚は首筋に刃物をあてがわれているにも拘《かかわ》らず津田たちに呼びかけた。女はナイフを持つ手に力を入れた。めり込んだ刃先から一筋の血が流れる。

「今すぐ撃ち殺して！　このチャンスを逃さないで！」

丸塚はなおも刑事たちに発砲を促している。津田は歯を食いしばりながら銃を向けている。実際に人を撃ったことがないのだろう。銃身がわずかに震えている。

「け、刑事さん……あの女は」

研介は津田に声をかけた。

「うるさい！　気が散る」

銃を構えたままの彼に一喝《いっかつ》されて研介は後ずさった。

あの女はまさか……ノブエ？

黒髪の女は丸塚の首にナイフを握った手を回して刃先を彼女の首筋にあてがいながら、テーブルからさらに離れていく。それに合わせて刑事や剣崎たちも構えの姿勢を崩さずに前進していく。

やがて女と丸塚はバックヤードに通じる扉の前に行き着いた。女はこちらを警戒しながら片方の手で背後の「スタッフ以外立ち入り禁止」のプレートがかかったドアノブを回す。ドアは内開きになっている。女は後ずさりしたまま通路の中に入り込むと、開いた扉を足を使って荒々しく閉じた。同時に内鍵がかかる音がした。

「まずい！」

すぐに津田が扉に駆け寄った。ドアノブを回すも扉は開かない。すぐさま彼は体を扉にぶつけた。頑丈な鉄製なのでびくともしない。

「鍵はどこにあるんですか！」

津田が声をかけると栗山が「倉庫のキー保管庫です」と答えた。

「裏口が倉庫に通じてます」

美月が壁の向こうにある倉庫の方を指さして言った。裏口に行くには一度店の外に出て建物を回り込まなければならない。

「そこから逃げるつもりだな」

一同が店の出口に向かおうとしたそのときだった。

「ぎゃあああああああああああああ！」

扉の向こうからまるで獣が吠えるような野太《のぶと》い叫び声が聞こえた。津田は立ちすくむ客たちを押しのけながら店の出口に駆けていった。そのあとを剣崎や美月がついていく。研介も彼女らのあとを追った。

外に出て店の傍らの通路を進む。出勤の際に従業員たちはこの通路から建物の裏口に入るようになっている。裏口は在庫の山が並ぶ倉庫につながっている。倉庫の一郭に従業員用のロッカールームや休憩用のテーブルが設置されていて、スタッフルームの役目も果たしている。

倉庫の入り口に二人の女性が倒れていた。

「丸塚さんっ！」

津田と美月が彼女に駆け寄った。丸塚は背中を壁に当てた状態で尻餅をついていた。顔面蒼白のままガタガタと震えている。どうやら命に別状はないようだ。しかし左手でかばっている右腕から出血している。袖の中から流れ落ちて床に血溜まりを作っていた。

彼女は震えながら目の前に横たわる女を見ていた。ナイフが女の左胸に突き立っていた。女が丸塚につきつけていたのとは別のナイフだ。丸塚の持ち物だろうか。刃先は根元まで深くめり込んでいる。製造元の文字の入った木製の柄がなにかの墓標のように思えた。女はカサカサと床に体をこすらせながら痙攣《けいれん》を始めている。

研介も腰を抜かしてその場にしゃがみ込んだ。床に電動シェーバーに似た器械が落ちていた。広瀬が「スタンガンです」と津田に伝える。

「すぐに救急車を呼んでください。腕を切られてます」

津田の呼びかけに研介はポケットからスマートフォンを取り出して震える指で119をタッチした。

「出血がひどい。救急セットはありますか」

研介の後から入ってきた栗山が状況に驚きながらも、奥の備品棚から救急セットを持ってきた。津田は丸塚のブラウスの右袖を破ると、救急セットから包帯を取り出して止血処置を始めた。丸塚は唇を震わせながらなおも倒れた坂上康子を眺めていた。美月はそんな彼女をぎゅっと抱きしめていた。

研介も女に視線を移した。黒くて長い髪を扇状に広げながら横たわっている。

カサカサ、カサカサ……。

女は痙攣をしながら大きく見開いた双眸《そうぼう》を研介に向けていた。ビー玉のように体温を感じさせない、冷え冷えとした瞳は蛍光灯の光を反射して白く光っていた。


それから間もなく救急車が到着した。警察車両も駆けつけてきた。店の前には野次馬が集まり騒然としていた。

店内で殺傷事件が起こったのである。店長は緊急閉店を即決した。スタッフ総出で客たちを追い出すような形で退店させシャッターを閉めた。事情を把握していない客の中には怒り出す者もいてちょっとしたパニックだった。

腕を負傷した丸塚丸子はそのまま救急車で最寄りの病院に運ばれた。間もなく所轄署の捜査員たちが駆けつけてすぐさま現場検証が始まった。

研介たちは以前剣崎の面接を受けた控え室に詰めていた。会議用のテーブルに椅子が並べられ、空いた空間には返品在庫が所狭しと積み上げられていた。従業員たちはこれから刑事からの聞き取りが行われることになっている。津田も広瀬も刑事でありながら聞き取りの対象となっていて同じように待機していた。従業員たちはいずれも疲れ切ったような表情を浮かべていた。

「刑事さん、仕事サボってサイン会に立ち寄ったのがバレちゃいますね」

研介が言うと津田はフンと鼻を鳴らした。広瀬の方は落ち着かない様子でソワソワしている。

「今日のことは書店員刺殺事件と関係あるかもしれませんからね。それで押し通しますよ」

「どういうことですか」

「それについては美月さん、あなたにお聞きしたいことがあります」

突然、津田は彼女に声をかけた。ショックが抜けないのだろうか。彼女は張り詰めた表情でテーブルの上を見つめていた。

「美月さん、あなたはこうなることを本当は予想していたんじゃないですか」

津田は厳しい目つきで彼女に問い質した。研介は眉をひそめる。刑事の言いたいことが分からなかった。

「いや、むしろあなたは丸塚丸子の真意をあの作品から読み取っていたんだ」

丸塚丸子の真意？　そう言えばサイン会の前に丸塚本人がそんなことを言っていた。

美月はテーブルの上を見つめたままなにも答えない。津田はテーブルの上に丸塚のサイン本を叩きつけるようにして置いた。美月がビクッと体を震わせる。

「この物語に出てくる一家殺人事件はやはり十年前の杉並区の事件をモデルにしたものでした。登場人物の氏名や家族構成、現場住所といった諸設定を変えてますが、長男が養子という一致点がある。物語ではノブエの実子ということになってます。彼女はその子供を殺すために一家を襲った。血を分けた子供を殺してみたいという、異常な好奇心を満たすためです。そして一家全員を手にかけて犯意をカムフラージュした。実は十年前の杉並区の事件の犯行の動機も同様だったのではないか。『ノブエ』を読んだあなたはそう推理した。だから『平成版・謎の迷宮入り事件』にあんなポップを書いたんですよね。『真犯人は小説のヒロインかもしれません』と」

美月は表情を強ばらせたまま答えない。黙秘というよりまったく別のことを考えているように見える。彼女はいったいなにを思っているのだろうか。津田はさらに続ける。

「私もあれから『ノブエ』を何度も精読して内容を検証してみました。するとノブエが関わった殺戮《さつりく》の数々と似た状況の事件が現実に日本各地で起こってました。たとえばノブエがいじめられていた中学生時代のエピソードもそうです。三十年ほど前に北陸の片田舎にある中学校でクラスメートの数人とその担任教師が忽然《こつぜん》と姿を消したという事件が起こってます。当時の新聞にはそのクラスでイジメが横行していたようなことが書かれている。他にも設定が違えど、ノブエの殺戮と大筋で一致する実際の事件がいくつも見つかりました」

「つまり丸塚丸子は複数にわたる実在の事件をモデルにして、それらをつなぎ合わせてあの作品を書いたということですか」

そのことに美月は刑事の言うとおり気づいていたというのか。なにも答えようとしない美月を訝しく思いながら研介は質問を挟んだ。

「さあ、どうでしょうか」

津田はもったいぶった様子で小首を傾げる。

「刑事さんはどう考えているんですか」

「まずは二件の書店絡みの事件。そこに共通するのもノブエだった。あの本を大きく展開して売り出そうとする店を狙った犯行です。そしてこの店におけるポップの万引き。もし万引き少年の言うとおり依頼人の目的が『本を売れなくさせるため』なら、二件の事件にも通ずることとです。放火をしたのも店員を刺し殺したのも『ノブエを売れなくさせるため』と考えることができる」

「丸塚丸子のライバルの嫌がらせですか」

「私も最初はそう考えましたが、もともと無名作家だった丸塚にライバルなんていないでしょう。彼女は人づきあいには消極的で、作家や物書きたちとの交流もほとんどなかったと担当編集者の望月さんから聞きました。それに嫌がらせとはいえ殺人はいくらなんでも突飛すぎる」

それは研介も思ったことだ。

「あの小説は巧妙に脚色されてますが、事件当事者でなければ知り得ない情報がいくつか描かれているんですよ。物語のかなり終盤に新巻益夫《あらまきますお》という男性がノブエに惨殺されるエピソードがあります」

新巻益夫は榎本咲子のフィアンセだ。そういえばその榎本咲子の描写が作者である丸塚のイメージだと津田が本人に言っていた。彼女は否定していたが研介もそう思えた。

「それにもモデルとなった事件があるんですか」

「五年前に千葉で起きた事件です。私の知り合いの刑事が担当してたのでいろいろと話を聞けました。滅多刺《めったざ》しで殺された男性にもやはりフィアンセがいました。これは当時警察が公表してない情報なんですが、男性の右肩の肉がほんの一部だけえぐり取られていたんです」

津田は声を潜めて言った。

警察は捜査情報のすべてを公表するわけではないことを、ミステリ書きである研介も知っている。事件当事者しか知り得ない情報を残すことで、真犯人と自称犯人との区別をつけることができる。捜査が公になると自分が犯人だと名乗る電話があとを絶たないからだ。

「そういえば『ノブエ』の中でも益夫の腿の肉の一部がえぐり取られてましたね」

研介は新巻益夫のエピソードを思い出した。益夫とフィアンセの咲子は幼なじみの関係だ。やんちゃだった二人は高校生時代に永遠の愛の証として同じ場所、右足の腿にハートマークのタトゥーを入れた。ノブエは益夫を殺害するに当たってそのタトゥーをえぐり取ったのだ。目的は結婚を控えて幸せ一杯だったフィアンセの咲子に破局的な絶望を与えるためだ。ノブエと咲子は同じ職場の同僚だった。決してノブエは咲子に嫉妬したわけではない。絶望のどん底に陥った同僚の姿を観察したかっただけである。

ノブエの悪意や殺意は気まぐれだ。なにがトリガーになるか分からない。怨恨《えんこん》も利害もない相手の人生を玩具を壊す感覚でメチャクチャにする。彼女の理不尽な悪意の標的にされたら逃げられない。多くは命を落とし、そうでなくとも心身に不可逆的で甚大《じんだい》なダメージを負う。作品の中でノブエの気まぐれな殺戮が全国を股にかけて幾度となく描かれている。

「もし丸塚が千葉の事件をモデルにしていたとしたら、肉の一部をえぐり取るという情報をどこから仕入れたのか」

「どこからか漏れたということは？」

「この小説の単行本が刊行されたのが三年前。執筆はその前ですから事件直後からその間ということになるでしょう。その情報は当時、マスコミにも流されてませんでしたから部外者がその情報を耳にすることはあり得ません。事件から五年経った今では多少外部に情報が回っているようですが」

「つまりそれはどういうことですか？　そもそも刑事さんは先ほどからなにを言いたいんですか」

研介は痺《しび》れを切らして詰め寄った。

「まだ分かりませんか。丸塚丸子は事件当事者であるからこそ、その情報を知り得たんです」

「事件当事者ってまさか彼女は……」

研介の脳裏に丸塚丸子のイメージに一致する女性の名前が浮かんだ。

「おそらく丸塚丸子自身が作中の榎本咲子です」

「つまりそれって……」

研介は声を上ずらせた。

「ノブエは実在の人物。そして丸塚のフィアンセはノブエに殺された。五年前の千葉の事件がそうです」

津田の口調には強い確信がこもっていた。そして美月の方を向く。

「そうですよね、美月さん。あなたも早い段階でそれに気づいていたんでしょう」

津田は彼女を見据《みす》えて言った。近くで聞いていた広瀬が話についていけず唖然《あぜん》としている。研介も鏡を見れば同じ顔をしていただろう。

「私は刑事さんみたいに警察の捜査資料から徹底的に調べたわけではありません。記憶に引っかかっている事件のいくつかがノブエのエピソードに結びついたので、図書館で過去の新聞を調べてみただけです。そして『ノブエは実在する』『榎本咲子は作者の分身だ』と想像を膨らませました。そのイメージをポップにしてみたに過ぎません」

そのポップに関心を惹《ひ》かれた多くの客たちは『連続殺人鬼ノブエの倒錯』を手に取った。津田もその一人だ。

「あなたが膨らませた想像はそれだけではないはずです。『榎本咲子は殺されたフィアンセの仇討ちを誓っている』違いますか」

研介もここでやっと合点がいった。

丸塚丸子はフィアンセを殺害した犯人が自分の同僚だと、なんらかの理由で確信したのだろう。しかし彼女は警察にそのことを告げなかった。彼女自身の手で犯人に復讐する決意だったからだ。しかしその同僚ノブエ（本名は不明だが）が姿を消してしまう。丸塚は彼女の過去を調べ上げてその足取りを徹底的に追ったのだろう。そしてそれを一冊の本にまとめた。それが『連続殺人鬼ノブエの倒錯』である。ノンフィクションにしなかったのは被害者や遺族の心情を慮《おもんぱか》ってのことかもしれない。そもそも彼女の目的はノブエという女の存在を白日の下にさらすことではないのだ。人物設定や舞台を大きく変えてあるが、着実に殺人鬼の生い立ちやこれまでの足取りを描いている。

丸塚丸子の本当の目的。

それは姿を消したノブエをおびき寄せることである。この小説を刊行することで、いずれノブエは自分の前に現れるだろうと踏んだのだ。もちろん作者を殺すためである。ノブエは自分のことを嗅ぎ回ろうとする人間を決して見逃さない。必ず息の根を止めにやって来る。作者が姿を見せるサイン会は絶好の機会だ。丸塚は丸塚で自分の体を囮《おとり》にしてノブエを返り討ちにする手はずだった。だからこそスタンガンやナイフを用意してあったのだ。

「美月さん。あなたは作品を読むことで丸塚の真意を看破していた。そこで彼女から願い出のあったサイン会開催を実現させた。あなたの書いたポップと丸塚のサイン会は社会のどこかに潜んでいるシリアルキラーをおびき出すための罠だ。そして獲物はまんまとその罠にかかった。違いますか」

美月は首を横に振った。

「丸塚丸子さんとそのような相談をしたことは一切ありません。たしかに私は刑事さんのおっしゃる通りの想像を膨らませました。ノブエは実在して自分の過去を暴く作家の命を狙っていると。しかしあくまで想像です。ポップのキャッチコピーも私のイメージの発露《はつろ》に過ぎません。それが現実と一致したかどうかは結果論です。今回はたまたま私の想像通りになってしまった。正直、私自身も驚いています」

彼女は刑事を真っ直ぐに見据えながら言った。その言葉に嘘はないだろう。彼女の想像は話の辻褄《つじつま》が合っていたとしてもあまりに荒唐無稽だ。想像の域を出ないだろうと考えていたのも理解できる。しかしその想像力こそが人を動かすポップを生み出しているのだ。そして今回は彼女の想像が見事に現実と一致した。

ノブエとしては自分をモデルとした小説が売れるのは好ましくない。フィクションでないと気づいた読者たちを通じて警察が動き始めるかもしれない。そこで小説を売り出そうと販促を展開させる書店や書店員を襲った。

しかしベルサイユ書房だけはポップを処分するだけに留めている。もちろん目的は丸塚丸子である。彼女はプロフィールを明かしてない覆面同然の作家なので素性を突き止めるのは難しい。しかしベルサイユ書房を監視していればいずれ作者が現れると踏んでいたのだろう。だからこそ彼女はこの店の常連になった。そこで丸塚丸子が現れるであろう文芸コーナーを定点観察していたのだ。やがてサイン会の開催を知る。仕留めるならこの日をおいて他にないと決断した。

それが丸塚の罠だと気づかずに。

「だけど美月さんのおかげでこれ以上の殺戮を阻止できたんです。ノブエが生きていればさらに被害者が増えていたはずですよ」

研介は美月に声をかけた。刑事は腕を組みながら複雑そうな表情で美月を見つめている。

正当防衛とはいえ、被害者が容疑者の命を奪うという後味の悪い幕引きだ。ノブエはこの世で一度も裁きを受けずに一生を終えた。警察や被害者たちは忸怩《じくじ》たる思いを引きずることになるだろう。

とはいえ、ここまでは津田の推理と美月の想像に過ぎない。二件の書店絡みの事件だってノブエの犯行だと断定されたわけではない。詳細は今後の捜査で明らかになっていくことだろう。

しかし美月は今も釈然としない表情を浮かべていた。人差し指をこめかみに突き立ててグリグリと押し込んでいる。

「どうしたんですか、美月さん」

研介は彼女を見上げて声をかけた。

「坂上康子……」

「あの女が名乗った名前ですね」

サイン会で丸塚に名前を聞かれて女が答えていた。坂上康子と聞いて丸塚は顔色を変えた。

「『ノブエ』の中に出てきた人物よね」

「ああ……そういえばノブエに川に突き落とされて殺された子供の母親でしたね」

ノブエは相手が幼い子供であろうと容赦しない。母親と一緒に川縁の公園に遊びに来ていた子供を突き落としたのだ。動機は愛娘を失う母親の嘆く姿を観察したいという、これまた無慈悲で歪んだ好奇心である。彼女の殺意はいつだって短絡的だ。その子供の母親が坂上康子だった。しかし物語で出てくるのはそのシーンだけで、子供を失うという最上級の悲劇に見舞われるものの、重要な位置付けにあるキャラクターではなかった。なのにこのエピソードは妙に描写が細やかだった。

それにしてもどうしてあの殺人鬼は坂上の名前を名乗ったのだろう。

「そもそも物語に出てくるノブエは悪魔のように狡猾《こうかつ》で巧妙な女よ。あんなやぶれかぶれな手段に出るかしら……」

突然、彼女は目を大きく見開いて勢いよく立ち上がった。

「刑事さん！　丸塚さんの右腕はどうなってました」

津田は突然の問いかけに目を細めた。彼は丸塚の右袖を引きちぎって止血処置をしていた。そのときの状況を思い出しているようだ。

「出血がひどかったよ。相当に深い傷だっ……」

と言いかけて彼も跳びはねるように立ち上がる。そして美月と顔を見合わせた。

「右肩のタトゥーがなかった！」

二人の声がピタリと重なる。

「なんてこった！」

津田は部屋の出口に駆け寄る。

研介は訳が分からず二人を見上げていた。

「おい、君！　こっち来てくれ」

津田は部屋の扉を開くと外で立っている若い刑事に声をかけた。しかし外の様子が慌ただしい。刑事の何人かが店の外に駆けていった。

「今、それどころじゃないんです。あとにしてください」

若い刑事は津田に言った。その顔は張り詰めている。

「なにがあったんだ！」

津田は相手の胸ぐらを摑んで引き寄せると紅潮した顔を近づけた。若い刑事は津田の迫力に圧倒されて「ひっ！」と声を上げた。

「ま、丸塚丸子が病院から逃げたんです。あの女はいったい何者なんですか？　勝手に外に出ようとする彼女を止めに入ったナースを刺したらしいですよ」

丸塚は他にもナイフを隠し持っていたようだ。幸いナースは軽傷で現在手当を受けているという。

「くそおおおおっ！」

津田は刑事を突き飛ばすように放すと壁に向かって拳骨をぶつけた。そして美月に険しい顔を向ける。

「美月さん、あんたも俺もとんでもない勘違いをしていたようだな」

「え、ええ……」

美月が声を震わせる。

事態の急変に研介の思考はついて行けない。なにが勘違いで、そもそも何が起こっているのかさっぱり分からない。

「私は病院に向かいます。あの女を見失うととんでもないことになる。必ず見つけ出してやる」

津田はそのまま部屋を飛び出していった。

彼に突き飛ばされて尻餅をついている若い刑事も広瀬も、そして研介も茫然と部屋の出口を見つめている。

美月は唇を噛みながら蒼白になった顔を歪めていた。

＊＊＊＊＊＊＊＊＊

事件の現場となったベルサイユ書房はそれから五日ほど閉店を余儀なくされた。

その間、研介や美月はもちろん、書店スタッフは全員警察からの聞き取り責めにあった。うんざりするほどに何度も何度も同じ質問がくり返される。そのことは刑事ものの小説で読んだことがあるが事実のようだ。店の前にはマスコミたちが押し寄せているので開店していたとしても仕事にならなかっただろう。またその間、すずらん通りはちょっとした騒動になっていた。近隣の店舗にも迷惑を掛けたということで剣崎店長と美月が菓子折を持って謝罪の挨拶に回っていた。

店を再開するころには津田を通じて情報が入ってくるようになった。

「丸塚を襲った女性は南原朱美《みなみはらあけみ》。六年前にまだ五歳だった女の子を亡くしています。子供は何者かによって川に突き落とされたそうです。突き落としたのは三十代から四十代の小柄な女性という目撃証言もありましたが犯人の特定には至りませんでした。シングルマザーだった南原にとって娘は唯一の家族。彼女は諦めなかった。何度も現場に足を運んでは聞き込みをしたりチラシを配ったりして情報を募っていたそうです。娘の無念が母親を導いたんでしょうかね。南原は『ノブエ』を手にします。彼女の家から出てきた『ノブエ』には奇しくもベルサイユ書房の紙カバーがついてました。美月さんのポップを目にして買ってみようという気になったんでしょう」

ここでも美月のポップが客の心を動かしている。しかし今回は必ずしも正しい方向に導けなかった。彼女は表情を曇らせた。

「彼女は『ノブエ』の文章に赤線を引いていました。これです」

津田は付箋の貼ってあるページを開くと三行にわたる文章を指さした。坂上康子の娘を川に突き落とすシーンだ。

〈ノブエは幼女の手首から赤いミサンガを引きちぎった。彼女の二十歳の誕生日に母親の元に送りつけてやるのだ。そのとき彼女はどんな顔を見せるだろう。忘れかけていた無念と悲しみと怒りの炎が再燃する姿。そんなことを考えながらほくそ笑むとノブエは、ミサンガを取り戻そうと手を伸ばす幼女を思いきり突き飛ばした。幼女は午前中の豪雨で濁って速さを増した川の流れに姿を消した〉

「事件当時、南原は警察の事情聴取でミサンガのことには触れてません。彼女自身、娘を亡くしたショックで手首に巻いた赤いミサンガのことを忘れていたのでしょう。しかし事件から数年後、この一文を読んで衝撃を受けたはずです。作者は母親ですら失念していた、犯人でなければ知り得ないミサンガのことを書いている。これはただの小説ではない。犯人の武勇伝だ。南原ははっきりと確信したのです。作者、つまり丸塚丸子がノブエであり、彼女が愛する娘の命を奪ったのだと！」

最初にそれを聞いたときの衝撃は今でも忘れることができない。事実は小説より奇なりとはまさにこのことだ。丸塚を襲った常連客の南原朱美こそがノブエかと思われた。その時点でも意外性充分なのに、さらにその先がある。ノブエは襲われた丸塚の方だったのだ。リアルの世界でこんな大どんでん返しをされてしまっては、ミステリ書きとして自信をなくしてしまう。

津田は一枚のＡ４用紙を差し出した。

「南原が丸塚に送った脅迫状のコピーです。南原のパソコンのメールボックスから見つかりました。丸塚はブログを運営していてメールアドレスを公開してますから、そこへ送ったようです。それには丸塚丸子の正体がノブエであること、そして娘の仇討ちをする強い決意が記されています。もちろん丸塚は南原を殺しに向かったでしょう。しかし彼女は姿をくらましたあとだった。南原も南原で、仇である丸塚丸子がどこの誰なのかまでは把握できてない。だからベルサイユ書房に日参しては丸塚の来店を待ちぶせていた。さらに南原は丸塚に顔を知られていることを警戒して整形で顔立ちを変えたようです。しかし丸塚の方も脅迫者をおびき寄せるためサイン会を開催させた。最終的に南原はまんまと丸塚の罠にかかってしまったというわけです」

その先の推理は美月が引き継いだ。

「本物の丸塚丸子はフィアンセを殺された被害者よ。おそらくノブエはフィアンセを殺した直後に丸塚を殺して戸籍を奪い彼女になりすました」

ノブエが丸塚をターゲットに選んだ理由。彼女には肉親がおらず親戚とも疎遠《そえん》で天涯孤独同然の身だった。人づきあいが苦手な彼女は一人で過ごすことが多かったという。つまり丸塚のことを気に掛ける人物などいなかった。さらに当時のノブエと背格好が似通っていた。すり替わったところで誰も気づかないというわけである。

「どうして彼女が偽物であることに気づいたんですか」

「丸塚が千葉で殺された男性のフィアンセなら彼と同じように右肩にタトゥーが入っているはずよ。しかし彼女にはそれがなかった。それで彼女が偽物だと気づいたの」

研介は腕を組みながらウーンと唸った。

作中とモデルとなる実在の人物名が交錯するので多少分かりにくかったが理解はできた。ちなみに丸塚丸子はペンネームであり本名は白石珠美《しらいしたまみ》というらしい。ノブエはここ数年、彼女の身分で生活していたと思われる。

「それでノブエの正体は？」

今回の一番の謎に津田は首を横に振った。ナースを刺して病院を逃げ出したノブエの足取りは依然不明である。彼女がどこで生まれどんな人生を送ってきたかは自身の書いた小説から読み取るしかない。その小説だってどこまでが真実なのか計り知れないのだ。現状では女の本名すら知り得ない。すべての謎を解明するにはノブエを捕まえて問い質《ただ》すしかないだろう。

そして警察には猶予《ゆうよ》がない。こうしている間にも彼女はまた別の誰かを殺してその人物になりすましているかもしれないのだ。

「私も理解できないことがあるんですけど」

栗山が手を挙げながら言った。「どうぞ」と美月が指名する。

「ノブエはどうしてあんな小説を書いたんですか。内容のいくつかは彼女の正体を示すものだったんでしょう。自分の立場を悪くしているだけですよ」

その疑問は研介も思うところだ。あの小説を書いたことで南原朱美はノブエの正体を見極めたのだし、美月たちも大いに肉迫できた。むしろノブエは当事者たちにヒントを分かりやすく、積極的に伝えようとしていたようだ。そのためさほど重要でないシーンやキャラクターが不自然なほどに詳細に描写されている。研介が気になった描写のムラはそういうことだった。

ノブエはあの小説のおかげで実に危ない綱渡りを余儀なくされた。そんなことは分かり切っていたはずだ。それにもかかわらず彼女を執筆に駆り立てたものはなんなのか。もはや彼女の言っていた作品の真意も見えなくなった。

「彼女のことを理解しようとしても無駄なことよ。それは『ノブエ』を読んでも分かることでしょう。自己顕示欲かもしれないし、ただの気まぐれかもしれない。もしくはあの小説を通して自身を自己分析しようとしていたのかも……。あの女は好奇心を満たすためなら自分が傷つくことを厭《いと》わないところもあるわ。その理由を本人の口から聞き出せたとしてもきっと理解できないと思う。作品のタイトル通り『倒錯』なのよ」

美月は疲れ切ったように息を吐いた。顔色が優れない。

「お前たち、なにをしている。五日ぶりの開店だ。今日は忙しくなるぞ。気持ちを引き締めて行け！」

剣崎店長が部屋に入ってきて一同に活を入れた。

「美月さん。警察がずっとあなたの周囲を見張ってます。安心して仕事をしてください」

津田が彼女に声をかけた。警察はノブエを警戒してしばらくの間、店と従業員たちに見張りをつけることにした。警察の目が光っている中にノブエが入り込んでくるとは思えないが念のためだ。美月は弱々しく微笑むと津田に礼を言って研介と一緒に売り場に向かった。

五日ぶりに店のシャッターが開けられる。店の前には客たちが列を作って待っていた。その列は数十メートルに達していた。彼らは一様に殺気立っていた。

「な、なんなんですかね、この反響は」

「さ、さあ……」

研介と顔を合わせた美月は首を傾げた。

「おはようござ……」

店が開くなり客たちは店内に殺到する。彼らの目指す場所は入り口近くの陳列棚だ。そこには五十冊の文庫の山ができている。その山は数分で跡形もなくなった。それを手に入れることができなかった客たちが地団駄を踏んで悔しがるのも無理はない。

彼らが求めていたのは『連続殺人鬼ノブエの倒錯』の店頭販売用のサイン本だ。

それは本物の殺人鬼の直筆のサインである。
そしてそのサインの主は今もどこかで誰かを殺しているかもしれない。

第三章

一月三日。

世間的には正月休みだが、ベルサイユ書房は今日が店開きである。年末は三十日まで開けていたので年末年始休みは三日間だけであった。売り場ホールにはバイトを含めたスタッフ十数人が立っていた。

「誠実なる労働者諸君！　我らベルサイユ書房の年が明けた！　共に新年を祝おうではないか。ヴィヴ・ラ・ベルサイユ！」

朝礼で店長の剣崎瑠璃子が、敵陣に突撃を呼びかける隊長を思わせる勇ましい口調で拳を雄々《おお》しく振り上げた。そして今すぐに革命でも起こしそうな仰々しい訓示を垂れる。その迫力に圧倒されたスタッフたちは、忠実な兵士のように直立不動の姿勢で耳を傾けていた。新年早々、相変わらず店長のキャラが立ちすぎている。

「あんなに和服の似合わない人も珍しいですね」

研介は隣に立っている美月にそっと言った。

「そ、そうですね……」

彼女も苦笑ともつかない笑みをかみ殺している。新年を意識してか、今日の剣崎は振袖姿である。普段はアストンマーティンを乗り回す男装の麗人そのものなのに、長身だし肩幅が広いし目鼻立ちが大げさすぎて男性が女装しているように見えてしまう。着物が煌《きら》びやかなだけに存在感は格別だ。エプロン姿のスタッフたちがチェスの駒に思える。

「昨今の出版不況は目に余るものがある。しかし私に言わせれば、本が売れないなどという泣き言は書店員の甘えに過ぎない。この本を売らなければ家族がギロチンにかけられると思うなら、意地でも売るはずである。その意気込みがお前たちから伝わってこないのだ！　『本がなければ電子書籍を読めばいいのに』なんてふざけたことをのたまう客人はアイアン・メイデンにぶち込みたいところだが、これからは電子書籍も侮《あなど》れない存在になろう。さらにミシシッピーをはじめとする舶来《はくらい》のネット書店も脅威である。各自、気を引き締めてベルサイユに永遠《とわ》の忠誠を誓ってもらいたい。以上！」

眼光を過剰にみなぎらせた鋭すぎる眼差《まなざ》しを一同に向けると、剣崎は颯爽《さっそう》とした様子でその場を離れていった。彼女がバックヤードに姿を消すとスタッフたちの緊張が一気に緩んだ。

「相変わらずすごい迫力ですよねえ、剣崎店長。美月さん、日比谷さん、明けましておめでとうございます」

栗山可南子がエプロンの皺を伸ばしながら微笑んだ。研介も美月も新年の挨拶を返す。

「電子書籍でアイアン・メイデンに閉じ込められたらたまらないわね」

美月は栗山の肩を叩きながら笑った。彼女はポカンとしている。

「あの……美月さん。アイアン・メイデンってなんですか」

「中世ヨーロッパで使用されたという拷問の器具よ」

「ご、拷問ですか⁉」

栗山は目を丸くした。

「直訳すると『鉄の処女』ね。人の形をした棺桶の蓋《ふた》の裏側に鉄製の長い釘がたくさん突き出ているの。その中に人を入れて蓋を閉めれば串刺しになるというわけ」

「ひぇぇぇぇぇ！　ギロチンより怖いじゃないですか」

栗山は薄ら寒そうに両腕をさすりながら背筋を震わせた。

「店長が好きそうよねぇ……中世ヨーロッパマニアだから」

美月が肩をすくめて笑った。この前も剣崎は『中世ヨーロッパ甲冑図鑑』とか『鉄仮面写真集』なんてタイトルの本を取次に発注していた。もちろん自分用である。

「今年はどんな本が出てくるんでしょうねえ。今から楽しみだわ」

美月がエプロンのポケットに手を入れながら店内を見渡した。

「去年はやっぱりノブエでしたね」

当店における去年の文庫売り上げナンバーワンは断トツで『連続殺人鬼ノブエの倒錯』だった。著者である丸塚丸子のサイン会を開いたのが十一月末日だったから一ヶ月も前だ。会場に本物の殺人鬼が登場するという前代未聞のサイン会はテレビや新聞雑誌で大きく報道されて、好奇の目を光らせた客たちが押し寄せてきた。その騒動も半月ほどで下火になり今ではすっかり落ち着いている。その様子を見て剣崎が「熱しやすく冷めやすい愚民どもめ」と毒づいていた。

ちなみにあれから姿を消した丸塚丸子の行方は杳として知れない。

「日比谷さんはどんな本がくると思いますか」

文芸書コーナーを担当している美月が尋ねてきた。

「そうですねえ……個人的にはやっぱり鎌倉拓三が来てほしいかな」

「鎌倉拓三ですか。相当思い入れがあるみたいですね」

「思えば鎌倉拓三との出会いはここでした。ベルサイユ書房オープンの日、僕がそれを手に取ったきっかけは美月さんの手がけたポップです」

それは奇妙なポップだった。「↓」と真っ赤な矢印が一つ描かれているだけ。その本、『辛口ショートケーキ』を手に取ったときメガネをかけた女性の書店員と目が合った。それが美月だったのだ。

「版元の営業さんの情報によると新作は鋭意執筆中らしいですよ」

「本当ですか⁉」

「ええ。楽しみですね」

「発注してくださいよ」

「もちろんですよ。といっても毎回一冊しか回してもらえないですけどね」

「どんな人物なんですかね」

「覆面作家だと聞いてます。営業さんはもちろん編集さんも直接会ったことがないそうです」

「マジですか⁉　顔を見せないで打ち合わせや原稿のやり取りはどうやっているんですかね」

「電子メールだってファックスだってありますから。最近では赤ペンの入ったゲラをPDFファイルでやり取りしている作家もいるそうですよ。ドキュメントスキャナーも安いのが出てますしね」

そこまで覆面に徹するとはどんな作家なのだろう。もっとも鎌倉は売れない作家なので誰も気にかけてないだろうが。

「そう言えば……」

「なんですか？」

美月が聞き返してきた。

「いえ……こちらの話です」

鎌倉の作品の上に置かれたレモンを思い出す。あれは結局なんだったのだろうか。ノブエ騒動ですっかり忘れていた。

それからそれぞれが持ち場に分かれて業務に入った。

研介は棚の状態をチェックする。客が勝手に商品を移動させてしまうことがあるからそれらを元に戻さなくてはならない。

たまに特定の作家の本だけが平台で勝手に多面展開されていることがある。おそらく作家本人が訪れて自著を目立つ位置に平置きしたのだろう。ここベルサイユ書房は業界でなにかと注目されているので、作家たちが姑息な営業を仕掛けてくるのだ。以前もデビューして間もないラノベ作家の営業行為を見つけて注意したことがある。その青年は同レーベルのライバル作家の作品の上に自著を置きまくっていた。なんともいじましい話である。

研介はグルメ本コーナーに目を留めた。平台にグルメ関連の雑誌や書籍が積まれているのだが一つだけ極端に山が低くなっている。『カレー・オブ・ザ・イヤー』だ。それは都内のカレー店のランキングとレビューを掲載しているグルメ本で、毎年発行されている。神保町はカレーの激戦区ということもあって当店でもよく売れている商品だ。カレー好きの研介も先月買った。

「カレー本、そろそろ発注かけなくちゃ」

通りかかった栗山が言った。彼女はグルメ本コーナーの担当である。

「あれから『すずらんカレー』の店主さんはどうしているんですかね」

神保町の老舗の人気カレー店はこの本の記事が原因で客足が激減し、一ヶ月ほど前に閉店に追いやられた。すずらんカレーが扱っていた輸入品であるいくつかのカレー粉のスパイスに健康被害が出ているようなことが書かれていたのだ。しかし店主はあの記事は誤報だったと閉店を知らせる貼り紙で主張している。

「店を閉めるのは断腸《だんちょう》の思いだったでしょうね。でも店主さんは出版社や記事を書いたライターにクレームを入れなかったのかな。あれからこの本は増刷されているけど記事内容は変わってないですよね」

ページを開いてみると栗山の言うとおりだ。すずらんカレーのスパイスに苦言を呈している記事はそのままになっている。店主の訴えを認めたなら増刷に当たって内容が差し替えられるはずだ。貼り紙では誤報と主張していたが本当は問題のあるスパイスを使っていたのかもしれない。しかし研介も今まで何度も食べたが支障はなかった。あの記事は事実無根ではないにしても大げさに煽《あお》ったものだったのかもしれない。

「なくなったら、なおさら食べたくなりますね。こんなことならもっと足繁く通っておけばよかった」

あの記事のおかげでもう二度とすずらんカレーが口にできない。そう思うとあれを書いたライターを恨みたくなる。美味いカレーは研介にとって世界遺産に匹敵する。

それから間もなくベルサイユ書房の開店時間となった。

正月なのに朝っぱらから本好きの常連客が入ってくる。店員とも顔なじみなので新年の挨拶を交わしている。それでも平日を思えば客の出足は控え目である。正月休みに読む本は年末に買い込まれている。今日は文芸書よりもむしろ年賀状関連の雑誌が動いているようだ。年が明けてから年賀状を書くという人も多いのだろう。最近は年賀状もパソコンで作製する人が多い。年賀状のデザインを集めたCDを同梱《どうこん》した雑誌が各社から競うように売り出されている。このジャンルも激戦区だ。十月の頭から店頭に並べられるという。研介も年末に購入して年賀状はそれで作製した。手書きだった小学生の頃を思うと随分と便利になったと思う。

文芸書コーナーで作業をしていると、近づいてきた見覚えのある白髪《しらが》の男性客と目が合った。長身でがっしりした体格で目つきの鋭い男性だ。

「おや、君は……」

「刑事さんじゃないですか」

「元だよ。今は違う」

男性は苦笑しながら首を横に振った。

「そうでしたね」

研介はコツンと自分の頭に拳骨を当てた。

「君こそそんなエプロンしちゃって……そっか、あの店は閉まってたからな。なんと言ったっけ……」

「珍本堂です」

男性は得心したようにうなずいた。

二ヶ月前、研介は珍本堂で話をしている。店長から閉店を告げられ、梶井基次郎の『檸檬』を餞別代わりにもらって店を辞めた日だ。男性は店の常連客の一人で、グリコ・森永事件の関連書籍を好んで立ち読みしていた。思い切って声をかけたら当時事件を担当したことのある刑事だった。

「あの事件の関連本が多かったから重宝していたんだけどな。あれから数日後に覗いたんだが閉店の貼り紙がしてあった。いろんな事情があろうが古書店が消えていくのは淋しいものがあるな。今度は新刊書店でバイトかね」

「はい。縁あってお世話になることになりました」

「だったら先日のサイン会の騒ぎも？」

「目《ま》の当たりにしましたよ」

研介はノブエ事件の話をした。彼は興味深そうに耳を傾けている。事件後、テレビのワイドショーは連日ノブエの話題で持ちきりだった。その後の警察の捜査や記者たちの取材で、ノブエの犯行と思われる凶行が次々と浮かび上がってきた。それが真実なら彼女は老若男女、二十人以上の命を奪っていることになる。搬送された病院から姿を消して一ヶ月以上が経つ。また今までのように顔や体型、身分を変えているのかもしれない。そうやって彼女は転々と場所を移しながら凶行を重ねてきたのだ。

「グリコ・森永事件の犯人と同じだ。ノブエは今もどこかで普通に生活している。本当に悪いヤツというのは周囲にそれと気づかせない。普通の生活を送って世間に完璧に溶け込んでしまえる。誰にも怪しまれないから通報もされない。邪悪も才能だよ」

「グリコ・森永事件ですか。うちはあまり事件の関連書がありませんよね」

「今となっては昔の事件だからな。もう三十年も経つ。それに言っておくが、私はあの事件の本ばかりを読んでいるわけじゃない。珍本堂はたまたま多く扱っていたから立ち寄っただけだよ」

「そうですか。お客さんは小説なんかも読まれるんですか」

「たまには読むね」

「やっぱり刑事ものですか」

「実はさほどその手の小説は読まないんだ。警察組織とか捜査方法とかあまりに現実と違いすぎるからね。読んでいるとそういうのが気になってしまって集中できないんだ」

「なるほど。本物の刑事さんですものね。でも警察のことって僕たち一般人には窺《うかが》い知れないですよ。捜査会議にしても誰が司会進行して出席している刑事は何人いるのかとか」

「よくテレビドラマなんかで事件のあらましや容疑者の顔写真が壇上のホワイトボードに掲示されているが、実際の捜査会議でそんなものはないからね。捜査の役割もそれぞれの刑事にきっちり分けられているんだが、小説やドラマの刑事はあれもこれもする。なんかそういうのが重なると白けちゃうんだよな」

男性は肩をすぼめた。物書きとしてはなんとも耳の痛い話である。

「君は小説を書いているんだろ」

「な、なんで知ってるんですか？」

研介は驚いて男性を見つめた。

「私が立ち読みしている間、真剣な顔でノートパソコンに向き合っていたからな。ワープロの画面が少しだけ見えたんだが縦書きだった。あれは小説だろ」

さすがは元刑事と感心する。研介は小説家志望であることを認めた。

「神保町はもっぱら古書店ばかりに立ち寄っていたからここは初めてだ。どういうわけか読書欲をそそられる書店だな。特にあの手書きの紙だ」

男性は美月の書いたポップを指さした。

「目に入るといちいち気になるコピーだね。なんだか心の内を見透かされているような気がする」

それだけに客はその本を手に取ってしまうのだ。

「おや、これなんか粋じゃないか。グリコ・森永事件の脅迫文をもじってる」

彼は平台の隅のポップを指さした。それは単行本の帯カバーに差し込まれていた。

『読んだら死ぬで』

葉書サイズの白紙に黒の油性ペンでコピーが書かれている。

去年、珍本堂で男性から事件のあらましを聞いた。三十年前の出来事で研介は生まれていないので詳しい内容は知らなかった。「かい人21面相」と名乗る犯人は社長を誘拐したり会社に放火したりと悪事を重ねたが、そのうちの一つに商品に毒を入れて企業を脅迫するという事件があった。犯人は「食べたら死ぬで」という脅迫文を商品に貼り付けたという。このポップはどうやらそれのパロディらしい。

研介はカードをつまんで取り上げて顔を近づけた。

「あれぇ？」

スタッフたちの筆跡はだいたい把握している。しかしこれはそのいずれでもない。また彼らは客たちの目を惹こうと文字の大きさや配列、色やフォントに至るまで創意工夫を凝《こ》らす。しかしこのポップはコピーはキャッチーであるものの、適当に殴り書きしたような字体だ。縁《ふち》を彩《いろど》るとかイラストを入れるなどの装飾もない。そもそも本のタイトルは『ヨーロッパ式読書会のすすめ』だ。ポップのコピーと本の内容がまるで噛み合ってない。

「これを読んで読書会とやらをしたら死ぬってことか」

「まさか。新しく入ったバイトの子が書いたのかなあ」

先月、二人の古株バイトが辞めたので三人の新人を受け入れた。ノウハウを知らない彼らならこんな稚拙《ちせつ》としか言いようのないポップを作ってしまうかもしれない。それにしてもセンスがなさすぎる。「それかお客さんのイタズラかも」

研介は本の上に置かれたレモンを思い出した。あれも梶井基次郎の作品を茶化《ちゃか》したイタズラだろうか。

「いや、そう決めつけるのは早計だ。きちんと調べた方がいい」

男性の眼光が鋭くなった。研介のイメージする刑事の目になっている。

「イタズラじゃなきゃ、なんだっていうんですか」

研介は本を取り上げてページをパラパラとめくってみた。

「ああ、ページが汚されてる。これでは売れないや」

中ほどのページになにやらシミがついていた。ページの三分の一ほどに広がっている。飲み物だろうか。店内での飲食は禁止と館内放送を流している。店員の目を盗んでまで飲食するとはマナーの悪い客がいるものである。研介は舌打ちをして表紙を閉じた。

「中身が汚されてました。犯人はそれがばれたくないから、ページを開かせないためにこんなポップを置いたのかもしれませんね」

さすがにこじつけにも無理があるか。元刑事は呆れたような顔を向けている。しかしその眼光はまるで弱まらなかった。

「それではごゆっくり。僕は仕事がありますんで」

「あ、ちょっと君」

汚れた本を倉庫に持って行こうとしたら呼び止められた。

「まだなにか？」

研介は振り返った。やらなければならない仕事がいろいろあるので急《せ》かすような口調になってしまう。

「そのシミはちゃんと調べてもらった方がいい」

男性は研介の持っている本をそっと指さした。

「どうしてそんなことをする必要があるんですか」

「念のためだ」

「は、はあ……」

とうなずいたとき、剣崎がこちらに大股で近づいてきた。いつの間にか本革のジャケットとパンツに着替えている。研介は元刑事に頭を下げて剣崎に向く。彼女は訓練中の教官のような厳しい目をしていた。

「お前たち、稲森純一郎《いなもりじゅんいちろう》先生が亡くなった。すぐにコーナーを作れ！」

「稲森純一郎ですか⁉」

稲森純一郎といえば直木賞選考委員を務めたことのある文壇の大御所である。たった今、ネットの速報で流れたという。

不謹慎な話であるが作家が亡くなると著作が売れる。社会の関心や話題は本の売り上げにダイレクトに反映するのだ。訃報《ふほう》記事が流れれば往年のファンや名前を知っていたがまだ未読だった若者、とにかく流行に敏感な客が衝動買いする。書店にとって作家の訃報は売り上げを伸ばすチャンスなのである。こういうのはなによりもスピードが命だ。

「これを使え」

剣崎が丸めた画用紙を差し出した。開いてみると彼女の手によるのだろう、「稲森純一郎追悼コーナー」と妙に達筆な筆文字が書き込まれている。すぐに他のスタッフも集められた。

「三十分以内に設営するんだ。稲森先生の本を倉庫からかき集めて全部並べろ。発注も思い切って行け。いいな」

剣崎の号令のもと、スタッフたちは一斉に動き出した。

研介も倉庫に入って稲森の在庫をチェックする。手に持っていた『ヨーロッパ式読書会のすすめ』はポップを抜き出して「傷モノ」とプレートの貼ってあるコンテナに放り込む。あとでスタッフの誰かが返品可能なものと、そうでないものを仕分けるのだ。コンテナは半分くらい埋まっている。スタッフたちはそれぞれ慢性的にやることがあって忙しいので、なかなか手が回らないのが現状だ。かといって安易に増員すれば、薄利多売でなんとか成り立っている書店の経営に差し障る。

『読んだら死ぬで』のポップはエプロンのポケットに突っ込んだ。あとで誰が書いたのか確かめてみる必要があるだろう。

それからレジ以外のスタッフ総出でコーナーを立ち上げた。稲森の写真が大きく掲載された雑誌の切り抜きと一緒に、店長直筆の筆文字をパネルに貼り付けて目立つ位置に立てかけた。

幸い、倉庫に返本前の在庫が多く残っていたので平台にはそれなりの数の商品を並べることができた。訃報の一報を耳にした客たちが早くも店に訪れてくる。現代は情報化社会であることを実感する。

「相変わらずコーナー作るの速いねえ」

来店した常連客の一人が研介を肘《ひじ》で突いた。

「いやあ、店長の指示ですよ」と頭を掻く。当店のスタッフたちはフットワークが軽い。珍本堂とはえらい違いである。ただあそこの店長はこういうときに商品の値段をつり上げるのが速かった。

それはともかく今は書店にとって大きなビジネスチャンスだ。逃すわけにはいかない。

それにしても訃報効果はてきめんである。大物作家とはいえ文章が古風なこともあって、堅実に売れるにしても大きく動く商品ではなかった。それが今日は飛ぶように売れている。普段手にしないであろう若者たちも買っていく。これで稲森の霊魂も浮かばれるだろう。

「先生が亡くなって正月休み明けの出版社は大変ですよ、きっと」

客が集まるコーナーを眺めながら美月が言った。剣崎の指示通り、三十分以内に完成させた。

「ですねぇ……」

それから午後にかけて客足は伸びていき、稲森御大《おんたい》の代表作はほぼ売り切れた。正月休みということもあり平日に比べれば客入りは控え目だが研介たちの業務は途切れることがなかった。常になにかしらの仕事がつきまとう。それが書店員である。

こうして今年初日の業務はつつがなく終わった。

研介はエプロンのポケットに突っ込んでおいた『読んだら死ぬで』のポップのことをすっかり失念していた。

＊＊＊＊＊＊＊＊＊

一般企業の冬休みは昨日の五日までのようで、今日の神保町界隈はスーツ姿のサラリーマンが慌ただしげに行き交っている。昨日まで控え目だったベルサイユ書房の客入りも平常に戻りつつある。版元の営業さんたちが何人か新年の挨拶に顔を覗かせている。彼らは例外なく美月に声をかける。彼女にポップを書いてもらいたいのは言うまでもない。しかし彼女にとっても一日は二十四時間だ。読める本の数は限られている。そこはやはり各出版社の営業たちの努力ということか。売れそうな要素を総動員しなければ本は売れない。もちろんそれをしたところで売れるとは限らない。

「……というわけで今年もよろしくお願いします」

さっそく茫洋《ぼうよう》出版の営業である鹿島《かしま》が美月に頭を下げている。去年、彼女が書いたポップがきっかけで茫洋出版新人賞の受賞作が全国の書店員たちの注目を受け、本屋大賞にノミネートされた。鹿島は五十代半ばを過ぎているらしいので美月にとっては父親のような年齢である。彼女は恐縮しながらさらに深く頭を下げている。そんな美月を見ていると彼女がここにいるうちに作家になろうと思う。美月がついていてくれれば心強い。

研介は本の並びの乱れを確認しながら奥のコーナーへ足を進めた。そこには老婆《ろうば》が立っていた。かなりの高齢だろう。地味というより辛気くさい和装姿。小柄で白髪頭の顔は小さく腰が曲がっている。

老婆は棚に手を伸ばして本を取ろうとしているが届かないようだ。研介は近づいて、

「どれですか」

と声をかけた。彼女が指さした本を取り出すとタイトルを確認する。『桜の往復書簡』というタイトルの単行本。表紙にはゼロ戦の周りに、桜の花びらと一緒に便せんが舞っているイラストが描かれていた。帯カバーの紹介文を読むと戦時中を舞台とした小説のようだ。しかしこの本は小説コーナーではなく、ここ戦争関連コーナーの棚に背差しされている。陳列のさじ加減はコーナー担当者の判断に任されている。ものによっては小説でも実用書や専門書コーナーに並べられることがある。

老婆は「悪いね」と本を受け取るとコーナー奥に設置されている椅子に腰掛けて本を開いた。彼女の姿はここで何度か目にしたことがある。前回もやはりこのコーナーで立ち読みしていた。そのときは涙ぐんでいたから辛い戦争体験がよみがえってきたのだろうと思った。このコーナーに立ち寄る客はやはり年配者が多い。本を手に取る表情もどこか感傷的な色を浮かべている。

「日比谷さん、明けましておめでとうございます」

鹿島が近づきながら研介に声をかけてきた。

「おめでとうございます。今年もよろしくお願いします」

と笑顔を返す。

「うちも今年は強力なラインナップを組んでありますんで。戦争ものもいくつか出る予定ですよ」

彼は棚を眺めながら言った。

「ちょうどあちらのお客さんが興味を示したようですよ」

研介は鹿島に耳打ちしながら先ほどの老婆を指さした。彼女の読んでいる本は茫洋出版が発行している。

「おお、嬉しいですね……うん？」

鹿島は老婆を見つめながら口をすぼめた。

「どうかしました？」

研介には答えず鹿島は椅子に座って本を読んでいる老婆に近づいていく。

「あのぉ、天知《あまち》さんですよね？」

彼は老婆に声をかけた。彼女は顔を上げるとぼんやりとした目を鹿島に向けた。

「茫洋出版の鹿島俊樹《としき》です。覚えてませんか」

と名乗ったが、老婆は静かに彼を見つめたままだ。

「覚えてませんか。もう三十年くらい前だからなあ……」

鹿島はクシャクシャと薄くなった髪を掻いた。天知と呼ばれた老婆の方は表情を変えない。怪しんだり驚いたりした様子もなくむしろ無表情に近い。

「以前、茫洋出版にお勤めでしたよね？」

「ボウヨウ……シュッパン？」

彼女は初めて耳にする言葉を復唱するように言った。

「天知さんですよね」

老婆の瞳はぼんやりとしたままだ。鹿島はため息をつくと諦めたように首を振った。

「いや、すみません。こちらの勘違いです」

「ボウヨウ……シュッパン……」

老婆は虚空《こくう》を見つめながらつぶやきをくり返した。鹿島がその場を離れたので研介は彼のあとに続いた。

「お知り合いですか」

老婆と充分に距離を取ってから鹿島に尋ねる。

「ええ。あの女性は天知みすずさんといって弊社の元社員です。退職されたのはもう三十年ほど前で私は二十代のぺーぺーでした。同じ部署で直属の上司だったんですけどね」

彼は天知の座っている方を眺めながら淋《さび》しそうに言った。

「お勤めしていたこともあまり覚えてらっしゃらないようでしたね」

「天知さんは八十六歳になる私の母と同い年だったはずです。母も物忘れがひどいですよ。先日もうちで法事があったんですが、久しぶりに会う親戚の顔を覚えてなかったですからね」

鹿島は苦笑いを浮かべながら言った。

「じゃあ、読んでいた本が茫洋出版だったのはたまたまですかね」

「偶然でしょうねぇ。母と同じ年齢ですから青春期は戦争にどっぷりつかっていたそうです。母は当時の写真や映像を見ると今でも胸が痛むそうですよ。あの戦争で父親とお兄さんを亡くしたと言ってましたから。きっと天知さんも辛い記憶があるんですよ。それでもああやってコーナーに立ち寄って戦時中を振り返ってしまう。茫洋出版や私のことを忘れても当時の記憶は拭《ぬぐ》い去れないいんですよ」

と鹿島はしんみりと言った。

「そういえば天知さんの読んでいた本、『桜の往復書簡』ですか。聞かない作家でしたけど他にも著作があるんですか」

著者名は有吉達也《ありよしたつや》とあった。先月の中旬に刊行されたばかりだという。

「あの原稿は持ち込みです。特攻隊をモチーフにした内容だったので編集部がいけると判断したんでしょう」

「最近、映画がヒットしましたからね。おかげさまで当店も特攻隊の関連書が売れてますよ。それでどんな作家さんなんですか」

「三十歳前後の男性でフリーのライターさんです。うちの雑誌にも書いてもらっているのでその縁ですね。文芸の編集者に持ち込んだそうです。小説家志望のライターさんって多いんですよ。売れっ子になれば扱いが違いますからね」

有吉達也はペンネームで本名や出身地は明かしてないという。鹿島も把握していなかった。

「とはいえ無名だから初版部数も少ないし、広告や宣伝も打ってないので正直あまり売れてないみたいです。日比谷さんもぜひ読んでやってくださいよ。内容は素晴らしいですから」

「どんなストーリーなんですか」

「タイトル通り往復書簡形式の小説です」

「つまり手紙文面のやりとりだけで成り立っている小説ということですか」

鹿島がうなずいた。

「特攻隊員である青年とその恋人の手紙です。内容はベタな美談ですけど、愛する人たちを守るために命を捧《ささ》げるという話は胸にずしんと響きますよ。先ほどお話しした私の母のお兄さんも特攻隊員だったらしいんですけど、母はその話をすると今でも涙をボロボロ流しますよ。聞いている私ももらい泣きしてしまいます。戦争を直に体験した人にとって、あの小説は私たち戦争を知らない世代とは違った思いを抱かせるんでしょうね」

「でもそれを書いた有吉さんは三十前後なんですよね」

終戦は今から七十年ほど前のことだ。戦争にはっきりとした記憶を持っているといえば八十から九十のご老人である。

「ライターだからいろいろと取材をしたんじゃないですかね。想像だけではなかなかあそこまで書けないと思いますよ。特に特攻隊員である青年に送られる女性の書簡は秀逸です。青年に対する愛おしさや慈しみ、戦争に対する哀しさや絶望が痛いほどに伝わってきます。言葉一つ一つが選び抜かれているって感じで心を打つんですよ。明日にでも持ってきますから、よろしければ読んでみてください。できたらポップもお願いしますよ」

鹿島は営業マンらしいスマイルを広げた。

「ええ、ぜひ！　楽しみにしてますよ」

たまにこうやって版元の営業からアピールのため本をもらえることがある。もちろん販促に協力する形でお返しをしなければならないが、読書好きで作家志望者の研介にとってただで本が手に入るのは願ったりである。それに彼の話を聞いて『桜の往復書簡』に興味が出てきた。研介とそれほど年齢差のない若手が、どのように経験していない戦時中における人間ドラマを描いたのだろう。

鹿島が店を出てからも天知は奥のコーナーの椅子に腰掛けたまま、一行一行指でなぞりながら真剣に読みふけっている。読みながら自身の青春期に思いを馳せているのだろうか。

研介は店入り口に近い、一番目立つところに設置されている稲森純一郎追悼コーナーに移動した。平台の周りを何人かの客が取り巻いている。

やはり稲森の本は大きく売れていて問い合わせも多く、コーナーの山は随分と低くなっている。代表作のいくつかは在庫切れを起こしていた。今もコーナーを眺めている客が少なくない。休みが明けて版元も大慌てで増刷をかけたようだが、それらが配本されるまでには少し時間がかかりそうだ。この手の話題性は鮮度が命なのでタイミングが難しい。せっかく増刷して大きく展開しても、その頃に大きな事件が起これば世間の関心はそちらに向いてしまう。そうやって在庫がだぶついてしまうことは珍しくない。とはいえ文壇の大御所だっただけに往年のファンも多いだろうから、今すぐに下火になることはないだろうと剣崎は分析していた。なので当店では大きく発注している。来週には追悼コーナーに大きな山ができあがっていることだろう。

「日比谷さん、知ってます？」

栗山が通りすがりに声をかけてきた。

「ノブエのサイン本がオークションですごい高値で取引されているんですって」

「高値っていくら？」

「十万円ですよ」

「十万⁉」

研介は思わず声を上げてしまった。

「お宝ですよ。私は汚れないようカバーをかけてビニールに入れて保管してあります」

いまだ行方の分からない、本物の殺人鬼の直筆のサイン入りだけにサイン会騒動の一報が流れたあと、サイン本を買い求める客たちが殺到して数分で売り切れた。研介も栗山も事前に、控え室で自前の本にサインを入れてもらっていた。価値がつくだろうと思っていたが、それにしても十万円にまで高騰していたとは知らなかった。

「そうだと分かっていればもっとたくさんサインしてもらっていたんですけどね」

と栗山が悔しそうな顔をした。

「でもなんだか怖いね。犯罪史上に残る殺人鬼のサインだよ。あの本を持っているとノブエを呼び寄せてしまいそうな気がするんだ」

「だったらサイン本、私がもらってあげますよぉ」

「おっと、そろそろ昼休みだ」

研介は時計を見た。栗山が頬を膨らませる。さすがに十万円は手放せない。

「栗山さんもだよね」

今日の勤務時間表では研介と栗山の昼休みが重なっていた。昼休みはスタッフがそれぞれ時間をずらしながら取るようになっていて、その時間も決められている。

「日比谷さんはランチはどうしますか」

「弁当とか用意してないから外に食べに行くつもり」

「だったら一緒にランチしましょうよ」

前に栗山と一緒にランチをしたのは……万引き少年を捕まえた日だ。彼が盗んだのはノブエのポップである。すずらんカレーを食べに行ったのに閉店していてガッカリしたのだ。

「どこにする？」

「昨日、たまたますずらんカレーの前を通ったら、店が開いていたんですよ」

「ええ⁉　復活したの」

あれからあの路地は通りかかってないので開店に気づかなかった。

「屋号は変わってましたし、店主さんも若い人でした」

「だったら行ってみようよ」

二人は倉庫でエプロンを脱ぐとジャケットを羽織《はお》って店に向かった。栗山の言うとおり店は開いていた。昼時にもかかわらず店内は閑古鳥《かんこどり》が鳴いていた。内装は以前のままだったが、看板は「ビブリオカレー」に差し替えられている。中に入ると新しい店主だろう、研介と同年代の青年が「いらっしゃいませ」とカウンター越しに声をかけてきた。他に従業員はいないようである。店主は今まで壁に設置されたテレビを観ていたようだ。ワイドショーが流れている。

研介と栗山はカウンターに腰掛けた。奥の壁に掲げてある保健所が発行している営業許可証には足立秀敏《あだちひでとし》とある。

「すずらんカレーとは関係あるんですか。たしか前の店主も足立さんでしたよね」

研介は許可証を指さしながら訊いた。

「前の店主、足立源太郎《げんたろう》は僕の伯父です。この店を手放すというので僕が引き継ぐことにしました」

すずらんカレーの店主はがっしりとした巨体に、いかにも頑固そうなオヤジといった感じの強面だった。しかしこちらの若い店主、足立秀敏は華奢で色白で気弱そうな顔立ちで、伯父の面影すら見当たらない。彼は上野にある店で修業をしていたという。この店は昨日オープンしたばかりだそうだ。

「伯父は甥である僕にすらレシピを教えてくれませんでした。本当は伯父の味を受け継ぎたかったんですけどね。僕もすずらんカレーの大ファンでしたし、カレー職人になろうと思ったのは伯父の存在があったからです」

彼は残念そうに言った。残念に思うのは研介も同様だ。この店はすずらんカレーの味を継承しているかもという期待を抱いていた。

「伯父さんはお元気ですか。いろいろあったから……」

研介が尋ねると足立は苦笑いを見せた。いろいろとはもちろん『カレー・オブ・ザ・イヤー』の一件である。

「もともと腎臓を患《わずら》っていて仕事は辞めるよう医者から強く言われていたんですよ。本人は頑固だからずっと続けていくつもりだったようですけど、あの騒動をきっかけに店を閉めることになったんです。そんなわけで伯父さんの家族はホッとしてますよ。その本人も落ち込んでいると思いきや嘘のようにケロリとしてますね。毎日、趣味の釣り三昧《ざんまい》だそうです」

「そうだったんですか」

それを聞いて安堵した。あんな理不尽な目に遭って塞《ふさ》ぎ込んでいては気の毒だ。

「ほら、そこに写真があるでしょう」

足立は奥の壁を指さした。そこには何枚かの写真が貼り付けてある。タマネギの皮むきやルーの仕込みなど、足立の修業時代の風景が多い。しかし一枚だけ魚釣りをしている写真があった。一人は彼だが、もう一人は伯父の源太郎だ。源太郎は巨体にフィッシング専用のジャケットを羽織り、薄いはずの頭髪をベージュの帽子で隠しながらこちらに笑顔を向けている。調理服姿でない、そして笑っている彼を見るのは初めてだ。

「それであの記事はやっぱり間違いだったんですか」

「ええ。伯父さんは問題のスパイスを使ってなかったそうです。ライターの勘違いですね」

「それはひどい！　訴えるとかしないんですか」

今度は栗山が言った。

「そこまでするつもりはないみたいですよ。今では足を洗うきっかけをくれて感謝してる、なぁんて言ってるくらいですから。見ているこちらが羨ましくなるほど、楽しげなリタイア生活を送ってます。それに僕としても伯父さんに訴えを起こされたら困りますよ。『カレー・オブ・ザ・イヤー』に載せてもらうことは今の僕にとって大きな目標なんです」

研介も栗山も小さく息を吐いた。たしかにあの本はカレー業界においてひとつの権威である。ここで伯父さんが訴えるようなことをすれば、甥の店のランキング入りを黙殺されたり、いたずらに味を酷評されるかもしれない。そうなれば彼の店もすずらんカレーの二の舞である。

「それではできるまで少しお待ちくださいね」

そう言って足立は仕事を始めた。研介は店の中を眺める。テレビも本棚の位置も以前のままだ。本棚には存外に文芸書が多く置かれている。村上春樹や東野圭吾など日本の人気作家たちの最新刊から『セメイオチケ』（ジュリア・クリステヴァ）、『狙われたキツネ』（ヘルタ・ミュラー）、『裸のランチ』（ウィリアム・S・バロウズ）、『くそったれ！　少年時代』（チャールズ・ブコウスキー）など渋いラインナップで棚が埋め尽くされている。

その傍《かたわ》らにはマガジンラックが置いてあった。人文系や文学系の雑誌が収まっていた。

どうやら足立は相当の読書家らしい。それが神保町の店を継承する大きなきっかけになっているのかもしれない。

「あ、『小説宝玉《ほうぎょく》』だ」

研介は雑誌を取り出した。表紙を見ると最新号となっている。『小説宝玉』は鉱文社《こうぶんしゃ》が刊行している月刊の文芸誌だ。毎月下旬が発売日である。人気作家たちによる小説連載がメインであるが、彼らのエッセイやコラムなども掲載されたりする。サイズはA5だがそれなりに厚みがある。ラインナップのメインはなんといっても、今回よりスタートする七尾良夫の新作だ。約一年間かけて連載されてから一冊の本として刊行される。

「日比谷さんって作家志望なんですよね」

その話を以前栗山にしたことがある。

「こういう文芸誌に載せてもらうのが夢なんだ」

「文芸誌って売れるんですか？　うちでもあまり買う人いませんよね」

たしかに立ち読み客はよく見かけるがレジまで持ってくる人は稀《まれ》だ。

「それでも作家にとって掲載させてもらうのは名誉なことなんだよ」

短篇や連載を書かせて原稿料を払いつつ、作家を育てることを目的の一つとして刊行されると聞いたことがある。文芸誌は各社、どこも赤字だが小説文化を守るため採算度外視で作られている。さまざまな文学賞の結果や選評が掲載されるのもこの手の文芸誌だ。研介もなるべく目を通すようにしている。しかし『小説宝玉』の最新号は未読である。研介はページを開いてみた。隣から栗山が覗いている。

「ああ、鉱文社ミステリ文学新人賞の発表だ」

「日比谷さん、投稿したんですか」

「今回は他の賞に出したから見送った。前回は出したけど一次落ちだった」

と肩をすぼめる。鉱文社ミステリ文学新人賞は今回で十回を迎える。作家が選考委員という文学賞が多い中、この新人賞は版元である鉱文社の編集者が審査に当たる。選考も選評もすべて編集者が手がけるのだ。作家だと彼らの文学観に左右されがちになってしまい、それが必ずしも売り上げに結びつかないという現実もある。しかし編集者の目を通すことで従来とは違った新人を発掘できるのではないかと期待されての創設とある。ベストセラー作家を何人も輩出した文学新人賞ということで注目度も高い。

一次通過は三十作品。この時点で十分の一以下に絞られる。二次で十作品、そして最終選考が五作品だ。最終選考にまで残れば選考委員たちからの選評がもらえる。最新号は受賞作の発表と受賞者の言葉、そして落選作のタイトルと作者名、各選考委員の選評が掲載されていた。

研介は文学新人賞マニアでもある。一年間に開催される文学新人賞はもちろん、過去の受賞作や落選作に至るまですべて頭に入っている。またそれらの選評には漏《も》れなく目を通す。なので各賞の傾向と対策はばっちり押さえてある……はずである。それなのに受賞はおろか最終選考にすら至らない。そんな研介にとって文芸誌掲載は夢のまた夢である。

「日比谷さんの一番好きな言葉を当ててみましょうか」

「どうぞ」

「印税生活！」

栗山が愉快そうに言った。

「それが実現したら寿命が半分になってもいいかも！」

研介は笑いながら受賞者の顔を眺めた。年齢が同じだ。ペンネームは見たことがない。常連の名前と略歴は頭の中に入っている。ということは処女作がいきなり受賞したのかもしれない。何十年も投稿をくり返して一次通過もままならない者が少なくないのに、初めて書いた作品がいきなり日の目を見てしまう者もいる。中には読書すらほとんどしたことがないという受賞者もいるのだ。受賞は運なのか才能なのか実力なのか。今でもよく分からない。胃のあたりがキュッと痛む。嫉妬《しっと》と羨望の痛みだ。

研介は最終候補作品に目を向けた。太字の受賞作を含めて五作品が並んでいる。細字の四つはあと一歩及ばなかった作品だ。最終選考まで進みながら受賞を逃してしまうなんてどんな気持ちになるだろう。最終まで進めたことに満足できるのだろうか。あまりのショックに心が折れてしまいそうな気がする。それでも諦めずに挑戦し続けている落選者の名前が目に入った。

古井盟尊《ふるいめいそん》。

陰謀論でよく取り上げられる秘密結社フリーメーソンをもじったものだろう。「ふるいめいそん」とルビが振ってある。プロフィールには東京都在住の四十歳、無職とある。

「うわぁ、またか！」

研介は思わず声を上げてしまった。仕事中の足立がチラリとこちらを見た。

「なにがまたなんですか」

栗山が顔を近づけてくる。研介は古井盟尊の名前を指さした。

「この人、これで最終候補七回目なんだよ」

「それってつまり七回も落選したということなんですか」

研介はうなずいた。古井は『オール犯人・巨人』というお笑い芸人コンビみたいなタイトルで投稿していた。

「タイトルはインパクトがありますね」

二人して選評を読んでみた。

「うわぁ、酷評じゃないですか」

一通り読み終わった栗山が顔をしかめた。

「これはキツいなあ」

選考委員は版元の編集者五人が務めていてそれぞれが選評を寄せているのだが、全員が古井の作品に厳しい評価を下していた。

「『タイトルがネタバレになっているとはふざけているとしか思えない』ってのは納得ですね」

栗山がクスリと笑った。たしかにいくらインパクトが強くてもミステリ小説においてタイトルでネタバレはまずい。タイトルからすると、全員が犯人で大柄なのだろう。

その他にも「七回も候補になって受賞できないのは突き抜ける力を持ってないとしかいいようがない」「過去の作品を含めてとにかく凡庸の域を出ない」「執念は買うがそれだけでは作家になれないという好例だろう」「この書き手に足りないのは運でも実力でもなく、明らかに才能である」「文章もこなれていてキャラも立っていて構成も上手い。なのに面白くないという作品が読み手にとって一番タチが悪い」など辛辣《しんらつ》な言葉が並ぶ。ある選考委員など古井の作品への苦言にページの大半を割《さ》いている。

「正直言って古井氏の作品を読むのはうんざりである。七回目ともなるとそろそろ筆を折る決心をつける時期ではないだろうか。プロフィールに四十歳無職とあるが執筆以前にすることがあるだろう」

「こんなこと書かれたらマジで心が折れるよなあ」

「たしかに厳しい言い様だと思うけど、必ずしも間違ってないと思いますよ。このまま挑戦し続けて人生を無駄に過ごすより、そろそろ諦めて次の人生を探した方がいいっていう編集さんなりの思いやりじゃないですかね」

「そういう見方もたしかにあるけど、僕たちみたいな人間から創作を取ったら何も残らないんだよ。書くことが生きるエネルギーだから。これは死ねって言われたに等しいよ」

研介は古井盟尊なる書き手が気の毒に思えてきた。これならまだ一次落選の方がマシかもしれない。

「古井さんはこれで筆を折ってしまうんですかね」

「キツいと思うけど頑張ってほしいなあ。作家デビューして売れっ子になってこの人たちをギャフンと言わせてもらいたいね」

「そうですよね。これではいくらなんでも可哀相。この編集さんたちに一矢《いっし》報いてほしいですね」

「その前に僕が頑張れって話だけど」

「もちろん日比谷さんのことも応援してますよ。デビューしたらサイン一号は私ですからね」

栗山はニンマリと笑うとピースサインをした。彼女の本にサインをする自分自身の姿を想像して同じようにニンマリとしてしまう。

「お待ちどおさまでした」

足立がカウンターの上にカレーを並べた。

「待ってましたぁっ!」

二人はスプーンを手に取る。見た目はオーソドックスなヨーロピアンカレーだ。カレーのソースをバターで炒めたサフランライスの上にかけて一口含んでみる。

「美味しい!」

二人の声が重なった。すずらんカレーとはまったく別物だが、これはこれで独特の深い風味がある。ライスもソースになじんでいる。二人の反応を見て店主は満足げに微笑んだ。

「資金が足りなくて内装もそのままだし、広告も打ってないから認知されるまでには時間がかかりそうです」

オープンしたばかりなのに外には花輪すら飾ってないのはそのせいだろうか。

「この味なら大丈夫だと思いますよ。他の有名店にも負けてないですから」

栗山が声を弾ませた。すっかり気に入ったようだ。

「本当ですか。そう言ってもらえると嬉しいです」

「ええ。伯父さんの味にも負けてないと思いますよ。ただ値段がねぇ……」

「やっぱり高いですかね」

足立が心配そうに尋ねた。

「すずらんカレーよりは安いですけど、それでもまだ私みたいなバイトが気軽にランチできる値段ではないですよぉ」

　栗山が訴えかけるように言った。研介も同感である。たしかに一回のランチが単行本一冊に近い値段となると安くはない。単行本を文庫落ちするまで待っている読者も多数いるくらいなのだ。せめて文庫の値段くらいに抑えてくれるとありがたい。

「これでも結構ギリギリの線なんですよねえ。でもお客さんの貴重な意見です。もう少し安くできるよう研究してみます」

「頑張ってくださいね！　応援してます」

　栗山はガッツポーズを送った。足立はにっこりと微笑むと大きくうなずいた。

「ここのカレー、美月さんにも教えてあげようっと」

「美月さんもカレーが好きなんだ」

「知りませんでした？　美月さんファンなのにそんなことも知らないんですかぁ。実は熱心にカレー屋さん巡りをしているんですよ」

　栗山が意地悪そうな顔で覗き込む。

「ファンって……。書店員として敬愛してるだけだよ」

「ふうん……」

　彼女は意味深な返事をした。

「だから本当だってば」

「日比谷さんって美月さんといると……なんか嬉しそうですよね」

「そ、そうかなあ。別に普通だよ」

「まっ、いいや。私がとやかく言う問題じゃないですもんね」

栗山は投げやり気味に皿の上に向き直るとカレーを頬張り始めた。

そんなに嬉しそうに見えるのか……。

美月とはプライベートのつき合いはまったくない。栗山のようにランチを共にしたことすらないのだ。しかし研介にとって美月はなにかと気になる女性であるのはたしかだ。執筆していると、この作品に彼女はどんな感想をつけるだろうとか、ポップを作るとしたらどんな言葉を入れるだろうと想像する。何気《なにげ》ないときにふと彼女のことを考えていたりするし、近くを通りかかれば視線が向いてしまう。ときどき彼女の笑顔を見て胸がキュンとすることがあったりする。

それでも恋愛感情ではないと思ってきたけど……どうなのだろう?

研介はカレーを味わいながら何気なくテレビに視線を向けた。そこには見覚えのある風景が映っていた。

「あれって盟聖堂《めいせいどう》の本店じゃないの!?」

慌てて画面を指さすと栗山が「ホントだっ!」と見上げながら言った。盟聖堂は新宿に本店を構える大型店だ。都内はもちろん全国の主要都市にも支店を展開させている。ベルサイユ書房と同じく新刊書店であるが、規模も蔵書数も桁違いに大きい。画面の右上には〈書店に脅迫状！　グリコ・森永事件の再来か⁉〉と派手に装飾されたテロップが躍っている。

〈こちらが現場となった文芸書コーナーです〉

男性のレポーターがマイクを持って平台の前に立っている。平台の上にはさまざまな本が山積みされて、その上にはカラフルに装飾されたポップたちが競い合うように存在感をアピールしていた。それらは版元が販促用に配るものだったり、書店員が独自に手書きで作製したものだったりする。大型店ともなると扱う点数が大きいので手書きよりも版元から配布されたポップの方が明らかに多い。

〈そして問題のポップがこれです〉

原本は警察に渡っているのでテレビに映ったのはそれのコピーだという。研介はそのポップを見て口の中のものを吹き出しそうになった。そこには『読んだら死ぬで』と黒マジックペンで殴り書きされていた。画面にはコーナーを担当している女性の書店員が映った。小太りで地味な顔立ちの若い女性だ。

〈最初に見かけたときは他のスタッフが書いたものだろうと思って気に留めませんでした。しかしあとでポップのキャッチコピーと本のタイトルが一致してないことに気づいて排除したんです。誰が書いたのかスタッフ一人一人に確認をしたんですが、全員心当たりがないと答えたので店長に報告しました。お客さんのいたずらかもしれないと思い、店長と一緒に本を確認したら、中身が汚されていました。ページの一部にシミがついていたんです〉

テレビに慣れていないようで、彼女は緊張した面持ちで丸暗記した台本を読むように答えた。

不審に思った店長は警察に通報する。調査の結果、ページに付着したシミはミドリサンゴの樹液や乳液であることが分かったという。

画面には書店員に代わって敬明《けいめい》大学農学部の教授が映った。植物学が専門だという。

〈先生、ミドリサンゴとはどういう植物なのですか〉

司会の男性が教授に尋ねた。まだ四十代と思われる教授はカメラを意識した目線を向けると、勿体《もったい》をつけた様子で軽く咳払いをした。

〈学名はユーホルビア・ティルカーリ。トウダイグサ科の低木で東アフリカとマダガスカルが原産地です。自生地では高さが九メートルほどになります。茎は濃緑色の多肉性でよく分岐します。茎と枝だけという海のサンゴをイメージさせる姿をしているので観賞植物として人気がありますね。誰でも簡単に入手できます〉

彼は銀縁のメガネを小指で上げながら言った。スーツがどう見てもおろしたてだ。

〈その樹液がページに染《し》みこんでいたそうですが、それは危険なものなんですか〉

〈茎を切ると白い乳液がでるので、ミドリサンゴはミルクブッシュとも呼ばれます。しかし乳液にはホルボールエステルなどが含まれて毒性が強いので注意が必要です。皮膚に付着するとかぶれを起こすこともありますが、それが目に入ると危険です。強い炎症が起きて最悪の場合、失明することがあります〉

〈失明ですか！　それは大変な毒ですね……〉

それからも司会者やコメンテーターたちの間でやりとりがあったようだが研介の耳に入ってなかった。

「日比谷さん、どうかしちゃったんですか？」

栗山が心配そうに顔を覗き込んでくる。

「うちのカレー、不味《まず》いですか」

足立は泣きそうだ。

「い、いや、そんなことはないんだ」

研介は慌ててカレーを平らげた。しかし味がよく分からなかった。

＊＊＊＊＊＊＊＊

研介は慌てて倉庫の従業員用ロッカーに戻るとエプロンのポケットに手を突っ込んだ。

はたしてしわくちゃになったポップが入っていた。テレビに映っていたのと同じ筆跡で『読んだら死ぬで』と書いてある。そのタイミングで剣崎と美月が部屋の中に入ってきた。

「日比谷さん、毒入りポップのこと聞いた?」

美月が頬を強ばらせながら声を震わせた。

「え、ええ……。さっきテレビで観ました」

「盟聖堂だけではない。うち以外の神保町の新刊書店二つにも同じポップが立っていたそうだ。本が汚されていたらしいから、同じように毒が仕込んであるのだろう」

剣崎が険しい表情で言った。

「そのようなものがベルサイユにはなかろうな」

「はい。たった今、確認しましたが見かけませんでした」

美月が答える。剣崎は「そうか」と安堵したように肩を下げた。

「い、いえ、店長……じ、実は……」

研介はおそるおそる手に持ったポップを差し出した。それを見た店長は一瞬、長身をよろめかせた。

「あのポップではないかっ!」

彼女は握ったはたきを振り上げる。

「も、申し訳ございませんっ! 報告するのを失念しておりました!」

研介は慌てて頭を下げた。

「失念で済む話かっ！　時代が時代なら貴様をアイアン・メイデンにぶち込んでいたところだぞ！」

ここは現代の神保町。中世ヨーロッパでなくて本当によかったと心から思った。しかし剣崎は磨き抜かれたギロチンの刃のような眼光を放っている。その迫力に気圧《けお》されて思わず後ずさる。

「店長、私も見落としてました。申し訳ありません」

美月が謝ると、剣崎は激高を恥じたのか「すまない」とつぶやきながらはたきを腰の鞘に収める仕草をした。

「日比谷さん、そのポップが置いてあった本はどこにあるんですか」

「ええっと……傷もののコンテナの中に入れました」

美月はコンテナの中を覗き込んだ。半分以上が埋まっている。まだ返本されてなかったようだ。

「どれですか？」

研介が中身を探ろうとすると剣崎が「これを使え」とポケットから白手袋を出してきた。どうしてこんなものを常備しているのか窺い知れないが、高級品だろう、シルク製で肌触りが良い。

「謹んでお借りいたします」

と受け取ると両手に丁寧にはめた。

「これです」

研介は『ヨーロッパ式読書会のすすめ』を取り出した。ページを開くとやはりシミが付着したままだった。前回見たときは飲み物か食べ物の汁だと思った。指が汚れるのを嫌って触らなかったが正解だったようだ。

「よかったですよ、お客さんが触れる前に回収できて。すぐに警察に連絡しましょう」

美月が剣崎に言った。

「分かった。それは私がしよう。とにかく臨時休店だ。お前たちは他に毒が仕込まれてないかチェックしてくれ」

彼女は研介からシルクの手袋を受け取ると、後ろ髪を揺らしながら部屋を出て行った。

「すみません、美月さん。ポップを見つけたときすぐに報告するべきでした。ちょうど稲森純一郎先生の訃報が入ったときだったので……」

「しようがないですよ。あのときは全員、バタバタしてましたからね」

と美月は慰めるように言った。

「どちらにしても大変なことになりましたね。とにかく今から店を閉めます」

「すべての本をチェックするんですか」

美月は背筋と一緒にエプロンの皺を伸ばしている。

「もちろんです」

彼女は表情を引き締めると部屋を出て行った。

＊＊＊＊＊＊＊

研介がポップを報告して店長判断ですぐに店は閉められた。他の本にも毒が仕込まれているかもしれない。スタッフ総出で店頭に並べてある本はもちろん、倉庫の在庫もすべてチェックした。全員が手袋をして仕事に臨《のぞ》んだが、問題のポップは他に見つからなかった。

間もなく店長が連絡した所轄の刑事と一緒に警視庁捜査一課の津田寛三が駆けつけてきた。彼はノブエ事件のあとも、ときどきベルサイユ書房に立ち寄ってはミステリ関連書を漁っている。年末にも姿を見たばかりだ。髪型を七三にきっちりと分けて、定規を当てて描いたような直線的な目鼻立ちは相変わらずだ。今日もダークスーツに身を包んでいた。

彼は応接室の椅子に腰掛けて研介と向き合っている。これからスタッフ全員の事情聴取というわけである。彼の隣には所轄署の若い刑事が厳しい顔で研介を睨んでいたが、やはりキャリアの差だろう、津田の凄味には及ばない。

「また休店ですか。災難続きですね」

研介は「ええ」と苦笑した。ノブエの騒動直後も五日ほど店を閉める羽目《はめ》となった。もっとも彼もそれ以上ノブエの話をしてこないのは、捜査に報告できるような進展がないからだろう。

「今回のことで捜査一課が動くのですか」

「傷害未遂ですからね。ところで発見時のことを詳しくお聞かせ願いたいのですが」

研介は状況を詳細に説明した。

「発見したのが一月三日。そのときは稲森純一郎の訃報を聞いてコーナーを作るために忙殺されてしまい、ポケットに入れたのを忘れてしまったというわけですね」

「その通りです」

「そのポップが置かれたのは当日ですか」

「僕が見つけたのは開店直後でした」

あのときの状況を思い浮かべる。

文芸書コーナーにいたのは……グリコ・森永事件の元刑事だ。ポップを見つけたのも彼である。他には近くに誰もいなかった。その話をすると津田は目を細めた。

「その元刑事の犯行とは考えられませんか」

「いや、それはないと思います」

研介は確信を強めて答えた。

「確かですか」

「ええ。僕は開店から文芸書コーナーで作業をしてました。問題の本はすぐ間近に並んでいたので彼が細工をすればすぐに気づきます」

「なるほど。その元刑事が仕込んだのでなければ、それ以前からということになりますね。一月三日は店開きだったから年末に置かれた可能性が高いですな」

津田が言うとおり、おそらく年末だろう。それより以前となると誰かが気づくはずである。

「ここ最近、店でトラブルがありましたか。ノブエの騒動は除いてですよ」

研介は「そうですね……」と記憶を巡らせた。「十二月の中頃に万引きを捕まえました。常習犯だったので警察に通報しました」

万引き犯は中年の男性会社員だった。万引き犯については神保町の他店とも情報を共有している。何度か犯行現場が防犯カメラに映っており、近隣の書店では要注意人物とされていた。男性は土下座をして詫《わ》びたが店長は聞き入れなかった。その後、男性がどうなったかは知らされていない。彼は大手都銀に勤務していた。このことが明るみに出れば会社を首になることだってあるだろう。自業自得ではあるが、そのことで情報を共有していた神保町エリアの新刊書店を逆恨《さかうら》みしたかもしれない。これから調べるつもりなのか、若い方の刑事はメモを取っている。

「従業員の皆さんはどうですか。揉《も》め事なんかはなかったですか」

「多少仕事のことで諍《いさか》いはあったりしますけど……」

「ほぉ、例えばどんなことですか」

津田の眼光が鋭くなる。

「シフトや仕事の割り振りなんかです。時給は同じでも仕事量は差が出ますからね。それを不満に思っている人はいると思いますけど……だからってこんなバカなことをするような人たちではないですよ。ましてや他店にまでなんて」

研介はきっぱりと言った。刑事は内部の犯行を疑っているのだ。ここで働くスタッフは全員とは言わないまでも本を強く愛している。それは彼らが手がけるポップを見れば伝わってくる。ポップを作るためにはその本を買って読まなければならない。本代は社員割引が利くとはいえ自腹だし、読むのは当然時間外で給料や時給には反映しない。書店員という仕事に誇りを持たなければできることではない。

「いえいえ、刑事の仕事として一応聞いてみただけです。私もここの人たちがあんなことをするとは考えてませんよ」

津田が表情をわずかに緩《ゆる》めると、何気《なにげ》なしにといった様子でテーブルの上に置いてあった雑誌を取り上げた。裏表紙が上になっていたので気づかなかったがカレー屋で読んだ『小説宝玉』だった。彼はページを開いた。

「おっ、七尾良夫の新作がスタートしてますね。これは楽しみだ」

「津田さんは文芸誌なんて読むんですか」

と訊いてみた。

「いやぁ、ほとんど手に取ることはないですね。連載ってもどかしいじゃないですか。やっぱりミステリはイッキ読みしたいんですよ。一ヶ月も間を空けちゃうとストーリーや登場人物の名前を忘れちゃったりしますからね。これは日比谷さんのですか」

「いえ、おそらく美月のだと思います。付箋がいっぱい貼ってあるでしょ」

ページのところどころにカラフルな付箋が何枚も貼り付けられている。彼女は各社の文芸誌を買ってすべて目を通していると言っていた。刊行時には掲載された原稿に加筆修正されることが珍しくない。その元の原稿と読み比べることができるからだという。彼女は以前、山村正夫記念小説講座にも通ったことのある作家志望者だった。今でも作家になる夢を捨てずに小説作品を研究しているのかもしれない。そうなると研介のライバルでもある。もっともそのことについては否定していたが。

「美月さんにもいろいろとお話を伺わせてもらいますよ。あと、防犯カメラの映像記録も調べます。本のチェックは頼みましたよ。異常が見つかったらすぐに報告してください。今日はこれで結構ですよ」

研介は立ち上がると一礼して部屋を出た。入れ違いに次の番である栗山が入っていった。

研介は売り場に戻ると息を吐いた。そこには文字通り仕事が山積みだ。

さすがにこれだけの蔵書のすべてのページをチェックするとなるとスタッフを総動員しても一日では終わらない。剣崎の陣頭指揮の下、研介たちはひたすらページめくりに明け暮れた。手抜きは許されない。毒の染みを見逃そうものなら取り返しのつかないことになってしまうかもしれないのだ。もし染みを触った子供がその指で目をこすったらと考えると、ぞっとするものがある。他のスタッフたちも強い責任と自覚を持っているようで、真剣な眼差しでチェックに臨んでいる。

「それにしてもどうして『ヨーロッパ式読書会のすすめ』なんですかね。読書会なのに読んだら死ぬだなんて悪い冗談ですよ」

事情聴取を終えた栗山がページをめくりながら首を捻《ひね》っている。

チェック作業には丸三日要した。件のポップはなかったが、いくつかページにシミや汚れの入った商品が見つかった。シミの正体は分からないが、疑わしいものはすべて撤去する。

その間にも都内の書店から『読んだら死ぬで』のポップと毒入りの本が見つかったという報告が相次いだ。それが原因なのか皮膚のかぶれや炎症を訴える客も出ているという。シミに触れたという幼児の一人は病院で手当を受けたという報告もあった。

新聞各紙もトップ記事扱いで、各局のワイドショーも特集を組んでいる。彼らはこの騒動を「毒ポップ事件」と名づけていた。

ポップが見つかった店舗はいずれも休店を余儀なくされている。盟聖堂のような大型店舗になると在庫の規模がベルサイユ書房のような中型店とは比べものにならない。それらをすべてチェックするのは気の遠くなるような作業である。しかし、それをしないわけにはいかない。

昨日は作業が終わったあとに店長の招集によってスタッフ会議が開かれた。「全商品にシュリンクをかけるべきか」が議題だった。本体をビニールでパッケージしてしまえば毒の混入をガードできる。しかしそれは美月たちの強力な反対によって却下された。そんなことをしたらベルサイユ書房がただの物売りになってしまうというのが彼らの主張だ。もちろん研介も賛同した。書籍の本質はカバーや表紙や紙ではない。中身なのである。それを客に確認させずに売るというのは詐欺に等しい。なによりも、ページをめくれないでは書店に立ち寄る楽しみが失われてしまう。それは書店員のアイデンティティを否定するに等しい。断固として認められない。この議論に珍しくスタッフたちが白熱した。彼らの仕事に対する情熱を垣間《かいま》見ることができた有意義な時間だった。

そして今日。ベルサイユ書房は三日ぶりの開店である。

シュリンクをかけない代わりに、スタッフそれぞれが危機意識を高めて商品への監視を強化することになった。怪しいと思われる客を見かけたらすぐに店長や美月に報告することを義務づけられた。

しかし懸念は他にもあった……。

「大きな騒動になっちまったな」

平台《ひらだい》に新刊を並べていると男性客が声をかけてきた。件のポップを見つけた元刑事だ。

「ええ。まさかあのポップが脅迫状だとは思いませんでしたよ」

「犯人は明らかにグリコ・森永事件をモデルにしている。それにしても書店のポップを脅迫状代わりにするとは、犯人もなかなか賢いな」

「あれから僕も事件に関する本を読んでみました。すごい事件だったんですね」

今回の騒動で新聞やテレビといったマスコミは三十年前の事件をクローズアップしていた。犯人とされたキツネ目の男の似顔絵は研介もテレビや雑誌で見たことがあるが、生まれる前の出来事ということもあり詳細を知らなかったので、これを機会にルポルタージュなどの関連書に目を通してみたのだ。

一九八四年三月、兵庫県西宮市にある自宅で製菓会社の社長が家に押し入った二人組の男に誘拐された。犯人は会社に身代金を要求する。それから間もなく社長は監禁場所から自力で脱出。「かい人21面相」と名乗る犯人は会社の製品に毒物を入れたとして同社を脅迫した。その矛先《ほこさき》は他の食品メーカーにも向けられる。犯人は何度も警察やマスコミに挑戦状を送りつけていた。誘拐、恐喝《きょうかつ》未遂、殺人未遂など犯行は二十八容疑にも及ぶ。警察庁が広域重要事件に指定したが、未解決のまま二〇〇〇年二月にそれらの事件は公訴時効になった。

その間、刑事たちは何度も犯人とニアミスをくり返しているにもかかわらず、接触や逮捕の機会をことごとく逃してきた。未解決は警察の失態が原因とされている。

「ときには驚異的な悪運が犯人に味方することがある。未解決や迷宮入りの事件の多くはそれだ。たしかに当時の捜査に杜撰《ずさん》さは否めないが、それも犯人の持つ運の力だ」

男性の顔に刻まれた無数の皺《しわ》が深くなった。

「世田谷一家殺人事件なんかもそうですよね。あれだけ証拠を残しているのに、いまだに犯人が捕まらない」

警察の目をくらませるさまざまな因子が奇跡的に重なって、普通なら捕まる犯人が捕まらない。その結果、未解決事件の真犯人たちは凶行に手を染めておきながら、今でもどこかで普通の生活を送っているのだ。

「ところでお客さんは竹中《たけなか》さんという名前ではありませんか」

研介が言うと男性は目を丸くした。

「ど、どうして知ってるんだ⁉」

「インタビュー記事ですよ。写真付きでしたから」

「あの記事を読んだのか」

研介が首肯すると男性はバツが悪そうな顔で舌打ちをした。

研介が読んだルポルタージュは二年ほど前に刊行されたものだが、その中に当時捜査に関わった刑事たちのインタビューが掲載されていた。多くは定年退職者である。その中に男性の姿があった。名前は竹中民太郎《みんたろう》と記されている。竹中は犯人逮捕に漕《こ》ぎ着けなかった忸怩たる思いをインタビュアーにぶつけていた。その記事を読むと当時の彼が熱血漢だったことが窺える。しかし今では惨めな敗北感を嚙みしめながら余生を送っているのだろう。そんな彼はなおも真相を追い求めて、書店を巡っては事件に関する文献を漁っているのだ。

「あのポップをここで見かけたときは悪夢がよみがえってきた。嫌な予感がしたんだ」

ポップを目にした竹中の顔は強《こわ》ばっていた。研介はただのイタズラとしか思わなかった。

「だからあのシミを調べろとおっしゃったんですね」

そして嫌な予感は当たっていた。シミは毒性の強いミドリサンゴの乳液だった。手に忍ばせたスポイトのようなものを使って付着させたと思われる、とニュースでも報じられていた。

「ポップはすべて鉱文社の本だったらしいな」

「ええ。そのようですね」

当店で被害にあった『ヨーロッパ式読書会のすすめ』も鉱文社が出版している。

「ご近所さんじゃないか」

「そうなんですよぉ」

鉱文社は神保町に本社ビルを構える出版社だ。売り上げはトップ五本指に入る、誰もが一度は耳にする大手である。営業も頻繁にここに立ち寄ってくれるのでスタッフたちとは顔見知りだ。そして今回の犯人はその鉱文社の書籍をターゲットにしていた。ポップが置かれていたのは小説や実用書、学術書などさまざまである。しかしそれらはすべて鉱文社の出版物だった。

「ここの防犯カメラはどうなっている？」

「防犯カメラですか」

研介は店内の天井に設置されたカメラの位置を指した。竹中はそれらを眺めて目を細めている。

「やはりな。犯人はカメラの死角を狙っている。ポップの置いてあった場所は映らないだろう」

「たしかにそうですね。あの位置はレジから近いから、スタッフの目に入りやすいこともあって防犯が手薄になっているんですよ」

経費節減のためか当店の防犯カメラは店内すべてをカバーしていない。スタッフの死角になりやすい場所と、漫画や小物といった万引きされやすい商品のエリアに設置されている。

「他の店舗もそうだった。ポップの置き場はカメラの死角になっていたよ」

「調べたんですか」

「おとなしくしていられない性分でな」

元刑事の血が騒いだのだろう。竹中は腕組みをしながら照れたように微笑んだ。神保町、新宿、渋谷、池袋の店を回って調べたという。書店員にも聞き込んだらしい。ポップと毒が仕込まれた正確な時刻を把握するのは難しいだろうと言った。書店員がそれらに気づくのにそれぞれタイムラグがある。ベルサイユ書房でもポップが置かれたのは年末と思われるが、気づいたのは年が明けてからだ。

「日比谷さぁん」

背後から泣きそうな声で呼ばれた。振り返るとブリーフケースを提げたスーツ姿の男性が立っていた。

「森口《もりぐち》さん」

長身の彼は森口章宏《あきひろ》、神保町エリアを担当している鉱文社の営業である。

「とんだことになってしまいましたね」

「本当に本当に申し訳ありません！」

彼は土下座をする勢いで頭を下げた。

「いや、森口さんが悪いんじゃないですから」

「どんな形でも弊社の本でご迷惑をお掛けしてますから」

森口は顔を上げた。こうやって謝罪行脚《あんぎや》してきたのだろう。顔色は優れず憔悴《しようすい》しきった表情を浮かべている。

「犯人の目星は付いているんですか」

「いやあ……それはまだ」

ただでさえ沈んだ表情をさらに曇らせた。

「株主は調べたのか」

突然、竹中が口を挟んだ。森口は目を白黒させている。

「こちらのお客さんは元警察の方なんですよ。グリコ・森永事件を担当されていたそうです」

研介は竹中を簡単に紹介した。

「そ、そうなんですか……。ところで株主をどうして調べるんですか」

「この騒動で鉱文社の株価は連日ストップ安だろ。事件前に関連企業の株を空売りしておけば、かなりの利益を上げられたはずだ」

空売りとは信用取引における取引方法の一つで、証券金融会社から株を借りて売り、その後買い戻すことでその差額を利益とする。たとえば千円で空売りをして七百円で買い戻しをすれば三百円の利益となる。つまり株価が下落する局面で利益が出せる取引というわけだ。

「なるほど！　犯人は世間の不信を煽って株価操作をしていたというわけですね」

森口は感心した様子で言った。

「そうだとすれば今後どんな展開が考えられますかね」

今度は研介が訊いた。

「もし犯人が終息宣言をすれば株価は持ち直すだろう。空売りで得た利益を投入して底値で買いに転じてれば、さらに大きな儲けが出る」

「一度で二度美味しいじゃないですか」

ポップを使って株価を操作するなんてすごい発想だ。作家志望としてはワクワクせずにいられない。

「ミシシッピーも怪しいぞ」

竹中は顎《あご》をさすった。

「あのネット書店ですか」

ミシシッピーはアメリカに本拠を構える世界最大の通販企業である。日本でも通販サイトを展開しており、特にミシシッピー・ブックスの売り上げだけで日本のリアル書店上位数社分に匹敵すると言われている。ここ数年、全国で書店の閉店が相次いだのも、彼らのである。

台頭と無関係ではないだろう。品揃えもさることながら、送料無料というサービスも強み
「あそこは日本の大手書店の買収を目論んでいるらしいぞ」

「そうみたいですね」

研介も新聞で読んだことがあるので知っている。

「それで今回の騒動にどうやってミシシッピーが絡んでくるんですか」

「鈍いな。こうやって企業を弱体化させれば買収もしやすくなるだろう。アメリカ人のやりそうなこった」

「ああ、そうか！　さすがは元刑事さんですね。着眼点が違うなあ」

森口もため息を漏らしている。

射抜《いぬ》くような鋭い目つき、頬に刻まれた深い皺。たしかに今の竹中は刑事の顔をしている。

「俺が言うまでもなく警視庁の二課の連中がとっくに動いているさ。グリコ・森永事件でも株価操作を真っ先に疑ったんだ。誘拐も現金奪取もカムフラージュで株価を動かすことが目的だったのではないかとね。二課の連中は事件に関係した企業の株の売買で目立った動きをみせた個人や団体を徹底的にチェックしたんだ。そこである仕手グループが最重要監視対象になった。もっとも犯人逮捕には結びつかなかったけどな」

捜査二課といえば贈収賄や詐欺、脱税、不正取引など経済犯罪、企業犯罪などを専門に扱う。株価操作のような金融部門は彼らの分野だ。また毒物混入は傷害未遂に当たるので捜査一課も動くだろうと言った。

「ポップがついた本の作家や担当編集者に、なにかつながりはあるかね」

竹中は森口に尋ねた。

「いやあ……これといって思い当たらないですねえ。本のジャンルもバラバラなのでそれを扱う部署も違うんですよ。彼らに怨恨を持つ者の犯行ということですか？」

「もちろんそれもあるが、内部犯行の可能性も考える必要がある」

「鉱文社の中に犯人がいるということですか」

「当時も我々は元グリコ関係者にも疑いの目を向けた。脅迫状の中に内部事情に詳しいことを窺わせる記述があったからだ。リストラやパワハラなどで会社を恨んでいる者がいるかもしれない。腹いせの犯行ということも考えられる」

「怨恨ですか……社内でもいろいろありますからね。数年前、業績悪化を払拭《ふっしょく》するために断行したリストラで大騒ぎになりました。最近になってやっと持ち直してきたというのに……」

森口がため息をついた。鉱文社の非情で強引なリストラは出版不況の象徴として一時期、ニュースを騒がせていた。自殺者も出ていたはずだ。同社を快く思っていない人間は相当数いると思われる。

「あ、美月さん」

彼は通りかかった美月を呼び止めた。

「鉱文社さんも大変ですね。あれからいかがですか」

「正直、社内はパニクってますよ。それでお願いがあるんですが」

「なんですか？」

美月は雑誌の束を抱えながら小首を傾げた。

「今回の件のことでご迷惑をおかけしているのは重々承知しているんですが、今後とも弊社と変わらぬおつき合いをしていただきたいと存じまして」

森口は含みを持たせた言い方をした。

「も、もちろんそうしたいと願っているんですが……」

美月も歯切れの悪い返事をする。研介も森口の言いたいことが分かっていた。それがベルサイユ書房における懸念でもある。

「他店での扱いはどうなっているんですか」

研介は森口に訊いた。

「ここだけの話、弊社の本を撤去している店舗も出てきてます。あの報道が流れてから返本が殺到していますよ」

現に仕込まれた乳液のシミに指を触れて症状を訴えている客も出ている。店としては神経質にならざるを得ない。そこで鉱文社への発注を停止して、さらに棚から同社の商品をすべて撤去している書店も出ているらしい。倉庫のスペースに限りのある書店としては、売るつもりのない商品をいつまでも置いておくわけにはいかない。必然的に返本ということになる。報道があった直後から鉱文社の電話は鳴りっぱなしだという。

「作家やライターの皆さんはどうしているんですか」

「連載の休止や中断の申し出が伝えられています。書き手がいないとページの確保もできません」

客離れは文芸誌や女性誌といった雑誌類にも波及する。作家やライターからすれば、もし自著のページに毒を仕込まれていたら自身のイメージダウンにもなりかねない。また連載を続けても客離れが解消しなければ、刊行されても鉱文社では売り上げが見込めない。それは書き下ろしでも同じことである。彼らが手を引こうと考えるのも無理はないだろう。

とにかく今の鉱文社は沈没中の客船である。客もスタッフも逃げ出している状況だ。今朝のミーティングでも鉱文社の商品をどうするかが話題となった。騒動が収束するまで売り場から撤去するか、それとも販売を継続するか。スタッフたちの間でも意見は真っ二つに分かれている。研介は「悪意に屈することなく書店は出版文化を守るべきだ」という美月の意見に同調しているが、店長の剣崎は迷っている様子だった。

「なんとか！　なんとか置いてください。お願いしますっ！」

森口は髪の毛が地面につくのではないかと思うほどに深々と頭を下げた。

「分かりました。なんとかその方向で行けるよう店長に相談してみます」

美月が声をかけると、森口は顔を上げて救われたような笑みを広げた。

そのときだった。

誰かに背中を叩かれた。振り返ると和装姿の小柄な老婆《ろうば》が立っている。顔は老人特有の深い皺が広がっているが、目鼻立ちが童女を思わせる、可愛らしいおばあちゃんだ。彼女は先日、戦争コーナーで小説を読んでいた。茫洋出版の元社員で名前を天知みすずと営業の鹿島が言っていた。彼女は手に本を抱えている。ゼロ戦の周囲に桜の花びらと便せんが舞っているデザインの桜色の表紙。『桜の往復書簡』だ。閉店中、鹿島が倉庫に顔を出して研介に本を渡してくれた。家に持ち帰ってその日のうちに読んでしまった。そろそろポップも作らなければならない。

「どうしました？」

研介は腰を落として目線を天知に合わせた。彼女の目はぼんやりと虚ろだ。

「これを書いたのは誰だい？」

彼女は持っている本を差し出しながら言った。

「有吉達也という作家さんです。それがなにか？」

「嘘おっしゃい！」

彼女は研介の腰をはたきながら声を尖《とが》らせた。

「どうかされましたか」

そばでやりとりを聞いていた美月が話に入ってきた。その間に森口は頭を下げながら店を出て行った。

「これを書いたのは私だよ。誰が勝手に本にしていいと言ったね？」

「はあ……」

美月も研介も間の抜けた返事をした。

「人の書いたものを勝手に本にして！　編集長を呼んできな」

天知は頬を膨らませて研介たちを睨み付けている。

「あの……ここは書店で出版社じゃないですよ」

「書店って本屋のことかね」

「そうですよ」

老婆は周囲を見渡して目をパチクリとさせている。

「だったらお巡りさんを呼んでちょうだい。人の書いたものを盗んだんだ。盗作だよっ！」

「盗作って……」

言っていることがどうもおかしい。どう対応するべきか困っていると背後から「おばあちゃん！」と呼びかける女性の声がした。声の主は研介たちのいるところまで駆け寄ってきた。

「おばあちゃん、捜したんだからぁ、もぉ」

ここにたどり着くまでにさんざん走り回ったのだろうか。女性は額に汗を滲《にじ》ませながら息を切らしていた。ふくよかに見えるのは元々の体格なのか、ダウンジャケットの厚みなのか、それとも両方なのか。二十代後半、美月と同年代といったところだろう。可愛らしい顔立ちはどことなく天知に似ている。

「お孫さんですか」

美月が声をかけると女性は申し訳なさそうな顔で頭を下げた。

「うちのおばあちゃんがご迷惑をお掛けしました」

「ありゃ、純香《すみか》ちゃんかね。今日はどしたの」

天知は本を持ったまま目を丸くしている。

「どしたのじゃないでしょう。お昼寝の時間なのに突然いなくなったから捜したんだよ」

「私は仕事中だよ。邪魔しちゃダメっていつも言ってるでしょ」

老婆は手に持った本を上下に揺らしながら言った。

「仕事？」

研介が訊くと純香は眉を八の字に下げて肩をすぼめた。

「ここ最近、認知症が始まっちゃったみたいなんです。昔、出版社で働いていたらしくて神保町の書店を営業で回っていたそうなんです」

認知症か……。研介は老婆の奇異な言動に納得した。

どうやら彼女は営業の仕事でベルサイユ書房に赴《おもむ》いてきたつもりになっているらしい。そのくせ元勤務先の社名は失念している。

「純香ちゃん、ひどいんだよ。この人たち、私が書いたものを勝手に本にして棚に並べているんだ。私はそんな話、聞いてないよ、まったく！」

「もぉ、おばあちゃん、訳の分からないこと言わないでよ。お店の方たちが迷惑しているじゃないの」

「迷惑しているのは私の方さ。これは盗作だよ。断じて許せないわ」

聞き耳を立てている周囲の客たちも笑いをこらえている。話の内容から老婆の言っていることがおかしいのは明白だ。

「盗作ってどういうことなのですか」

美月が腰を低くして天知に目線を合わせながら、優しく問いかけた。

「だから何度も言っているでしょ。この本を書いたのは私。なのにここを見て。私の名前が書いてないじゃない。こんな名前知らないわよ」

彼女は表紙の著者名を指さしながら言った。

「それにね、私の名前は『すずえ』じゃない。『みすず』よ！」

「おばあちゃん、どっから『すずえ』なんて名前が出てくるのよ⁉」

純香が祖母に問い質す。

「手紙よ。私の名前を勝手に変えちゃって。失礼しちゃうわ！」

天知は大いに憤慨している。

「手紙ってなんなの」

「それは作中に出てくる女性の名前です」

「どういうことですか」

純香が研介に向き直った。

『桜の往復書簡』は宗二郎《そうじろう》とすずえの手紙のやり取りだけで物語が展開していく。研介は純香と美月に簡単に説明した。それを聞いて純香は得心したように指を鳴らした。

「この小説の内容と自分の戦争体験がごっちゃになったのね。それでこの本を自分の手記だと思い込んだんだわ。ああ、おばあちゃんの症状は日に日にひどくなっていくなあ」

彼女は祖母の小さな背中にそっと手を当てて息を吐いている。

「認知症になっても戦争の記憶は消せないんですよ。むしろそれが真っ先に戻ってきているわけだから、この時代を生きた人たちにとって大きな心の傷そのものなんですね」

そう言う美月は少し哀しげだ。

研介は自分の十代の頃を思い浮かべた。食べ物に困ることはなく、テレビやパソコン、ゲームなど娯楽に溢れていた。今日明日死ぬかもしれないという不安におののいたこともない。大人たちから常に守られて、平和を当たり前とした生活を送ってきた。しかし天知の思春期は違ったはずである。空腹に苦しみ、空襲に怯《おび》えて過ごす安穏《あんのん》とはほど遠い生活。家族や親友、恋人が当たり前のように命を落とす。そんな理不尽で不条理が日常だった。胸が張り裂けるような悲しみを何度も重ねて、それらを乗り越えながら生きてきたのだ。その記憶に老人になった今でも苛《さいな》まれている。研介は胸の中にチクリとした痛みを感じた。

「とにかく本当にごめんなさい。私たち家族も充分に注意しますけど、もしかしたらおばあちゃん、またここに来てしまうかもしれません。そのときはこちらまでご連絡いただけますか」

純香は名刺を差し出した。住所は千代田区神田多町《かんだたちょう》。ここからさほど遠くない。そこが彼女の実家で両親と祖母と同居しているという。祖父は小さい頃に亡くなったそうだ。

「ちょっとあんた！　編集長を呼んでおくれ」

「おばあちゃんっ！」

美月に詰め寄ろうとする祖母の腕を純香が引っぱった。

「その本は買います。ご迷惑をお掛けしました」

彼女は頭を下げると天知を連れてレジに向かった。老婆はまだ納得できないようで、孫に編集長を呼び出すよう訴えている。

「やっぱり介護は大変ですね」

「ですね……。ところで日比谷さん、あの本はどうだったんですか」

美月は祖母に寄り添う純香を眺めながら言った。

「よかったですよ。特にすずえの手紙が素晴らしかったです。ただそれに比べると宗二郎の方が弱いですねえ。二人とも似たような文体だとたしかに不自然だし、そういう意味でキャラクターの書き分けができているのかもしれませんが、宗二郎の手紙はちっとも心に響いてこないんですよ。血が通ってないというか理屈っぽいというか……。なので全体的な評価としてはあまり高くないです」

すずえの言葉はぎゅっと心を鷲《わし》づかみにされるような力がある。相手に対する思いやりや慈しみが伝わってくるし、その時代に生きた者しか分からないような戦時の空気を読み取ることができる。しかし宗二郎の文章にはそれらがまったく感じられない。彼の言葉にリアリティがないのだ。妙に理屈っぽくて説明的なので、手紙なのになにかの解説書かマニュアルを読んでいるような気になってしまう。宗二郎の情念が伝わってこない。特攻に赴く決意と遺言すらも白々しく思えてしまう。それに対してすずえの言葉は血が通っている。このギャップはなんなのかと思う。

そのことを説明すると美月の関心を惹いたようだ。

「私も読んでみますね」

と言った。そして奥のコーナーに向かった。『桜の往復書簡』はまだあと二冊ほど棚に背差ししているはずだ。

「美月さん」

研介は呼びかけた。彼女が振り返る。

「ポップは僕が書きますよ」

「ええ。そうしてください」

美月はニッコリと微笑んだ。

＊＊＊＊＊＊＊

次の日。

倉庫で在庫整理の作業をしていると、作業台の上に置いてある文芸誌『小説宝玉』に目が留まった。付箋を貼り付けてあるので美月のものだろう。ここに置き忘れていったようだ。随分読み込んだあとがページや表紙の皺や折り目からも窺える。先日見たときよりさらに付箋の数が増えていた。

「日比谷さん、休憩してください」

突然倉庫の扉が開いて美月が顔を覗かせた。

「あ、美月さん……」

呼びかけが届かなかったようで彼女はそのまま扉を閉めてしまった。研介はそっと息を吐く。当店では午後に一回だけ十五分の休憩が与えられる。もちろん売り場は稼働しているので交代制だ。

「そういえばこれも鉱文社だったな」

研介は椅子に座ると雑誌を手にとって独りごちた。

昨日は美月が鉱文社の書籍や雑誌を撤去しないよう店長に進言していた。先日のページチェックでは見逃しを防ぐため、一点の商品に対して二人以上の目が通っている。それだけ時間もかかるが確実性は高い。また鉱文社は大手だけに発行点数も多く、ベストセラーもたくさん出している。それらをすべて取り除いてしまうことに店長自身も迷いがあったようで、今のところ美月の意見を受け入れたようだ。

今日のお昼のワイドショーでは鉱文社の書籍を全面的に撤去している書店の様子を映していた。その書店は今のところ被害を受けていないが、リスク回避のためやむなく撤去を決めたという。

実際、街頭インタビューでも同社の本を購入どころか、触れることすら躊躇《ちゅうちょ》すると答える人が少なくない。昨日はあるベストセラー作家の人気シリーズ小説の発売日だったのだが、売り上げが芳《かんば》しくなかったとある書店員がレポーターに答えていた。報道直後に予約をキャンセルする客が殺到したのだという。『読んだら死ぬで』のポップを掲げてない鉱文社の他の本からも同じ乳液が出てきたということで、客たちの警戒心に拍車をかけている。指がかぶれたことで治療費を書店に請求する客まで出ているようだ。初版部数を大きく打ったベストセラーのシリーズ続編が奮《ふる》わなかったことで同社の株はまたも大幅に下落した。騒動前と比べて株価は三分の一にまで落ちているという。竹中が指摘していた株価操作や買収説も現実味を帯びてきたような気がする。

研介は何気なしに付箋のページの一つを開いてみた。そこはカレー屋でも読んだ鉱文社ミステリ文学新人賞発表のページだった。受賞者の言葉や選評が掲載されている。美月も読み込んだようで選評の所々に赤い波線が引いてある。波線はいずれもある落選作品に関する記述だ。ある落選作品とは古井盟尊の『オール犯人・巨人』である。彼はこの文学賞で最終候補に残るのがこれで七回目である。しかし今回も受賞に至らなかった。選評は古井の作品に対する苦言で占められているといっても過言でなかった。

美月は選評をどのように分析したのだろう。研介は赤い波線の一つ一つを確認した。

「ラジコン」「有毒昆虫」「低血糖症」「殺意の回廊」

波線はいずれも文章ではなく単語に引かれていた。

「古井氏の作品で起こる密室殺人の手口はラジコンを利用したものであるが、こんなに上手くいくとは思えない」

「作中で使われる有毒昆虫の日本への密輸はきわめて困難であり、それなら犯人はもっと手近な毒を使うはずだろう」

「すでに低血糖症である患者にインシュリンを打って殺すというアイディアは面白いが、腕に残った注射の痕跡を警察が見逃すとは考えにくい」

「一部の手口は英国の古典ミステリ『殺意の回廊』の改変だろう」

研介は首を傾げた。波線の引かれた単語に美月はなにを感じたというのだろうか。選評の文意においてさほど重要とは思えない単語ばかりである。それにしても、どうして彼女は古井盟尊の作品に関する選評だけに固執したのだろう。他の落選作はおろか受賞作に対する記述にもチェックが入っていない。ページをめくってみると波線が入っているのは選評だけではなかった。最終候補作の作者のプロフィールも掲載されているのだが、古井だけ年齢や住所にチェックが入っている。やはりここでも受賞者や他の落選者はスルーされていた。

古井盟尊とは何者なのか。

とても気になるが美月に尋ねるのは憚《はばか》られる。いくら作業台の上に置いてあったとはいえ、付箋や書き込みの入っている他人の本を覗き見るのはマナー違反だろう。

研介はスマートフォンを取り出してネットに接続した。ブラウザの検索窓に「古井盟尊」と打ち込む。七回も最終候補に残る実力者だけあって他にもいろんな文学賞に投稿しているようだ。プロデビューに結びつかないが地方の小さな賞をいくつか受賞している。自身のサイトも開設していて自作をアップしていた。

またブログも開設していて彼の日常を綴っている。受賞は悲願だったようで、やはり今回の落選に大きなショックを受けているようだ。彼は日記で選考委員たちに対する不満や怒りを発露していた。選考委員らに自分の作品が誤読されたと考えているようで、落選した過去の作品を含めた選評に対する反論が、それこそ短篇小説ほどのボリュームで綴られている。

研介はさらに日付を遡《さかのぼ》って日記を閲覧してみた。古井の顔や姿が分かる写真はアップされていないが、プロフィールから都内在住の四十歳であることが分かる。執筆に専念しているため無職で、たまに単発のバイトを入れて生計を立てているようだ。また日記にアップされている購入したシャツとズボンの写真から、小柄で華奢な人物であることが分かる。他にもＣＤやＤＶＤ、電化製品や日用品など購入した物品、また立ち寄ったレストランのメニューなどの画像をこまめにアップしていた。アイドルでもないのに彼の買い物や食事など誰が注目するというのだろうと思うが、夥しい数の画像がアップされている。一つ一つ確認していくのは面倒なのでスクロールして流した。

日記の内容や文体から察するに、被害妄想に陥りやすい、執念深く粘着質な性格と思われる。中学生時代に受けたイジメの恨み言を四十歳になった今でも吐いているところから、その気質が窺える。あまり知り合いになりたくないタイプだ。しかし七回目の落選では気持ちが腐ってしまうのも同じ作家志望者として分からないではない。ましてや作家としての資質を否定までされているのだ。研介が古井の立場だったら心が折れてしまうかもしれない。次回作へのモチベーションを維持できる自信を持てない。

時計を見ると五時を回り、休憩の十五分を過ぎていた。研介は慌てて立ち上がると倉庫を出て売り場に入った。そろそろ学校や会社帰りの客で混雑し始めている。ミステリのコーナーでは警視庁の津田が立ち読みをしている。現実に起こる殺人事件の真相は古今東西のミステリのいずれかに書かれていると語っていた。立ち読みは彼にとって犯罪の研究なのだ。熱心に読み耽《ふけ》っているようなので声をかけないでおいた。

そして実用書のコーナーには竹中の姿があった。彼は少し離れた所に立っている美月をじっと見つめていた。

「竹中さん、美月になにか用でもあるんですか」

研介は彼に近づくと声をかけた。

「彼女の視線が気になってな。先ほどからあの客を追っているようなんだ」

彼は顎先を文芸書コーナーに向けた。そこには青いキャップ帽を被った男性が立っていた。キルティング加工されたオレンジ色のダウンジャケットを羽織って、首にはマフラーを巻いている。黒いセルロイドフレームのメガネをかけていた。やせ形で男性としては小柄である。その彼を美月は作業をしながらもじっと見つめていた。その表情は心なしか緊迫しているように見える。そんな美月の視線に男性は気づいてないようだ。

「あの帽子……」

男性の青いキャップ帽が引っかかったがどこで見たのか思い出せない。どこかのショップに飾ってある商品を通りすがりに目にしただけかもしれない。

「あの客は万引きの常習犯かなにかか？」

「いえ、違うと思いますけど」

万引き常習者の顔写真はスタッフたちの間で共有されているがあの男性は該当しない。しかし美月は男性から視線を離そうとしない。男性は平台からそっと一冊の本を手に取った。手には黒い手袋をはめている。外は氷点下に近いので凍えるような寒さだ。

「なにか問題でもありますか」

突然、背後から声をかけられた。先ほどまでミステリコーナーで立ち読みをしていた津田である。さすがは現役の刑事だ。美月と研介たちの視線に不穏《ふおん》な空気を察知したらしい。

「警視庁までお出ましか」

竹中が小声で言った。こちらもさすがは元刑事だけある。目つきや気配で分かるのだろう。津田が警視庁の刑事であることを一発で見抜いた。

「美月が先ほどからあのお客さんを気にしているみたいだから」

研介はそっとオレンジ色のダウンジャケット姿の男性を指さした。彼は落ち着かない様子で周囲を気にしながらページをめくっている。本を読んでいるようには見えない。研介も本の整頓をしているふりをしながら視線を彼に固定させた。津田も竹中も本を読んでいる素振りで男性客を見つめている。

「うん？」

彼は右ポケットに手を入れると中からなにかを取りだした。それは葉書サイズの白い紙に見えた。二人の刑事も目を細めている。男性は何気ない様子でその紙を帯カバーに差し込んだ。そしてもう一度、右手をポケットに入れた。なにか取り出したようだが手を握ったままなので、それがなんなのか分からない。

やがて美月がそっと彼の背後に近づいた。それを合図に研介も二人の刑事も近づいて男性を取り囲む。

「お客様」

美月が声をかけると男性はビクンと背中をのけぞらせた。

「な、なんだよ？」

彼はさっと本を平台の山の上に戻した。しかし裏表紙が上に向いている。

「握っている右手を開いてもらっていいですか」

美月は感情を殺した口調で言った。そのスキに研介は置いた本を取り上げた。ひっくり返して表紙を確認する。「鉱文社創立七十周年記念作品」と大きく打たれた帯にポップが差し込まれていた。

『読んだら死ぬで』

葉書サイズの紙カードに黒のマジックペンで書き込まれていた。殴り書きしたような字体だった。

「そ、それは僕じゃない……最初から挟んであったんだ」

男性が胸の前で手を左右に動かしながら否定する。しかし右手は握られたままだ。

「あなたがこのカードを差し込むところを見ました」

と美月が告げると、「俺も見たぞ」「俺もだ」と二人の刑事が同意したので研介も「僕もです」と挙手した。

「なんなら防犯カメラの映像を確認してみますか」

美月は通路奥の天井を指さした。カメラがこちらを向いている。

「知らない！　なにかの見間違いだ！」

男性が声を上げたので周りの客が何事かとこちらを見た。研介も美月も取り繕《つくろ》った笑顔を彼らに返した。客たちは再び本に視線を戻す。

「とりあえず右手を開いてください」

「そんなことをする義務も責任もないよ」

男性は開き直ったような口調でなおも拒否しようとする。竹中が「往生際が悪いな」と鼻で笑った。

「警視庁の者です。右手を開いてください」

すかさず津田が他の客たちの目に触れないよう手で覆《おお》いながら警察手帳を見せた。男性の顔から一気に血の気がなくなった。

「あんた刑事かよ……」

彼は泣きそうな声で、観念したように右手を前に差し出すとゆっくりと指を開いた。手のひらの上にはパック寿司に入っているスポイト状の醤油入れが載っていた。ポリエチレン製で魚の形をしている。蓋は外されていた。そして中身は醤油ではなく乳白色の液体が詰められている。

「とりあえず話を聞こうか」

津田は他の客の注目を集めないよう、且《か》つ男性が逃げられないよう彼の肘に手を回すとバックヤードに通ずる入り口まで進んだ。美月もあとに続いた。

「あの刑事さん、お手柄だな」

竹中が津田の背中を眺めながら言った。

「グリコ・森永事件の犯人みたいにはいきませんでしたね」

そうそう迷宮入りなんてならないですよ……とは口にしなかった。

「それにしてもさっきの女性店員は、どうしてあの男が犯人だと勘づいたんだ？」

元刑事の自分が気づけなかったことを悔やんでいるのだろうか、竹中はわずかに口惜《くや》しそうな顔をしていた。

「たしかにそうですね……」

研介たちが男性に気づいたときはまだ犯行前だった。ポップもスポイトの容器もポケットに入っていたはずだ。あの状況で犯行を予測できたとは思えない。しかし美月の観察力と洞察力には何度も驚かされてきた。今回も研介たちが気づかなかったなにかを見通して犯人を割り出したのだろう。

「だけど油断するな」

竹中が口調に力を込めた。

「と言いますと？」

「すべてを解明するまで事件は終わらない。家に帰るまでが遠足だ」

「そうですね……って僕は刑事じゃないですから」

「このまますんなり終わってくれればいいけどな」

「どういう意味ですか」

「また来るよ。そんときに詳しい話を聞かせてくれ」

竹中は問いかけには答えず研介の肩を叩くと店を出て行った。

＊＊＊＊＊＊＊

応接室に入ると椅子では男性がうなだれていた。津田と美月が彼と向き合って座っている。部屋の出入り口には剣崎が腕組みをしながら立って、男性を睨み付けるように見下ろしていた。被っていた帽子とメガネ、そしてマフラーはテーブルの上に置いていた。

「どうですか」

研介は剣崎に問いかけた。

「黙秘権の行使だな。なにも話そうとしない。間もなく所轄署の刑事がやってくる。私に任せてくれれば三十分で口を割らせてやるんだがな」

彼女は腕を組んだまま指に挟んだはたきを揺らしていた。時代が時代なら男をアイアン・メイデンに閉じ込めたいところだろう。

「名前くらい言えないのか」

津田が話しかけても男は青白い顔を俯けたままだ。

「これの中身はなんだ」

津田はナイロン袋に入れたスポイト状の容器を男の前に突きつけた。

「ミドリサンゴの乳液じゃないのか。調べればわかることだぞ」

彼は顔を上げると容器を見た。これといって特徴のないのっぺりとした顔立ちだった。

年齢は四十前後といったところか。しかしなにも答えようとしなかった。

「今回も鉱文社の本だったな」

今度は同じナイロン袋に入ったポップを見せた。

「鉱文社に恨みでもあるのか」

男はポップから視線を逸らした。唇を噛んで悔しそうな表情をしている。

「最終候補作品が落選したんですよね」

突然、美月が声をかけた。男性は思わずといった様子で顔を上げて大きく目を見開いた。

「『オール犯人・巨人』でしたっけ。私も読んでみたいですね」

彼女の言葉に男は顔を強ばらせた。いつの間にか肩で息をしている。

「なんですか、そのオール阪神って？」

と津田が眉をひそめた。

「阪神じゃありません。犯人です」

「さっぱり分からない」

彼が首を小刻みに振った。

「鉱文社ミステリ文学新人賞の最終候補作ですよ。彼は七回も最終に残りながら今回も落選したんです。最新号の『小説宝玉』に発表されてます」

美月の代わりに研介が今回の選考のあらましを説明した。

「そうですよね、古井盟尊さん。でもこれはペンネームよね」

美月が身を乗り出して男に顔を近づけた。

「ど、どうして……知ってるんだ」

今の返事で彼は候補作の作者、古井盟尊であることを認めた。これには研介も驚いた。まさかこの男性がそうだとは。

「美月さん、この人のことを知っていたんですか」

「いいえ。初対面ですよ。ペンネームは知っていましたけど」

「だったらどうして？」

美月は研介に答えず古井に向き直った。

「あなたはうちのお客さんですよね。何度かお見かけしました。覚えてませんか？　私に本の問い合わせをしています。もう一年以上も前のことですけどね」

古井の方は覚えていないようだ。よほどの常連でもない限り、書店員の顔など覚えていないだろう。しかし美月は彼のことを覚えていた。

「一番最初は低血糖症の本を聞かれました。次は毒虫図鑑でしたよね。一時期はホビーコーナーによく立ち寄られてました。ラジコンの雑誌を何度かお買い求めになってます。レジで対応したので覚えているんです。文芸書コーナーでは立ち読みもされてました。あまりに長時間だったので声をかけようかと思ったくらいです。一日かけて『殺意の回廊』を読破されてましたね。かなり興奮なさっていたように見えましたけど」

「見られていたんですか……つい、夢中になってしまって」

古井は恥ずかしそうに一瞬顔を伏せた。

「読み終わった本なのに、そのままお買い求めいただきました。あれは私のお勧め本でポップまで書いたので嬉しかった。高価なハードカバーだったので売れるか心配だったんです」

「あのポップはあなたが書いたんですか」

古井の問いに美月はニコリと微笑んで「はい」と答えた。

「僕が『殺意の回廊』を手に取ったのはポップがきっかけでした。あの作品を読んで次回作の構想が降りてきたんです。だから迷わず購入した」

そのタイトルには聞き覚えがあった。文芸誌『小説宝玉』の選評に書かれていた一文を思い出す。

「一部の手口は英国の古典ミステリ『殺意の回廊』の改変だろう」

そしてタイトルには赤い波線が引いてあった。美月がつけたものだ。他の単語にも入っていた。「ラジコン」「有毒昆虫」「低血糖症」だ。

そういうことか！

研介は膝を打った。

彼女は今回の選評からいくつかの単語に心当たりを見出したのだ。ラジコンはホビーコーナーのラジコン雑誌、有毒昆虫は毒虫図鑑、そして低血糖症に関する健康本。極めつきは『殺意の回廊』の翻訳版である。これらがただの偶然であるはずがない。彼女は古井盟尊なる人物を特定した。

さらにテーブルの上に置かれた青い帽子にも引っかかったが、たった今思い当たった。彼のブログに掲載された数々の買い物写真の中にその帽子が写っていた。写真の数が多かったのでスクロールしながら流し見にしていたので記憶の片隅に残っていただけだったのだ。

「古井さん。あなたは七回も落とされて選考委員を憎んでいた。あなたの怒りはブログに綴られてました。その選考委員は鉱文社の編集者です。あなたの憎悪は彼ら個人ではなく出版社に向けられた。選考委員は七回の間にも入れ替わってます。だから自分が落とされるのは出版社自体の方針だ……そう考えたんですね」

研介が言うと古井は据《す》わった眼差しを向けてきた。

「あなたに分かりますか？　何度も何度もゴール一歩手前から振り出しに戻される僕の気持ちが！」

研介は言葉に詰まった。同じ物書きとして気持ちは分かるつもりだが、さすがに最終候補七回落選となるとその深さまでは計れない。そもそも研介は最終候補にすら上がったことがないのだ。

「そのたびに挫《くじ》かれるけど、作家になりたいという夢は捨てられない。だから気持ちを奮い立たせて何度でも立ち上がるんです。だけど彼らは前に指摘したことを次々と覆《くつがえ》してくる。ボリュームが少なければ物足りない、膨らませれば長すぎる。キャラを立てればあざとい、抑えれば個性がない。さんざんトライ&エラーをくり返して振り回された結果が今回の選評です」

彼は目を閉じて「正直言って古井氏の作品を読むのはうんざりである。七回目ともなるとそろそろ筆を折る決心をつける時期ではないだろうか。プロフィールに四十歳無職とあるが執筆以前にすることがあるだろう」と選評の一部をそらんじた。

「これには殺意を覚えましたよ。だったらいったいどうすれば受賞できるんだと。どんな書き方をすればあんたらは満足するんだと。誰も教えてくれない。どんなに創意工夫を凝《こ》らそうとただひたすら否定するだけ。明らかに僕よりつまらない、稚拙で下らない作品が受賞している。そのうち確信したんです。鉱文社という出版社は僕が作家になることを阻止しようとしているんだとね」

古井はテーブルを叩きながら眉毛をつり上げた。

「どうして鉱文社がそんなことをするんだ？」

津田が冷ややかに尋ねた。

「理由なんて知りませんよ。ただ僕を潰そうとしているのは間違いない。それなら潰される前に潰すまでだ！」

古井はステンレスに反射したような眼光を放っている。うっすらと笑みを浮かべると続けた。

「ニュースを見たら毒入り事件が起こっているじゃないですか。なんてタイムリーだと思いましたよ」

「ちょ、ちょっと待て！　あんた一人の犯行じゃないのか」

津田が椅子から腰を浮かせて前のめりになった。

「他は新宿の潤万堂《じゅんまんどう》だけです。そもそもポップの筆跡だって違うでしょう」

潤万堂には昨日仕込んだらしいが、書店員たちも気づいてないようでまだ騒ぎになってないという。確かに、先日ここで見つけたポップとは筆跡が微妙に違っている。古井の書いた文字は全体的に丸みを帯びているが、前回は角張っていた。つまり研介が見つけたポップは古井が書いたものではないというのか。それを問い質すと彼はうなずいた。

「つまりあんたは模倣犯に過ぎないと言うのか。この期《ご》に及んで嘘をつけば刑が重くなるのは知っているだろう」

「今さら嘘なんて言いませんよ」

古井は投げやりな口調で背もたれに背中を投げ出した。彼が嘘をついているのか、仕草や表情からは読み取れない。

やがて所轄署から二人の刑事が駆けつけてきた。古井は立ち上がって青い帽子を被った。

「古井さん。こんなことをしてどんな気持ちですか」

部屋を出て行こうとする彼に美月が尋ねた。

「僕たち物書きにとってどんな経験も栄養になります。それがたとえ犯罪であってもね。これをネタにして面白いミステリが書けますよ」

古井は真顔で答えると帽子を目深に被り直して出て行った。

＊＊＊＊＊＊＊＊＊

研介はため息をついた。

古井は刑事たちに店舗の裏口から連れ出されて行った。これから所轄署で取り調べがあるという。ワイドショーを騒がせた事件だから、今日明日にはテレビ局の連中が駆けつけてくるだろう。インタビューもされるかもしれない。こんなことなら散髪に行っておけばよかった。

「とりあえずよかったですね、犯人が捕まって。これで鉱文社さんの本も安心じゃないですか」

売り場に戻って仕事をしていると栗山可南子が近づいてきた。

「う、うん……」

「なんだか浮かない返事ですね」

と顔を覗いてくる。彼女はあの場にいなかったから、まだ詳細を知らない。本当に古井は真犯人ではないのか。もしそうならグリコ・森永事件と同じように簡単に終わらない。そして彼の動機も同じ作家志望として心に引っかかるものがある。もし自分が同じ状況だったら、やはり彼のように腐ってしまうのだろうか。彼のしたことは認められないが、心情には共感できるものがある。数ヶ月も情熱を注ぎ込んで書いた作品がまるでなかったかのように扱われる。批評も感想も返ってこない。本当に下読みが読んでくれたのかも分からない。郵便事故で届いていなかったのではないかと思うことすらある。実は読まずに捨てられているんじゃないか。自分の作品は不当な評価を受けているのではないか。落選するたびにそんな思いが脳裏をよぎる。そして少しずつ心が砕かれていく。その傷がある程度大きくなって崩れてしまったとき、自分は正気を保っていられるだろうか。

報われない日々を過ごせば人はいとも簡単に狂気に落ちてしまうのかもしれない。恨み言を吐き出す古井の瞳は禍々《まがまが》しい光を放っていた。そんな彼に正論をぶつけたところでなんら響くことはないだろう。

「あのぉ……」

栗山と入れ違いに女性が近づいてきた。昨日はダウンジャケットだったが今日はロングコートを羽織っている。ふくよかに見えたのはダウンジャケットの厚みだけではないようだ。

「昨日のおばあちゃんの……」

たしか天知純香という名前だった。おばあちゃんの方はみすずだ。

「ベルサイユさんは例の騒動で大変なことになっているのに昨日は本当にご迷惑をお掛けしました。これ、皆さんで召し上がってください」

純香は紙袋を差し出した。有名菓子店のロゴが入った包装物が入っていた。

そのとき彼女の紙袋を持つ右手が気になった。火傷《やけど》だろうか、ピンク色になった皮膚の一部が凸凹の瘢痕《はんこん》になっている。その視線を気にしたのか彼女は左手で傷を覆い隠した。

「昔、実家が火事に遭いまして……」

「そ、そうだったんですか……ご、ごめんなさい。それではいただきます」

研介はしどろもどろになりながら、慌てて傷から視線を外すと紙袋を受け取った。純香の姿を認めたようで美月もやって来た。火傷痕のことで気まずくなりそうだったので安堵する。純香は美月にも謝罪をした。

「おばあちゃんのことがきっかけで私もあの本を読みました。特にすずえさんの手紙が素晴らしかったです。心にすっと染《し》みこんでくる言葉なんですね。あの本と出逢えてよかったと思います。おばあちゃんのおかげですよ」

研介が菓子折のことを伝えると美月は重ねて礼を言った。

「実は昨夜、祖母が寝静まってからこっそり読ませてもらったんです。作中に出てくるすずえさんの手紙にはたしかに心惹かれました。ただねえ、宗二郎さんの手紙は今ひとつピンと来ないんですよねぇ」

どうやら純香も研介と同じ感想を持ったようだ。美月も宗二郎の手紙に触れなかったから同じ思いだったのだろう。すずえの手紙での盛り上がりを宗二郎が打ち消してしまっているような気がする。ノンフィクションならともかくこれはフィクションだ。傑作になり得る作品だっただけにもったいない。かといって駄作と貶《おとし》めるのが書店員の仕事ではない。ポップにはすずえの手紙を前面に出してアピールしていこうと考えている。すずえの手紙を読むだけでも価値のある一作だと思うのだ。

「それで面白いものを見つけちゃったんですよ。今日、おばあちゃんの部屋の押し入れのお掃除をしていたら、古い茶箱の奥からこんなものが出てきたんです」

純香はバッグの中から丸い蓋の缶を取り出した。相当に古いもののようで縁に錆《さび》が浮いている。表面に施されたデザインから舶来《はくらい》のお菓子が入っていたと思われる。蓋を開けるとほわんと黴のような臭いがした。中には手紙の束が入っている。封筒の宛名には「辻原《つじはら》みすず様」とあった。

「辻原というのはおばあちゃんの旧姓です。当時は岡山に住んでいたようです」

封筒も中に入っている便せんも黄ばんで、文面のインクも色褪せていた。しかし文字一つ一つに書き手の思いがこもっているように思える肉筆だった。研介も美月もそのうちのいくつかを読んでみた。どうやら大河内富三郎《おおこうちとみさぶろう》という青年が若い頃のみすずに送った恋文のようだ。文面から明らかに戦時中であることが分かる。戦局が悪化していく中、戦地での厳しい戦いを余儀なくされながらも、いつその命が果てるとも分からない毎日の中で富三郎はみすずへの愛を綴っていた。日付を追っていくと最初は極限状況の中で生きる者が、愛する人を想うことでなんとか正気を保とうとしているような文面だったが、徐々にその人のために命を捧《ささ》げる決意や覚悟に変わっていった。

消印の年月日からみすずは十六歳だという。また富三郎は二つ年長と文中に書かれているので当時十八歳であることが分かる。

「切ないですね。まだ高校生ほどの年齢の若者が命を捧げることを受け入れようとしている。必死に愛する人を守るためだと自分に言い聞かせるように書いてます。まだまだこれから人生が始まる年頃ですよ。自分の未来に希望や夢を抱く年代です。そんなかけがえのない若者たちの心を戦争は粉々に打ち砕いたんですね」

美月はやり切れなさそうに唇を噛んだ。研介も彼の境遇を自分に当てはめてみる。十八歳といえば七年前の話である。死ぬどころかどう生きていくかその道筋すら定まっていなかった。作家になりたいと思ったのも先のことだ。死を実感したことなんてないし、今でもない。命を捧げられるほど他人を愛したこともない。彼らが命を賭《と》して守った日本の未来に自分は生きている。複雑な気持ちになった。

富三郎の手紙で彼の心情は覚悟からさらに達観《たっかん》へと向かって行く。

『君には健《すこ》やかで幸せな人生を歩んでほしい。その道筋を示すための死であるなら本望だと心から思う』

そして彼の思いは実現することとなる。特攻隊に志願したのだ。

『……人なら必ず一度は落とす命。それであなたを生かせるなら惜しくはありません。

本当に辛いのは私ではない。この苦しくも辛い現実を受け入れてこれから先も長い人生を歩んでいかなければならない人たちです。

私のことは勇気を持って忘れてください。あなたは過去に生きるのではありません。将来に新たなる光明を見出したら迷わず進んでください。

　その光は決してあなたを裏切りません。安心して身を任せればよいのです。

　その世界に大河内富三郎という男はいないでしょう。

　それでいいのです。だからあなたに伝えられるのは今しかない。

　みすずちゃん、ありがとう。

　あなたと過ごした儚いほどに短い時間は私にとって宝石だった。

　このためだけに生まれてきたのだと思えば悔いはありません。今も幸せです。

　あなたのくれた宝石を胸に抱いて、私は往きます。

　きっと笑って往くと思います。

　天国の父と母にも会えますから。

　今はただただ、あなたに会いたい。　声を聞きたい』

　言葉が出ない。　鼻の奥がツンと痛み瞼の縁に熱いものがたまってくる。

　語りたいことは山ほどあるだろうに、死を前にしてなおも自分の存在が将来への重荷にならないよう相手を思いやっている。本音は最後の一行だけだ。慎ましくもささやかな願いもそのときは叶《かな》わない。戦争が清い二人の恋を引き裂いた。こんな理不尽を受け入れるしかない時代だったのだ。

研介は目にゴミが入った風を装いながら目元を拭うと他の手紙を読んでいる美月に回した。

「この手紙に対してみすずさんはどんな返事を送ったんでしょうね」

研介は鼻をすすって高ぶった気持ちを落ち着かせると純香に言った。

「手元にないので分かりません」

手紙はすべて富三郎からのものだ。内容から手紙のやり取りがあったことは間違いない。今のように電話も電子メールもなかった時代だ。二人とも手紙の到着を待ち焦《こ》がれていたことだろう。

「おばあちゃんはこの手紙とあの小説がごっちゃになってしまったんだと思います。だから『桜の往復書簡』を自分たちの手紙のやり取りだと思い込んだのだと思います」

「なるほど。きっとそうでしょうね」

特攻隊員との往復書簡という点は一致している。

「昨日のここからの帰り道でおばあちゃんは『特攻で大切な人を亡くした』みたいなことを言ってました。それが富三郎さんだったんです。ただ彼の手紙には心をギュッと鷲づかみにされるんですけど、小説に出てくる宗二郎さんの手紙は今ひとつ心に響かないんですよねえ。作者さんにこの手紙を見せてあげたいくらいですよ。それにしてもすずえさんの手紙をあんなに見事に書ける人がどうしてあそこまで陳腐にしちゃうのかしら。同じ作者が書いているんでしょうに」

純香は不思議そうに小首をかたむけた。

「女性の心の機微《きび》を書くのが得意な作家さんかもしれませんね」

「有吉達也でしたっけ。名前からして男性ですよね」

男性風のペンネームを名乗る女性作家もいるが、プロフィールには男性と書かれていた。

「男性でも女性の描写を得意とする、またその逆の作家もいます」

研介はいくつかの男性作家の作品を紹介した。彼らの描く女性の心理は女性読者たちの強い共感を集めている。有吉達也もそういうタイプの作家なのだろうか。

「ねえ、美月さん……」

研介は声をかけたが反応がなかった。美月は熱心な表情でいくつかの手紙を見比べていた。

「どうしたんですか」

「時系列順で読み直してみたんです。これを一冊にまとめたいくらい胸を打つ手紙ですね。私もおばあちゃんの返信を読んでみたくなりました」

手紙は二十数通ほどだ。速読を身につけている彼女は研介と純香が会話をしている間に日付順に読んでしまったようだ。

「戦争が終わっておばあちゃんはすぐに故郷の岡山から東京に出てきたそうです。出版社に勤めて当時編集者だった私のおじいちゃんと出会って結婚した。おじいちゃんは私が小さい頃に亡くなってしまいましたが、穏やかで優しい人でした。おばあちゃんも幸せだったと思います。だけどこの手紙は捨てられなかったんですね。きっとおじいちゃんにも内緒だったんでしょう。茶箱の奥に隠すように入れてありましたから。でも抱いていたのは、恋慕《れんぼ》ではなく感謝の気持ちだったと思います。おばあちゃんは結婚して子供が生まれ孫に恵まれた。戦後の混乱を生き抜くのは大変なことだったと思います。それでも富三郎さんたちの犠牲があったからこその今ですもの。もしかしたらおばあちゃんは、この手紙のやり取りをいつか本にしようと考えていたのかもしれません」

純香は手紙を缶の中に戻すと蓋を閉めながら「いくら家族でもラブレターの覗き見は悪いですよね」と笑った。

再び彼女の右手の火傷が目に入った。

純香が店を出てから二人は休憩のため控え室に入った。椅子に腰を落ち着けると美月が「日比谷さん、あの本のポップはもう書けたんですか」と訊いてきた。

「いえ、まだですけど……。急いだ方がいいですか」

「そうじゃないんです。ポップを書くのはもう少し待ってもらえませんか」

彼女はバッグから取り出した『桜の往復書簡』のページをめくった。彼女もさっそく購入していたようだ。

「え、どうしてですか」

「ちょっと気になるんですよねえ」

「なにが気になるんですか」

「すずえと宗二郎、二人の手紙のギャップです」

「まあ、たしかに……。巧拙《こうせつ》の落差が激しいですよね」

それはずっと気にかかっていたことだ。純香も気にしていた。

「それはなぜでしょう？」

美月はまるでクイズ番組の司会者のように訊いてきた。

「ええっと……有吉達也というのは実はコンビのペンネームで書き手が二人存在するとか」

コンビの小説家というのは、日本ではあまり多くないが海外ではさほど珍しくない。『Yの悲劇』などで有名なミステリ作家のエラリー・クイーンはフレデリック・ダネイとマンフレッド・ベニントン・リーの共同ペンネームだ。

「なるほど。すずえと宗二郎の手紙をそれぞれ分担して書いたというわけですね。面白い推理です」

「美月さんはどう考えてますか」

「もしかしたらみすずさんの勘違いじゃなかったのかもなって」

「どういうことですか？」

美月の言うことが今ひとつ分からない。しかし彼女はそれ以上触れなかった。

「日比谷さん、明日の夜は時間空いてますか」

「ええ、空いてますよ」

明日は土曜日だ。二人とも早番なので五時には仕事を終えることができる。

「つき合ってもらいたいところがあるんですが」

仕事帰りに美月に誘われるのは初めてだ。鼓動がぴょこんと跳ねた。

「え、ええ、もちろん大丈夫です」

思わず声がうわずってしまう。散髪に行っておけばよかったと再び後悔した。

でも一つだけはっきりしていることがある。

明日が待ち遠しい。

＊＊＊＊＊＊＊

土曜日。

「気持ち悪いな、ニヤニヤしちゃって。いいことでもあったのか」

棚に新刊を並べていると肘《ひじ》を突かれた。美月との約束は今日の夜である。浮かれた気分が顔に出ていたようだ。咳払いをして向き直ると小柄な老人が立っていた。赤ら顔はしわくちゃで老猿を思わせる。

「あ、文観書店さんじゃないですか」

店主はよっと手を挙げる。文観書店は同じすずらん通りに建つ国文学をメインとした老舗の古書店だ。珍本堂の店主とは囲碁仲間だった。

「たまには覗いてみようと思ってな。で、いいことでもあったのか」

「土曜日だからですよ。街が華やいで気分がいいじゃないですか」

と言い繕うと店主は「ふうん」と素っ気ない返事だった。

「それはそうと例の犯人を捕まえたらしいな。中年の男だったそうじゃないか」

「耳が早いですね。今ごろ警察で取り調べを受けてますよ」

古井が連れて行かれたのは昨日のことだ。果たして彼は模倣犯なのだろうか。

「レモンなら粋ないたずらで済まされるが、さすがにミドリサンゴはアウトだよな」

「そう言えばレモンの件はどうなりました」

一連の騒動でそのことをしばらく忘れていた。去年、文観書店にも本の上にレモンが置かれていたのだ。店主はなんらかの犯人が犯行を誰かに止めてもらいたいというメッセージだと推理していたが果たしてどうか。

「うちではないがここ一週間で二店舗に置かれていたそうだ。もっともこっちはニュースどころか話題にもならないがな」

「その二軒ってどこですか」

「矢追《やおい》書店と……ええっと、もう一つはどこだったかなあ」

店主が頭を掻きながら首を捻っているが思い出せないようだ。

矢追書店は神保町の古書店だ。小説をメインに扱っているので研介も何度も足を運んだことがある。

今日の研介の昼休みは午前十一時から一時間である。

近くの定食屋で昼食を済ませて、まずは区立小学校のすぐ近くにある矢追書店に向かった。店主の矢追は三代目で研介と同じ年代の青年だった。この店にはよく立ち寄っていたので先方も研介と多少の面識があるし、珍本堂でバイトをしていたことも知っている。なので話を聞きやすい。研介は彼に声をかけた。

「文観書店さんから、この店にレモンが置かれたって聞きましたよ」

「ああ、三日ほど前かな。梶井基次郎ごっこですかね」

やはり彼も梶井の名前を口にした。実害もないのでさほど気にしてないようだ。

「僕の前の店にも置かれていたんです」

「珍本堂さんにもですか」

研介はその時の様子を説明した。

「それでどこに置かれていたんですか」

「ええっと……ここです」

矢追は入り口に近いコーナーに平台に置かれた一冊の本を指さした。それを見て研介は「やはり」とつぶやいた。『禁断の果実』というタイトル。やはり紙のコースターの上にレモンが載せられていたという。

「聞かない作家ですよね」

古書店を営む彼も知らないようだ。著者は鎌倉拓三、本作はシリーズ四作目である。

「もう一軒、レモンを置かれた店があると聞いたけど」

「すずなり堂ですよ」

時計を見た。すずなり堂はここから少し離れたところにあるので、話を聞きたいが昼休み中に行けそうにない。

「レモンが置かれていた本のタイトルは分かります？」

「さすがにそれは……。あ、でもあそこの店主とは飲み友達なんですよ。よかったら聞いてみましょうか」

「そうしてもらえると助かります」

矢追は携帯電話を取り出すとその場ですずなり堂に連絡してくれた。短い世間話のあと本のタイトルを尋ねた。

「水割りのボジョレー・ヌーヴォー……違う？　ああ、偽りね」

それだけ聞けば充分だ。

『偽りのボジョレー・ヌーヴォー』

現時点における鎌倉拓三の最新作である。去年の十一月、ボジョレー・ヌーヴォーの解禁に合わせて刊行されていたが、早くも古書店に流れたようだ。初版部数が少ないためだろう、新刊書店では発売から三ヶ月も経つと見かけなくなる。ベルサイユ書房でも一冊しか配本されないので研介が購入してしまえば棚から姿を消してしまう。だから鎌倉の作品を入手しようと思えばミシシッピーなどのネット書店か、古書店ということになる。その古書店でもそうそう見かけるものではない。

これで鎌倉のシリーズ全作にレモンが置かれていたことになる。

「それはそうとどうしてそんなことを調べているんですか？」

研介は鎌倉拓三について話した。古書店でレモンを置かれた店舗は把握しているだけで五軒。同じ作者の本であるがタイトルが違う。

「古書店組合の連中も気づいてないですよ。鎌倉なんて名前も話に出てません。もっとも鉱文社の事件と違って被害が出ているわけじゃないからあんまり話題にもならないでしょうけどね」

どうやらこのレモン事件を気にかけているのは研介だけのようだ。それにしてもどうしてレモンなのかが気になる。内容的にも梶井の作品とは関係ないし、そうでなくても今のところレモンという果実を連想させることもない。

「レモンを置いた客に心当たりはありませんか」

「最初はお客さんが教えてくれたんです。その棚はその一時間ほど前に整理したので置かれたのはそのあとということになりますね。そう言えばその付近に女性が立っていたような気がするなあ」

「どんな女性ですか」

「ほんの少し目に入ったというだけなので記憶も曖昧《あいまい》なんですよ。スカート姿だったから女性だと思っただけで顔や特徴も分かりません」

どうやら彼はその客のシルエットしか覚えてないようだ。年齢の推測もできないという。

それでも女性と分かっただけでも一歩前進したといったところか。

「ボジョレーといえば二〇〇三年のやつが出色の出来映《できば》えでしたね」

矢追が目を細めながら言った。

「矢追さん、ワイン好きなんですか」

「ええ。家業を継がなかったらソムリエを目指してましたね」

そう言えば小説をメインに取り扱っている店なのに奥の棚にはワインに関するコーナーがある。彼の趣味だろう。

「ボジョレー・ヌーヴォーは年によってそんなに違うものなんですか」

「穫《と》れたぶどうの質に左右されますからね。二〇〇三年は百年に一度の出来映えといわれてます。最近だと二〇〇九年がよかったですね。去年もまあ悪くなかった」

それから矢追はワインに関する蘊蓄《うんちく》を語り出した。気がつけば昼休みが終わりそうな時間だったので礼を言って辞去《じきょ》した。

ボジョレー・ヌーヴォーはぶどうだ。なのにどうしてレモンなのだろう?

そんなことを考えながら研介は職場への帰りを急いだ。

＊＊＊＊＊＊＊＊＊

待ちに待った午後五時。

浮き足だった足取りで外に出るとすでに暗くなっていた。それから間もなく美月も出てくる。彼女はベージュのロングコートを羽織っていた。

「お待たせしました。それでは行きましょうか」

二人は渋谷駅に向かった。神保町駅から東京メトロ半蔵門線に乗れば十数分で到着だ。

土曜日の夕方ということもあって駅前のスクランブル交差点は若者たちでごった返している。群衆の熱気に圧迫されて息苦しさを覚えるほどだ。歩こうにも真っ直ぐ進めない。美月の姿を見失わないようついていくのに精一杯だ。

向かいのビル群に設置された数々の大型ビジョンではアイドルたちが激しいダンスパフォーマンスをくり広げている。路上を周回する宣伝カーからは新譜CDや新作映画を告知するナレーションが流されていた。他にも政治家の熱い演説やアマチュアバンドの演奏などさまざまな音や映像がごちゃまぜになって洪水のように研介の五感に押し寄せている。情報が多すぎてここに立っているだけで頭の中が混乱しそうだ。

横断歩道を渡って道玄坂《どうげんざか》を上っていく。歩道も通行人で埋め尽くされていてまるでお祭りを思わせる。しばらく道なりに進んでいくと美月はビルに入っていった。七十以上もの貸し会議室やイベントホールを保有するビルである。エントランスに設置されたデジタル掲示板には各種セミナーや研修会の部屋番号と開始時刻が表示されている。

「五階ですね」

二人は表示を確認するとエレベーターに乗り込んで五階まで上がった。目的の部屋は廊下の一番突き当たりにあった。

「もう五年ぶりかしら」

部屋の入り口にある案内板には「山村正夫記念小説講座」と記されている。

「僕が入っても大丈夫なんですか」

「日比谷さんは見学者として話を通してあります。幹事さんとは知り合いですから大丈夫ですよ」

「いやあ、一度覗いてみたかったんですよぉ」

山村正夫記念小説講座は有名な作家養成教室である。多くの人たちがここからデビューして、今では売れっ子になっている作家も少なくない。月に二、三度のペースで講義が開催されているという。そして五年前に小説家志望だった美月もここに在籍していた。

美月が扉を開けて中に入ったので後に続く。

室内は長テーブルが縦横に並べられて研修室の風景である。テーブルには百人近い受講生が熱心に壇上で語る男性の話に耳を傾けている。知性と品を感じさせるダンディな年配の男性は大手出版社の元編集者で講師だという。テーブルの上には分厚いテキストが置いてある。開いてみると受講生たちの作品が細かい文字でびっしりと印刷されている。いくつか目を通してみると本屋に並んでいてもなんら遜色《そんしょく》のないクオリティだ。思えばここにいる生徒たち全員が研介のライバルとなる。学生のような女性から白髪交じりの年配者まで老若男女、年齢もまちまちである。そんな彼らは一言も聞き逃すまいと講評に耳を傾けている。その内容も研介が今まで訊いたこともないような、小説を知り尽くしたプロの助言だった。和《なご》やかに見える授業だが本気で取り組む者たちが醸《かも》し出す研《と》ぎ澄まされた空気をヒシヒシと感じる。咳《せき》をするのも憚《はばか》られるほどだ。ここに着席しているだけで身が引き締まる思いである。研介はしばらく講師の声に耳を傾けた。見学者でありながら思わずメモを取ってしまう。

「皆さん、着実に腕を上げています。今年はデビューできる人が何人か出るんじゃないかと思います。頑張ってください。期待してます」

講師の締めの言葉で三時間にわたる講義が終わった。まるで長さを感じない。目から鱗《うろこ》が落ちるというが、そんなことの繰り返しだった。夢中で取ったメモで開いた帳面のページは真っ黒になっている。今までに得られなかった充実感だった。会場の張り詰めていた空気は終了と同時に一気に弛緩《しかん》した。

「講義はどうでした？」

隣の美月が顔を覗いてきた。しばらく彼女の存在すら忘れていた。

「とっても勉強になりました。さすがプロの話は違いますね。僕の作品はストーリー運びに精一杯で人間が書けてないと痛感しましたよ」

「すごく熱心に聞き入ってましたよ。日比谷さんも本気で作家になりたいんですね。昔の自分を思い出しました」

どうして美月は書くのを止めたのだろう。それについては聞いたことがない。筆を折った人にその理由を聞くのは悪い気がするからだ。

それにしても彼女はなんのために研介を連れてきたのだろう。聴講見学なら彼女を通さなくても研介が申し込めばいいだけの話だ。

これから場所を替えてお酒を交えた懇親会があるという。作品の講評を受けた人が直《じか》に講師に話を聞けるのだ。彼らは席から立ち上がりそれぞれ部屋を出て行く。美月は彼らを見回しながら誰かを探している様子だ。そしてバッグを抱えた男性に近づいて、

「田部《たべ》さん」

と声をかけた。男性は立ち止まると目をパチクリとさせた。

「美月さん？　うわぁ、久しぶりだなあ。五年くらい経っているよね」

三十前後といったところか。変声期前の子供のような甲高い声のわりに濃い顔立ちの巨漢である。彼は太い眉毛をハの字に下げた。

「田部さんも変わりませんね。お元気でしたか」

「うん、なんとかボチボチやってるよ。美月さんは神保町の書店員なんでしょう」

「ええ。こちらは同じ職場で働いている日比谷さん。作家志望なんですよ」

美月が紹介すると田部は研介を見ながら人なつこそうに目尻を下げた。

「そうなんだ。君もぜひこの教室に入るといいよ」

研介は笑みを繕った。そうしたいのはやまやまだがバイトだけの収入では生活していくのがやっとだ。かといって正社員として勤めれば執筆時間の確保が難しくなる。

「ところで美月さんはまだ書いているの？」

「今はもっぱら読みの専門です」

「そっか。カリスマ書店員として有名人だよね」

美月は作家志望者の間でも知名度があるようだ。

「カリスマとか止めてください。いち書店員に過ぎないんですから」

彼女は両手を振って謙遜する。

「僕はあまり他の受講生のテキストを読まない方だけど、美月さんの作品は覚えているよ」

「それは恥ずかしいわ」

本当にそう思っているようで頰をほんのりと赤くしている。

「でも書くのを完全に止めたわけじゃないんだよね。作家になる夢を諦めたわけじゃないだろ」

美月は曖昧な笑みを返している。それを肯定と受け取ったのか田部は安堵したようにうなずいた。

「でも才能ないからなあ」

「そんなことないよ。あの作品……ほら、ヒロインが墜落する飛行機から脱出するシーンのやつ！　殺し屋とパラシュートの奪い合いになる展開はすごかったなあ！　読んでいて手に汗握ったよ」

「ああ……あれですか。先生からストーリーが荒唐無稽《こうとうむけい》すぎるって言われたんですよぉ」

先生とは先ほどの講師のようだ。

「あの、美月さんの作品のタイトルはなんですか」

「ちょ、ちょっと、日比谷さん！　恥ずかしいから止めてくださいよ。そんなこと聞いてどうするんですか」

美月が研介の肘を引っぱる。しかしそのタイトルを知りたかった。少し気になることがあったのだ。

「美月さんの作品は一話につき原稿用紙百枚くらいの連作短篇だったね。それぞれにサブタイトルがついていたけど忘れちゃったなあ。なんたって五年前の話だからね」

この講座では一年を四期に分けて、一人につき一期に一回、計四回の講評をもらえるシステムをとっているという。一回の上限は百枚までで、短篇なら四作、長篇なら四回に分けることになる。枚数がそれを上回ると次の年度に持ち越しとなる。連作短篇は単なる短篇集とは異なっている。複数の短篇がそれぞれ関連していて、全体をまとめると一つの作品になる形式である。

「もういいじゃないですか、そんな昔の話なんて。ところで田部さんはどうなんですか」

美月が話題を変えた。

「俺？　相変わらずの貧乏ライターだよ」

「どんな記事を書いているんですか」

今度は研介が尋ねた。文筆業には反応してしまう。

「まあ、いろいろさ。どんなジャンルでもオファーを受けますよ。仕事を選べる立場じゃないからね」

田部は自嘲《じちよう》気味《ぎみ》に笑った。小説家に転向したいと望んでいるライターは多いと茫洋出版営業の鹿島が言っていた。この講座には彼のようなライターや、他にもドラマや映画の脚本家も多数在籍しているという。

「とかなんとか言って本当はデビューしてますよね？」

「はぁ？」

美月の言葉に田部が目を丸くした。美月はバッグから一冊の本を取り出す。研介も良く知っている桜色の表紙。『桜の往復書簡』だ。

「どうしてこれが出てくるんですか」

研介は思わず彼女に訊いた。話が読めない。

「田部さんは宮崎県西都《さいと》市出身ですよね」

「よく知ってるね。俺、出身地の話を君にしたっけ」

「田部さんのフェイスブックをネット検索で見つけたんです」

田部は自身のフェイスブックを開設していたらしい。フェイスブックをはじめとするSNSでは、ある程度の個人情報を開示すれば友人知人を自動的に見つけ出すことができる。彼は年齢と出身地と一緒に顔写真を公開していたという。

「で、それがどうしたの」

田部は鼻で笑っているが頰はわずかに引きつっているように見える。研介には出身地がどうその本に結びつくのか分からない。本文中にもそんな地名は出てこなかったはずだ。

「この作品は坂巻《さかまき》すずえと稲葉《いなば》宗二郎の手紙のやり取りで展開していきます。この稲葉宗二郎の手紙の文体に心当たりがあったんですよ。田部さん、先生からよく注意されてましたよね。心情は説明ではなく描写で表現するべきだと。大変失礼ながらこの宗二郎さんの手紙がまさにそうなんですよ。大半が説明で描かれているから書き手の気持ちが伝わってこない」

昨日、純香が持ってきた大河内富三郎なる特攻隊員の手紙とはえらい違いである。涙なしにはとても読めなかった。

「だからって田部さんが書いたと決めつけるのはちょっと乱暴じゃないですか」

研介は田部の顔色を窺いながら美月を諌《いさ》めた。しかし彼は反論せず神妙な表情を向けていた。

「宮崎県西都市について調べてみました。グーグルマップを開くとその中に田部動物病院を見つけました。田部さんの実家は獣医さんだって言ってましたよね」

「そんなこと話したっけ」

「講義のあとの飲み会で、高校を卒業するとき実家の病院を継ぐ継がないで両親と揉めたと身の上話をされてましたよ。物書きになりたいから家出同然で上京してきたとも。田部さんは少し酩酊《めいてい》気味だったから覚えてないかもしれませんね。その田部動物病院の住所なんですが西都市有吉町二丁目なんですよ」

美月はバッグからコピー用紙を取り出した。そこにはマップがプリントされている。病院の名前に赤い丸印が打ってある。

「有吉町!? 作者の名字も有吉でしたよね」

研介は指を鳴らしながら言った。

「その作品の作者は有吉達也です。田部さんの下の名前もタツヤでしたよね。漢字は違いますけど」

田部竜也。それが彼のフルネームらしい。

「これだけ共通点が重なるとさすがに偶然とは思えません。有吉達也は田部竜也さんのペンネームだと考えるのが妥当です。そうですよね？」

美月が確認を入れると田部は渋々といった表情で一回だけ首を縦に振った。

「せっかく作家デビューしたのにどうして内緒にしていたんですか」

と研介は彼に問いかけた。フェイスブックにもそのことは一切書かれてないというから、彼は鎌倉拓三のように覆面作家でいるつもりだったのか。

「それはおそらく田部さんに小説家を名乗るに当たって後ろめたい思いがあったからじゃないですか？」

田部は大きくため息をつくと観念したようにゆっくりと首肯した。

「後ろめたい思いってなんですか」

美月の言っていることが今ひとつ分からない。しかし田部は彼女の主張を認めている。自分だけ取り残されてみじめな気持ちになった。

「ヒントは坂巻すずえの手紙です」

すずえの手紙は宗二郎のそれに対して実に心に響く文章だった。すずえだけなら傑作というレベルである。しかし宗二郎の手紙が大いに足を引っぱっていた。すずえの綴る言葉でこみ上げてきた涙を引かせてしまう。彼の説明的な文章が作品の魅力を損なわせているのは間違いない。

そこでピンと来るものがあった。

「もしかして……田部さんは辻原みすずさんという女性が書いた手紙をお持ちじゃありませんか」

研介の問いかけに田部の瞳の色がゆらりと揺れた。どうやらビンゴのようだ。これで美月の言いたいことが朧気《おぼろげ》ながら見えてきた。

「そうか……。稲葉宗二郎の手紙はあなたのオリジナルだけど、坂巻すずえの方はみすずさんの手紙から引っぱってきたんだ」

辻原みすずは大河内富三郎なる特攻隊員に手紙を送っていた。それが田部の手元にあるとすれば大河内は田部の知人ということになる。

「大河内富三郎は俺の母方の祖父でね。祖父の死後、遺品整理をしていたら女性からの手紙を見つけたんだ」

田部の答えに研介は得心した。

「富三郎さんの送った手紙はみすずさんの手元にあるから内容は窺い知れない。しかしみすずさんからの手紙をあなたは持っていた。その文章に心を打たれたあなたは手紙をアレンジして往復書簡形式の小説を書こうと思いつく。そこでみすずさんの手紙をもとにして稲葉宗二郎という名前で返信を創作した。もちろん辻原みすずさんの名前は坂巻すずえと変えた。だけどみすずさんの文章はほぼそのまま採用したんじゃないですか。そのくらい心に響く言葉で綴られていました」

つまり他人の書いたものを許可無く引用したということになる。多少文章や名前を変えてあるにしろオリジナリティは極めて薄い。人によっては盗作とみなすだろう。それが彼が作家と名乗れない後ろめたさなのだ。

「みすずさんは自分の書いた手紙を覚えていたのです。だからあの本は自分が書いたものだと訴えたんです」

美月がつけ加えた。

「えっ⁉ 辻原みすずさんのことを知ってるの」

田部は小ぶりな目を見開いた。

「もしかして田部さんはみすずさんをご存じなかったんですか」

「う、うん……この手紙を小説にしようと思ったときご本人かご家族に連絡を取ろうと思って自分なりにいろいろと調べたんだ。とはいえ手がかりは当時の岡山の住所だけ。今では地名が変わっているし戦後の混乱で転居記録も残ってない。だから辻原家がどうなったのか知り得なかった。そもそもみすずさんが生きているのかどうかさえ窺い知れなかったんだ」

「それでそのまま手紙を作品に使ったんですね」

田部はうなだれるようにしてうなずいた。

「ところでみすずさんは生きているのかい？　君たちはみすずさんに会ったの」

「はい。今は天知の姓になってます」

研介はそれまでの事情を詳しく説明した。田部はまるで不可思議なおとぎ話に聞き入るような顔で耳を傾けていた。

「それで大河内富三郎さんなんですけど、出撃には至らなかったわけですね」

小説の方では特攻に赴こうと決意する宗二郎の手紙で物語が閉じられている。その後、二人がどうなったのか読者には窺い知れない。

「いや、特攻機に乗り込むまではしたんだけど、敵艦まで向かう道中にエンジントラブルを起こして無人島に不時着したそうだよ。もう故郷には帰れない。特攻に失敗して帰ってきた隊員たちは世間から死に損ない呼ばわりされて後ろ指をさされるからね。祖父の両親は病死、二人の兄は戦死しているから家族がいない。だから帰国してから縁もゆかりもない東京で生活を始めたそうだ。辻原さんに連絡をしなかったのも特攻崩れの自分には合わせる顔がないと思ったのだろう。やがて祖父は結婚をして娘を儲ける。それが俺の母だよ」

みすずも富三郎も戦後すぐに故郷を離れて東京で生活していた。みすずは千代田区神田《かんだ》多町《たちょう》、富三郎は墨田区両国。隅田川を挟んで直線にして二キロメートルほどしか離れていない。

「富三郎さんも草葉の陰から驚いているでしょうね。みすずさんがこんな近くに住んでいたなんて」

「これだけ人口が密集していると近くにいても案外気づかないもんだよ。仮にばったり対面したとしてもみすずさんは祖父に気づかなかったと思うね」

「どうしてですか」

研介は訊いた。恋人なら多少年月が経っていたとしても気づきそうなものだ。

「祖父は不時着の衝撃で顔に大けがを負ってしまったんだ。その後、手術を受けたんだけど顔が随分と変わってしまった。若いときの写真と目鼻立ちや顔の輪郭が随分違ったからね。面影が残ってなかったよ」

「そうだったんですか。どちらにしても二人の邂逅《かいこう》はなかったと思います。みすずさんは今でも富三郎さんが戦死したと思ってますから」

みすずは書店からの帰り道に孫の純香にそのようなことを伝えていた。

「そのみすずさんが俺の本を読んじゃったのか。大変申し訳ないことをしてしまったな。美月さんの言うとおり俺が作家であることを知人たちに内緒にしていたのは後ろめたい気持ちがあったからだ。この教室でも誰にも話してない。まあ、もっとも自分の作品がまだまだ未熟なことは自覚しているよ。やっぱり俺が書いた宗二郎の手紙は君にダメ出しされたからな。それにしてもみすずさんは本当に素晴らしい文章を書く人だね」

「上京して茫洋出版に勤めたそうです。出版社に採用されるくらいだから文章を書くのが得意だったんだと思いますよ」

「ええっ！　マジかよ」

田部は驚きの声を上げた。茫洋出版は『桜の往復書簡』を刊行した版元である。

「悪いことはできないものですね。世間は思った以上に狭いですよ」

美月は苦く微笑んだ。

「そうかと思えばすぐ近くにいたのに出逢えない人たちもいる。運命っていじわるだよなあ」

田部はため息をつくと天井を仰いだ。気がつけば部屋には研介たち以外、誰もいなくなっている。すぐに帰り支度を始めた。

「美月さん。今度は完全オリジナルの小説を書くからさ。刊行できたらポップ書いてくれよ」

「私がポップを書くのは本当に売りたいと思った本だけです。馴れ合いはできませんよ」

「もちろん、君の度肝《どぎも》を抜いてやるつもりさ」

「楽しみにしてます」

そうして田部と美月は固い握手を交わした。かつて同じテーブルに肩を並べて創作を学んだ間柄だ。なにかしらの絆《きずな》があるのだろう。研介はそんな二人を羨ましく思った。

田部はこれから懇親会に参加すると言って部屋を出た。

「田部さん、名刺をいただけますか」

研介はエレベーターに向かう彼に声をかけた。美月はトイレに立ち寄っている。

「有吉達也をよろしくお願いします！」

田部は頭を下げながら名刺を差し出した。

＊＊＊＊＊＊＊＊

日曜日のお昼前。すずらん通りの往来はスーツ姿のサラリーマンをほとんど見かけないがファミリーと思われる客がいつもより多くなる。親子で古本を抱えている姿は微笑ましい。ベルサイユ書房もいつも通りの客入りである。ミステリコーナーに津田刑事の姿を認めたので声をかけた。彼は手を挙げて応《こた》えると読んでいた本を棚に戻した。

「報告ついでに立ち寄らせてもらいましたよ」

「あれからどうでした？　進展がありましたか」

「それがですね……」

津田の表情に翳りが浮かんだ。

毒ポップ事件と呼ばれるこの騒動のことはニュースやワイドショーで取り上げられてい

たが、情報が少ないせいかさほどの規模にならず内容に物足りなさを感じた。古井盟尊はペンネームで本名は石河義尚《いしかわよしなお》というらしい。あれから彼の自供で新宿の潤万堂から例のポップとミドリサンゴの乳液が仕込まれた鉱文社の単行本が見つかった。それもニュースになったので知っている。

「古井は取り調べの中で、本人による犯行は二店舗だけであくまでも模倣犯だと言い張ってます。あれから各店舗の防犯カメラを調べたんですが古井らしい客の姿が映ってないんです。さらには毒が仕込まれたと思われる時間帯にアリバイが確認されているケースが、いくつか出ているんですよ」

ベルサイユ書房においても一月十日の毒ポップはたしかに古井の犯行だったが、研介が一月三日に発見したものは関与してないと主張しているらしい。年末の防犯カメラを調べても古井らしい人物の姿が認められなかったと津田は説明した。

「企業恐喝が目的ならグループ犯の可能性もあり得るな」

突然、背後から男性が割り込んできた。そろそろ振り返らずとも声で分かる。元刑事の竹中だ。津田も同じ警察の人間として敬意を向けているようでさっと頭を下げた。竹中がグリコ・森永事件の捜査に関わっていたことは伝えてある。

「もちろん古井の交友関係も徹底的に洗ってます。パソコンやスマートフォンのデータ、日記、メモ帳……そのうちなにか出てくるかもしれません」

津田もグループによる犯行を考えているようだ。

「古井の動機は？」

竹中はまるで相棒の刑事に問いかけるように津田に訊いた。

「文学新人賞の選評で酷評されたことに対する怨恨です」

彼も背筋を伸ばして淀みなく答える。

積年の恨み言を吐き出す古井の眼差しを思い出す。瞳の奥でどす黒い炎が揺らめいて禍々しい殺意と憎悪、そして狂気を放っていた。

「あれから鉱文社の本の売り上げはどうなっている？」

竹中が研介に向き直った。

「お客さんも相当に警戒しているみたいですね。うちでもまったく売れなくなりました。都内では撤去している店舗も多いみたいです」

毒ポップ事件は今のところ都内、それも二十三区内に限定されているようだ。しかし国内で刊行される本の大半は都内の書店で消費される。つまりターゲットをそこに限定しても充分に効果が見込めるというわけである。下手に遠方の書店に移動して犯行を重ねればそれだけ多くの痕跡を残すことになってしまう。犯人はそこまで計算しているのだろうか。

「どちらにしても大したものだ。あんなふざけた紙切れと誰にでも簡単に手に入る観葉植物から採取した乳液だけで大手出版社をどん底に叩き落としたんだからな。鉱文社の方に脅迫状は届いてないのか」

「今のところは報告がないですね」

「会社が報告してないだけかもしれないぞ」

「それはあり得ますね」

津田は竹中に同調した。

「どうして被害を受けている鉱文社が脅迫状を隠すようなマネをするんですか」

「会社にとって表沙汰にできないことで脅されているかもしれないだろう。内部スキャンダル、脱税に粉飾決算にインサイダー、収賄、総会屋に暴力団。あれだけ大きな会社なんだ。叩けば埃も出てくるだろうよ」

「なるほど。そうなると会社はどう対処するんですかね」

「極秘裏に犯人サイドと交渉、示談金を渡して事態の収拾を図るだろうな。この手の交渉を専門とするプロもいる。会社としては今の状況を長引かせたくないはずだ。これ以上続けば、業績に響くからな。早いうちに犯人に終息宣言を出してもらって口を閉ざす。会社としても好ましくない情報を握っている犯人に捕まってほしくないだろう。そうなると真相は闇に葬られる可能性がある」

さすがはグリコ・森永事件に関わっただけのことはある。読みが鋭い。

「まあこれくらいのことは警視庁さんも想定済みだ。そうでしょう？」

津田もうんうんとうなずいている。

そのときだった。

栗山と美月が研介たちを素通りしていった。二人とも張り詰めた表情で顔が青ざめていた。研介が声をかけたが二人は答えることなく女性誌コーナーに向かった。栗山が雑誌の一つを指さしている。研介たちも彼女らに近づいた。その雑誌は付録付きなのでページが開かないよう本体を輪ゴムで留めてある。そのゴムに一枚のカードが挟んであった。

「触らないで！」

津田が前に出て雑誌に触れようとしていた美月を制する。彼は白手袋をはめると輪ゴムを外してページをめくった。

「ここだ」

津田が険しい顔でページを美月たちに示した。化粧品の広告ページだったが染みが広がっている。言うまでもなくミドリサンゴの乳液だろう。そして今回もやはり鉱文社だった。それも今日発売なので、今朝栗山が平台に並べたばかりだ。

「これで三回目か。犯人はベルサイユ書房が業界に影響力を持っている書店であることを知っているようだな」

竹中が研介にそっと耳打ちをした。

「たしかにそうですね。ターゲットになった店舗は大手の本店や旗艦店、またはうちみたいにカリスマ書店員がいる中小店です。つまり犯人は出版業界に詳しい人間ってことかな」

「多分な。犯人はどの書店を狙えば効果的であるか知悉《ちしつ》している」

「業界の人間かもしれませんね」

この業界に身を置くのなら少なくとも本を愛しているはずだ。そんな人間が本に毒を盛るなんて信じられない。しかし全員がそうだとは限らないのだ。中にはただの商品としてしか見ていない者もいるだろう。

「それにしてもマズいことになったな。鉱文社の本や雑誌を置いている限り、この店は犯人のターゲットであり続けるぞ」

「そんな理不尽な悪意に屈しませんよ、うちの書店は！」

つい興奮して声を荒らげてしまった。周囲の客たちの視線が集まる。研介は咳払いをして注意を逸《そ》らした。

「栗山さん、すぐに店長に報告してきて」

美月が指示すると栗山はそのまま店の奥に駆けていった。それから間もなく剣崎が現れる。津田は彼女に問題の雑誌を差し出した。それを見た剣崎はただでさえ鋭い瞳に火のような怒りの色をみなぎらせた。研介はごくりと唾を飲み込む。彼女の迫力に気圧されたのか津田ですら半歩後ずさった。

剣崎は美月に向き直った。彼女は頬を強ばらせて背筋を伸ばした。

「直ちに閉店して鉱文社のすべてを撤去しろ。これ以上、リスクを冒すことはできない。実に無念だ！」

剣崎は踵を返すとバックヤードに戻っていった。その後ろ姿は敗戦の失意を抱えたまま帰国する騎士のようだった。

「津田さんと言ったな」

竹中は津田に声をかけた。「古井はどうしてる？」

「勾留中です」

津田は弱々しい口調で答えた。

「つまり今回はヤツの犯行ではないということだな」

津田がうなずくと同時に彼の携帯電話の着信が鳴った。彼はすぐに電話を耳に当てた。

「はい、津田……マジですか！　すぐに行きます」

電話をしまうと津田は顔を大きく歪めた。

「どうしたんだ」

「またポップが見つかりました。リブレロン池袋店です。私は今から現場に駆けつけます。ポップと雑誌は触らないようにしておいてください。所轄の刑事がこちらに向かってますから」

彼は研介たちに指示するとそのまま店を出て行った。

「美月さん……撤去するんですか」

「こうなってはやむを得ないですね。なによりお客さんたちの安全が第一です。ただちに閉店の準備に入って下さい」

それからスタッフたちは手分けをして客たちに頭を下げて臨時閉店を告げた。全員を店から出すのに十五分以上かかった。竹中も「また来る」と言い残して去って行った。

スタッフたちはシャッターを下げた店内で鉱文社商品の撤去作業に入った。大手版元だけに点数が多い。鉱文社の文庫コーナーも棚一つ分あるので、すべてを撤去すると閑散としてしまい、今までと比べて大いに見劣りする。空いた棚をどうするか、それも考えなければならない。

「はぁ……また一仕事ですね」

栗山が途方に暮れたように大きく息を吐いた。

「そう言えば……」

「どうしました、日比谷さん」

彼女が研介を見る。

「毒ポップが見つかったとき……三回とも竹中さんが居合わせたなあと思ってさ」

「つまり、竹中さんが犯人なんですか。でも動機は？」

「自分がかつて関わったグリコ・森永事件を再現したかったとか」

「なんでそんなことをするんですか」

彼女が仕事を続けながら苦笑した。

「ミュンヒハウゼン症候群って知ってる？」

「いいえ。初めて聞く病名ですね」

研介は栗山にそれについての説明をした。

ミュンヒハウゼン症候群とは虚偽性障害に分類される精神疾患の一種である。周囲の関心を引くために仮病を使ったり、ひどい場合は自傷したりする。病名の由来は「ほら吹き男爵」の異名をとったドイツ貴族であるミュンヒハウゼン男爵にちなんでいる。この病名を知ったとき、研介はこれをネタにミステリを一本書こうと構想を温めていたのだ。

「すごい！　日比谷さん、物知りじゃないですかぁ」

「似たようなケースに自分で放火して、火消しに奔走して周囲の賞賛を集めようなんてのもある。年末に江東区で起きた放火事件がそうだったでしょう」

こちらもニュースやワイドショーでかなり話題になっていた。幸い死者は出なかったが、民家三軒を全焼する火災だった。

「知ってますよ！　火の中に飛び込んで子供を救出した男性が実は放火犯だったっていう事件ですね。マッチポンプにもほどがありますよ」

栗山はゆるい笑いを漏らした。

「竹中さんもそうじゃないだろうか」

「え、ええ⁉　つまりどういうことですか？」

彼女が仕事の手を止めて信じられないという顔を向けた。

「竹中さんはかつてグリコ・森永事件で刑事としてのプライドを粉々に打ち砕かれている。いつかは汚名返上したいという強い思いがあったはずだ」

「名誉挽回ですね」

だから今でも古書店を回っては事件の資料を漁っている。

「まさか、竹中さんが今回の事件を引き起こしているって言うんですか？」

研介はうなずいた。

「リベンジを願ってもそうそう似たような事件が起こるわけじゃない。そこで年末の放火魔のように自作自演することにしたんだよ」

「でも竹中さん自身が犯人では汚名返上どころじゃないですよ」

「犯行をくり返していればいずれ模倣犯が現れる。書店を見張ってはそいつが出てくるのを待っていたのさ。自分で取り押さえて手柄を立てるつもりだったんだ。ところが美月さんに先を越されてしまった。彼女が古井盟尊の犯行を見抜いたとき、竹中さんの顔に浮かんだのは感心ではなく屈辱だった。それに古井が警察に連行されたとき、竹中さんはあの男が真犯人ではないと気づいていたようなことを臭わせていたんだ。自分の犯行なんだから古井が犯人じゃないって知ってるに決まってるよな」

ミュンヒハウゼン症候群は虚言を本人にとっての真実に置き換えてしまうという。どんなに誇大妄想的な虚言を並べ立てても後ろめたさを感じるどころか、本人もそれが真実であると思い込んでいく。だからあの元刑事はあんな迫真性のある表情ができるのである。演技ではなく妄想に近いのだ。

「本当は自分一人の力で捕まえたかったんだよ。そうすることで自分が理想とする優秀な刑事に近づける」

刑事や消防士といった道に進む人たちは正義感が人より強い傾向にあるはずだ。そしてその気質はヒーロー願望、いわゆるヒロイック・シンドロームにつながる。自己顕示欲を満たすために常軌を逸した行動に走ってしまうのだ。「そんな妄想に陥ってしまうほどにグリコ・森永事件は彼の心に大きな傷を与えたんだ」

「三十年前のトラウマが竹中さんを狂わせたということですか」

「どう？　僕の推理は」

「日比谷さん、すごぉい！　よくそんなこと思いつきますね。さすがはミステリ書きだわ」

栗山が拍手をした。研介は「よし！」とガッツポーズを決めた。

我ながら画期的な真相である。このネタで書けば受賞できそうな気がしてきた。

「こらっ！　そこっ！　口よりも手を動かせ」

突然、剣崎の声が飛んできた。二人は慌てて仕事に戻った。

＊＊＊＊＊＊＊

昨日は日曜日だというのに早々と店を閉めて鉱文社の撤去作業を余儀なくされた。昨日のうちに作業を終わらせることができたが、売り場で働くスタッフたちはいずれも沈痛な面持ちである。

「剣崎店長、なんとかお願いします！　撤去だけはご勘弁ください」

鉱文社営業の森口が剣崎に土下座をしそうな勢いで頭を下げている。まだ開店したばかりなので店内は客がまばらだ。

「私だって断腸の思いで決断したのだ。店長として客とスタッフを守る責任がある」

そう告げる剣崎の顔に、敗戦で陣地の明け渡しを決断する国王のような苦渋が色濃く滲んでいた。森口もそれ以上はなにも言えないようで唇を噛みしめている。店頭に並べられなければ本や雑誌も売りようがない。森口たちの悲鳴も痛いほどに分かる。ダメージを負ったのは出版社だけではない。印刷会社や取次、作家やイラストレーター、写真家など本作りに関わったすべての人たちである。どんな傑作を生み出しても書店に並ばなければ絵に描いた餅にもならない。

「今は耐えるのだ。事件が解決したらすぐにでも復帰させてやる。そのとき我らベルサイユは全力を挙げて貴社の援軍となろう」

剣崎の台詞《せりふ》はいちいち仰々しいが、あれはあれで気骨と思いやりのある店長なのだ。他店が早々に鉱文社商品の撤去を決定する中、二回も毒ポップを仕込まれておきながら販売を継続した。悪意に屈せず、出版文化を守ろうとしたのだ。リスクを案じたスタッフの一人が撤去を進言したとき「なにかあれば責任はすべて私がとる」と、自決も辞さないと言わんばかりの眼差しを向けた。

しかし三回目ともなるとさすがに話は変わってくる。あのポップが犯人からの最後通牒《つうちょう》だとすれば、それを無視することで次はなにが起こるか分からない。撤去は警察も支持していたし、スタッフの大半も賛同した。美月も今度ばかりはやむを得ないと受け入れた。

「棚が淋しくなっちゃいましたね」

研介は美月に言った。

「なんとかしなくてはなりませんね」

彼女は棚を眺めながら腕を組んだ。

他社の本で埋め合わせようにも棚は出版社別、作家別、またはジャンル別になっている。そのカテゴリーを無視すれば客は本を見出しにくくなる。本の陳列にも書店員たちのこだわりがあるのだ。本の大きさ、タイトル、デザイン、そして内容。何気なく置かれているように見えてもその位置や見せ方は、客の動線や目線を配慮して考え抜かれたものである。だから棚が空いたからといってむやみに埋め合わせるわけにはいかない。ポップだけでなく陳列による演出もベルサイユ書房の売りなのだ。

「あのぉ……」

男性の声がしたので振り返るとくっきりとした青色が目に入った。常連客の一人である青のセーター姿の中年男性だ。

「なにかお探しですか」

研介は男性に笑みを向けた。職場に慣れてきたこともあって営業用のスマイルが自然に出せるようになっていた。

「『恋愛書肆』は売り切れたんですか？」

「えっと……八神純子の作品ですよね」

八神純子は若い女性たちに人気の高い恋愛小説家だ。そう言えばこの男性はベルサイユに立ち寄るたびにその小説を立ち読みしていた。研介も読んだことがある。タイトルにある書肆とは書店のことで、書店を舞台にしたラブストーリーだ。

買えばいいのに……という思いを心の中に留める。

「申し訳ございません。現在、鉱文社の全商品を撤去しておりまして……」

「ああ、そっか。あれは鉱文社の本でしたね。他の書店にも置いてないですよね」

「そうですねぇ。ご存じの通り、あんな事件があったものですから他のお店も撤去したと聞いております」

「はぁ……買っておけばよかったな」

男性は頭をクシャクシャと掻きながらため息をついた。

そうだよ、買っておけばよかったんだよ……もちろん、口にはしない。

「すみませんでした。また出直してきます」

男性は小さく頭を下げると出口の方に向かって行った。その途中、知り合いだろうか、赤いセーターの女性が彼を呼び止めた。そのまま二人は話をしながら店を出て行った。

「さて、どうしましょうかね」

研介は空いた棚に向き直った。美月も考え込むように棚を見つめながらレイアウトを模索している。

「こんにちは」

今度は聞いたことのある女性の声がした。研介と美月は振り返る。声の主は天知純香だった。

「ご足労お掛けして申し訳ありません」

「いえいえ、こちらこそ。祖母のことでお世話になってます」

美月と純香は交互に頭を下げている。

「それで大河内富三郎さんが戦後も生きのびていたというのは本当なんですか」

「はい。電話でお伝えしたとおりです」

あれから美月は電話で有吉達也のペンネームを持つ田部竜也から聞いた話を純香に伝えたという。

「実はまだその話をおばあちゃんにしてないんです。あのとおりの認知症ですし、この話をすればますます混乱するんじゃないかとそれが心配なんです」

「私もそう思います。亡くなっているとずっと思い込んでいた人が実は生きていたという事実を知るのは、死に別れるよりもずっとショックかもしれません」

研介も美月の言うとおりだと思う。事情が事情とはいえ裏切られたような気持ちになるかもしれない。

「はい。おばあちゃんは富三郎さんの死を受け入れてから七十年も過ごしてきましたからね。今さらそれを覆されるというのは酷《こく》だと思います。その富三郎さんとも対面を果たせないわけですから二重の悲しみになります」

「『桜の往復書簡』の作者がみすずさんの手紙を勝手に引用してしまったことを謝罪した

いと申しております」

「どうりであの二人の手紙の巧拙の落差が大きかったわけね。おばあちゃん、あんな素敵な文章を書いていただなんて知りませんでした」

純香はフワリと微笑んだ。頬にえくぼが浮かんでいる。笑うとチャーミングだなと思った。

「富三郎さんの手紙も心を揺さぶる文章でしたね。それに比べて孫の方ときたら……」

美月もクスリと笑った。

田部はコラムやルポルタージュのような記事ならいいが、小説家としてはまだまだ修業不足だろう……と、人のことを言える立場でもない。作品が未熟なのは研介も似たり寄ったりだ。

「これは有吉から送られてきたものです」

美月は一枚の写真を差し出した。昨夜、田部が添付メールで画像データを送ってきたという。それを葉書サイズの高画質用紙にプリントアウトしたものだ。印字されている年月日を見ると二十年ほど前のものである。そこには一人の男性が立っていた。見た目から六十代後半だろう。映画俳優のようにスラリとした長身だ。こちらを向いて微笑んでいる。

「この男性が有吉達也の祖父、生前の大河内富三郎さんです」

純香は美月の声が耳に入っていないようだ。張り詰めた表情で写真に見入っている。心なしか写真を持つ指が震えているように見える。

「天知さん」

しばらく純香が固まってしまったので研介は彼女の名前を呼んだ。何度か呼びかけると彼女は我に返ったように顔を上げた。わずかに呼吸が乱れているようだ。

「私、この方を知ってます」

「会ったことがあるんですか」

突然、純香は右手の甲を差し出した。ピンクに変色したケロイドが皮膚を引きつらせている。先日も気になった火傷の瘢痕だ。

「私が小学校低学年だった二十年以上前の話です。実家が火事に遭ったんです。隣家が起こした火災がうちにまで広がったんです。両親は外出中で、私はおばあちゃんとお留守番でした。私はリビングでテレビを見ていたんですがいつの間にかうたた寝してました。やがて息苦しさと火の熱さで目が醒めました。廊下から私の名前を呼ぶおばあちゃんの叫び声が聞こえました。おばあちゃんも別室でお昼寝をしていて火に気づいて廊下に出たようです。木造だったので火の回りが早くてあっという間に私は炎と煙に巻かれました。窓から逃げようにも怖くて体が動かない。そのうちおばあちゃんの咳き込む声も聞こえなくなって、私はもうダメだと思いましたね。そのとき男性が部屋の中に飛び込んで来たんです。その人は私を抱きかかえると廊下に出ました。途中、気絶しているおばあちゃんを背負うと炎と煙の中をくぐり抜けて外に飛び出しました。私たちはこうして助かったんです」

「その男性が写真の人ですか」

純香は確信を込めた強い眼差しでうなずいた。

「消防の人が駆けつけてきたときその人は姿を消してました。その後も名乗り出る人もなかったのでその男性がどこの誰だったのか分かりませんでした。おばあちゃんは気を失っていたので記憶がないようですが、私はその男性の顔を忘れません。命の恩人ですから」

純香の瞳がキラリと光ったと思ったら瞼から涙の滴がポロポロとこぼれ落ちてきた。すかさず研介はハンカチを差し出した。

「上京した富三郎さんはみすずさんの住所を突き止めていたんですね。その頃にはみすずさんも結婚されて新しい生活を始めていたんでしょう。だから決して声をかけなかった。みすずさんも特攻機の墜落で顔に大けがを負った富三郎さんを認識できなかったんでしょう。でも富三郎さんはずっとみすずさんを見守っていたんですね。そして命がけで彼女とその孫を救った……」

美月はしんみりと言った。

「二度も命を捧げようとしたんですね。一回目は戦争で、二回目は火事で。それなのにおばあちゃんときたらなんにも知らないんだもの」

純香は止めどなく溢れてくる涙を拭いながら声を震わせた。ハンカチがぐっしょりと濡れている。

「みすずさんに真実を伝えるかどうかはお任せします」

「ありがとうございます。とりあえずどうするかは両親とも相談したいと思います。ただ、私は富三郎さんにお礼を言いに行きます。おばあちゃんの分まで何度でもありがとうと伝えたいです」

彼女は鼻をすすると涙目で微笑んだ。

「分かりました。有吉から富三郎さんのお墓の場所を聞いてお伝えします」

「それにしても本屋さんって不思議な場所ですね。七十年の時を経て二人をつないだんですもの」

純香は涙で落ちたマスカラを気にしながらハンカチで目元を拭った。

「ベルサイユ書房は神保町のパワースポットですから。ねえ、美月さん」

三人の笑い声が店内に流れた。

＊＊＊＊＊＊＊

有吉達也こと田部竜也の自宅アパートはＪＲ西荻窪駅から徒歩十分程度の場所にあった。年季の入った物件で、六畳の部屋に申し訳程度のダイニングがついている。研介の住んでいるアパートと似たり寄ったりだ。本に支配されているところもそっくりである。部屋は本棚に囲まれて棚に収まりきらない本が畳の上に山をいくつも作っている。それらはきちんと整理して置かれているので乱雑で汚れたという印象はない。古風な読書青年の部屋といった風景だ。

小説以外にも文学論や創作論といった本も多い。そしてなにより文学新人賞のマニュアル本が多いのも作家志望者の特徴だ。窓際のテーブルの上の大型モニタには文章で埋められたテキストエディタが表示されている。研介が訪ねてくるまでずっと執筆していたのだろう。

本の山の隙間に小さな丸テーブルが置かれていて田部と研介はそこで向き合っていた。

「昨日、辻原……天知みすずさんのお孫さんがうちの店に来られました」

研介はそのときの様子を簡単に説明した。

「そうだったんだ。みすずさんには無理でもお孫さんには謝罪したい。それにうちのじいちゃんの手紙も読んでみたいな。どんな言葉を綴っていたんだろう」

「ま、まあ、読んでみるのもいいかもしれませんね」

田部の創作した手紙とは比べものにならない。読めば田部はショックを受けるかもしれない。あの二人の往復書簡をそのまま本にすれば今ごろベストセラーになっていたのではと思うほどだ。

「それで俺に頼み事があるんだってね？」

「はい、そうなんです。すみません、夜分遅くに」

研介は頭を下げた。テーブルの上には研介が持ってきた缶ビールが載っていた。田部は缶に口をつけながら研介を見つめている。研介も口に含んだ。

田部には昨日の夜、電話を入れてアポを取った。今日、仕事を終えてそのままここに立ち寄ったというわけである。時計を見ると八時を過ぎようとしていた。

「実は山村正夫記念小説講座の過去のテキストを見せていただきたいんです」

「過去っていつの？」

「五年、それ以上前かもしれません。ほら、田部さんが話していた美月さんの作品です。墜落する飛行機の中で殺し屋とパラシュートを奪い合うみたいな物語ですよ」

「ああ、あれね。たしかあれは五年以上前になるね。ちょっと待ってな」

田部は本の山の中を捜し始めた。山の一つに山村正夫記念小説講座のテキストがある。一年を四期に分けてそれぞれにテキストが出るので五年以上ともなると二十冊を超える。田部は律儀にすべてのテキストを保管しているようだ。

「あったよ」

捜し始めてから十分後、彼は六冊のテキストをテーブルの上に置いた。年号を見ると五年前と六年前のものだった。

「美月さんが教室を辞める直前まで提出していた作品だよ。全部で六話。それぞれ百枚ずつあるから合計六百枚か。充分一冊の本にできる分量だね」

原稿用紙六百枚といえば一般的な小説一冊分の分量である。目次のページを開くと美月の名前が目に入った。彼女は『ストロベリー・オン・ザ・クリーム』というタイトルの作品を書いている。注釈には「連作短篇の第一話」とある。それから他のテキストも時系列順に確認してみた。

『柿色の女』
『ピーチプレイ』
『禁じられたリンゴ』
『嘘つき葡萄酒』
『初めての接吻』

美月はこれらを六期、一年半にわたって提出していた。

「殺し屋とパラシュートの争奪戦になるのは第五話だったよ。あれが一番印象に残っているから覚えているんだ」

そう言って彼は『嘘つき葡萄酒』のページを開いた。彼の言うとおりそのシーンが書き込まれていた。

「だけどどうして美月さんの作品を読みたいの」

「それは……僕も書店員として彼女のようなポップを書けるようになりたいと思いまして。実は『桜の往復書簡』のポップを僕が書くことになったんです。あんな人を惹きつけるポップを書く美月さんがどんな小説を書いていたんだろうと興味を持ったんです。そこになにかヒントがあるかもしれないでしょう。ただ本人に読ませてほしいといえば断られちゃうのは間違いないですから田部さんにお願いに伺ったというわけです」

「なるほど。研究熱心だな。でもそういう熱意は同じ物書きとして嬉しいな。君が僕の本のポップを書いてくれるわけだしね」

「これらのテキストをお借りしてよろしいでしょうか」

研介が願い出ると田部は腕を組みながらうなり声を上げた。

「こういうのって門外不出なんだよ。別に君を疑っているわけじゃないし、俺も人のことを言えるような立場じゃないんだが、盗作されてしまうリスクはゼロじゃない。申し訳ないけど貸したりコピーさせることはできないね」

「やっぱりそうですよね」

研介は落胆を呑み込んだ。彼の言うことは間違ってない。研介自身、断られることも想定はしていた。

「でも、ここで読むだけならいいかな。うちの教室は見学者もこのテキストを読むことができるわけだから」

研介も土曜日の見学でテキストに目を通した。それだけならOKと解釈してもよさそうだ。

「分かりました。でも全六話の六百枚ですからそれなりの分量があります。これから仕事帰りにここに寄らせてもらってもいいですか。執筆の邪魔はしませんから」

「君にはいいポップを書いてもらいたいからな。ここで恩を売っておくよ。ただメモや撮影はNGだからな」

「ありがとうございます！　それともう一つお願いがあるんですが……」

「ああ、分かってるさ。美月さんには内緒だろ」

田部がニヤリと笑った。

＊＊＊＊＊＊＊＊

美月がなにやら倉庫兼控え室に設置されたパソコンのモニタを熱心な様子で眺めている。

「なにを見ているんですか」

研介は後ろから画面を覗き込んだ。そこには店内の映像がサムネイル状で映っていた。防犯カメラの映像だ。日付を見ると一月十二日とある。鉱文社の女性雑誌から毒ポップが見つかった日だ。時間もちょうど犯行の直前である。この映像はＤＶＤにダビングして警察が持っていった。彼らも映像をチェックして怪しい客を割り出そうとしているのだろう。あれから津田からは捜査進捗《しんちょく》の報告は入ってこない。忙しいのか書店にも顔を出していない。

「今回もやはり防犯カメラの死角ですね。犯人はそれをきちんと計算しているんですね」

研介は映像を眺めながら言った。美月もうなずく。

思えば古井盟尊が毒ポップを仕掛けた本の置き場所は防犯カメラの視界内だった。模倣犯に過ぎない彼は真犯人ほど警戒心が強くなかったようだ。

「でも店の中に入らなければ犯行を起こせないわけだからこの映像のどこかに必ず映っているはずですよ。すべてのカメラを素通りして店に出入りすることは不可能ですから」

たしかに美月の言うとおりだ。店の出入り口はカメラに記録されている。店に出入りするためにはここを通過する必要がある。客の出入り口は一つしかない。

「スタッフの方はどうだったんですかね。全員指紋を採られたじゃないですか」

研介は彼女に尋ねた。従業員はさらに数日にわたって何度も事情聴取を受けている。犯人扱いされているようで不愉快だというスタッフも少なくない。警察は従業員犯人説を真っ先に想定したのだろう。この手の事件の犯人は案外身内に潜んでいたりするのは現実も小説も同じなのかもしれない。捜査のためにミステリ小説を熱心に研究している津田なら一番最初に考えたに違いない。

「日比谷さんはうちのスタッフを疑っているんですか」

美月は画面を見つめながら素っ気ない口調で言った。

「そんなことありませんよ。もちろんみんなを信じていますとも。ただどうなのかと思っただけです」

「警察から報告がありませんから窺い知れませんけど、一切の私情を排除して言うならばその可能性だって捨てきれませんね。ただ私もここのみんなを信じてますよ。みんなはベルサイユ書房を愛してますからね。鉱文社に対する復讐心があったとしてもお店の名を汚すようなことはしないはずです。普段の仕事ぶりを見ていれば分かりますよ。犯人は絶対にうちのスタッフではありません」

最後は口調を強めた。研介も同感だ。ここの連中がそんなことをするはずがない。みんな店を、そしてなにより本を愛しているのだ。

美月は映像に映った一人の男性に注目しているようだ。帽子を目深に被っているので顔立ちがはっきりしない。紺色のロングコートを羽織っている。体格は中肉中背といったところだ。

「この客が怪しいんですか」

「犯行現場が映っているわけではないのでなんとも言えないですね。ただ男性なのに女性誌の方に向かっているんですよ」

たしかに男性は女性誌コーナーに向かって歩いている。しかしコーナーはレンズの外なので彼の姿も画面の端から消えた。

「そうですね。だけど女性誌コーナーを通り抜けるとホビー雑誌コーナーですからそれかもしれませんよ」

研介が指摘すると美月はホビー雑誌コーナーの映像を映した。

「本当だわ。ここで立ち読みしていますね」

帽子の男性は雑誌を開いていた。表紙から自動車雑誌のようだ。女性誌に向かったのもただ単にそこを通過しただけだ。この時間はまだ開店後間もないので客はまばらである。一人一人を検証していけば犯人を割り出すことができるのではないか。もちろん警察もそれをしているはずだ。ただ客たちは不特定多数の存在だけに映像から身元を特定するのは困難だろう。警察もそれに苦心しているのかもしれない。

「それはそうと日比谷さん」

美月は椅子をくるりと回して研介に向き直った。今日は朝から彼女の態度が素っ気ないというかよそよそしい。先ほどから気になっていたのだ。

「なんですか」

「私になにか隠し事してませんか？」

彼女は射抜くような眼差しを向けて言った。

「べ、別に隠し事なんて……してませんけど、多分、はい」

しどろもどろで答える。彼女は目を細めてしばらく研介を見つめていた。

美月の小説を読んでいることが知られてしまったのだろうか。火曜日に田部に願い出てから三日間、仕事帰りに彼のアパートに出向いてテキストに目を通した。昨夜読了したばかりだ。ばれるとすれば田部が告げ口したとしか考えられない。

美月には内緒にすると言っていたのに！

「栗山さんと一緒にビブリオカレーに行ったでしょう」

「へっ⁉」

研介は間抜けな声を返した。

「私は誘ってくれないんですね」

「い、いや……そういうわけではないですけど」

想定外の展開にどう応じていいのかすぐには思いつかなかった。

「仲がいいですもんね、栗山さんとは。彼女、チャーミングで可愛いし。なんたってまだ二十歳だから若いですよね」

淋しいような怒っているような複雑な表情になった。

もしかしてヤキモチを妬いている？　それとも年齢のことが気に障ったのか。美月は若く見えるが二十八歳で研介より三つ年上なのだ。

ホワイトボードに貼られたシフト表をチラリと見ると今日の昼休みは彼女と時間が一致する。

「よかったら一緒にランチしませんか」

研介が誘うと沈んでいた美月の表情が少しだけ持ち直した。駄々をこねたことを恥じたのか頬が赤くなっている。

「いいんですか、こんなオバサンと」

照れ隠しだろう、皮肉を返す。

「まあ、お嬢さんとは言いませんよ。それでなにを食べたいですか」

「ビブリオカレーにまた行きたいです」

「また？」

「先日、行ってみたんですよ。一人ぼっちで」

美月は当てつけるように言って笑った。美月はカレー屋巡りをしているほどカレー好きだと栗山が言っていたことを思い出す。

「それはごめんなさい」

「先代の『すずらんカレー』もよかったけど新しいお店も美味しかったです。半額クーポンをもらったんだけど期限が今日までなんですよ」

「半額クーポン？　あの店主、僕たちにはくれませんでしたよ」

「先代の開店記念日だそうです。あの店主さんは先代さんのことをリスペクトしているみたいですね」

先代である足立源太郎は伯父であると店主が言っていた。すずらんカレーを閉めて今では釣り三昧の生活を送っているという。打ち込める趣味を持つことは大切なことだと思う。仕事だけが生きがいだと定年などで一線から退けば心の拠り所を失ってしまう。それが原因で鬱《うつ》病になってしまう男性も少なくないと聞いたことがある。作家業は定年がないのでその点は安心だ。作家デビューできなければ縁のない安心だが。


それから昼休みになって研介は美月と連れだってビブリオカレーに向かった。職場を出るとき栗山が恨めしそうな顔でこちらを見ていたのが少々気になったが。

「おやおや、また来ていただけたんですね。ありがとうございます」

店主の足立秀敏が研介たちを見て嬉しそうに言った。今日はカウンターが埋まっている。クチコミで広まったのだろう。美味しい店は立地に恵まれなくてもグルメたちが見逃さない。客たちはいずれも味にうるさそうな雰囲気だ。ブログやSNSにアップするつもりなのだろう、料理をデジカメで撮影している者もいる。二人はしばらく順番待ちをしてカウンターに腰掛けた。

「お二人はお知り合いだったんですね」

足立は水の入ったコップを二人の前にそれぞれ置いた。

「同じ職場なんですよ。それはそうと繁盛しているじゃないですか」

「おかげさまで。カレーマニアで有名なブロガーさんがブログで取り上げてくれたんですよ。インターネットのクチコミってすごいですね。次の日には店の外に列ができてましたから」

「それだけ美味しいということですよ。僕たちもまた来ちゃいました」

「ありがとうございます」

また食べたくなる味というのも本当だが、美月が半額クーポンを持っていたことも大きい。前回手書きで簡素だったオーダー表もきちんとした印刷物に新調してあった。ランチは二時半までとある。店はその後三時から休憩のための閉店に入り、五時から夜の部という形で再開するとある。二人は店の定番メニューを注文した。店主はさっそく鍋に向き直った。

「ここの店主は読書家ですよね。本のラインナップで分かりますよ」

研介は本棚を指さした。奥の方の壁には店主と先代の写真が貼りつけられている。がっしりした体型の先代に比べると足立は華奢で色白でひ弱に思える。

「そう思うとここのカレーの味はどことなく文学的な気がします」

「文学的な味ってどういう味ですか」

「美味しいとか美味いとかそういう端的な言葉ではなくて、もっと文学的な描写でなければ表現できないような深みのある味といったところですかね」

「ああ、なるほど。でも味を描写するって難しいですよね。ビジュアルや音と違って読者がイメージしにくいです。味覚ほど好き嫌いの分かれる感覚はありませんしね」

「本来、味覚って口から有害物が入るのを防ぐセンサーなんですよね。その感覚を楽しみや幸せに置き換える。そこが人間と動物の違いだと思います」

美月の話を聞いて動物は味覚を楽しんでないのかなと思った。面白い着眼点だ。いつかそのネタを小説に使わせてもらおう。研介は心の中にメモをした。

「カレーと言えば『カレー・オブ・ザ・イヤー』が鉱文社でしたね」

先日の騒動で鉱文社の商品はすべて撤去した。『カレー・オブ・ザ・イヤー』も例外ではない。

「あれだけ復帰させようと思うんですよ」

と美月が言った。

「えっ！　そうなんですか」

研介が驚くと調理中の店主がこちらを見てニコリと微笑む。彼にとってもあの雑誌は必要だ。

「だって神保町はカレーの街じゃないですか。それなのにあの本を置いてないなんてどうかと思うんです。実際、あの本だけはお客さんから復帰の要望が多いんですよ。実は店長の了承も取りつけてあるんですよ。明日から展開しようと思ってます」

他にもカレー本があるにはあるが内容の充実度は『カレー・オブ・ザ・イヤー』の比ではない。もはやカレー本の絶対的権威である。読者の信頼も大きいのだ。

「犯人に目をつけられませんかね」

「展開すると言っても今回はこっそりですけどね。ポップもつけないし目立たないようにするつもりです」

撤去前は大きなポップが派手に躍っていた。あれは美月ではなく栗山の作品だ。美月のアドバイスを参考にしたと彼女が言っていた。

ベルサイユ書房では「鉱文社商品撤去の実施」という内容の案内を店内のところどころに貼りつけてある。犯人もそれを目にすれば滅多なことではベルサイユ書房に立ち寄らないだろう。犯行現場に戻るということは犯人にとってもリスクが高い。防犯カメラの映像や指紋を残さないところから相当に警戒心の強いことが窺える。そんな犯人なら書店への再訪にリスクがあることくらい分かっているだろう。鉱文社の本を一冊くらい置いても気づかないに違いない。

「たしかにうちの店でカレーは外せませんよね。あと鎌倉拓三の作品も！」

「そうですよね。鎌倉拓三が撤去されたらショックだわ」

「もっとも撤去以前に並ばないじゃないですか」

「たしかに」

美月が苦笑する。

「そう言えば区立小学校のすぐ近くに矢追書店ってあるじゃないですか。あそこに鎌倉のシリーズが全作揃ってましたよ」

「本当ですか⁉　全作なんて珍しいですよね」

美月は少し驚いたような顔をした。目にすることすら滅多にないのに一堂に揃うことは奇蹟に近い。

「といっても買っていく人がいるのか怪しいですけどね」

彼女の笑みがどこか自嘲気味に見えた。その笑みに研介はピンと来るものがあった。

「おまちどおさまでした。ゆっくりお召し上がりください」

研介が話を続けようとしたとき、二人の目の前にカレーが置かれた。

「おお！　待ってましたぁ！」

研介はスプーンを手に取るとひとすくいして口の中に含んだ。

「めっちゃ美味いです！」

思わず声がほとばしる。

「日比谷さん、物書きなんですからもっと文学的に描写してくださいよ」

美月が意地悪な顔を向けて言った。

「そ、そうでしたね！　ええっと……」

さっぱり浮かんでこない。やっぱり味覚の描写は難しい。

「お客さん、カレーが冷めちゃいますよ」

二人のやり取りを眺めていた足立が洗い物をしながら愉快そうに笑っていた。

＊＊＊＊＊＊＊＊

午後三時の時報を聞くと決まって睡魔に襲われる。しかし今日はそうならない。なぜなら剣崎店長が売り場に出ているからだ。彼女は棚にはたきをかけて埃を落としている。はたきを振る店長など最近の新刊書店ではあまり見かけない風景だし、そもそも彼女は滅多に売り場に姿を見せない。しかもその表情にはこれから決闘に赴く剣士のような緊迫感が漂っている。そんな彼女に睡魔の片鱗でも見せようものなら首を刎ねられてしまいそうだ。

ミステリコーナーでは津田刑事の姿が見えた。先ほど捜査の進捗を尋ねたが「捜査上の秘密」ということで言葉を濁された。容疑者の目星がついているのかすら研介には読めなかった。そして竹中も来店している。彼はそっと研介に近づいてきた。

「どうして鉱文社の本を置くことにしたんだ」

彼の言う本とは『カレー・オブ・ザ・イヤー』である。美月の予告通り、昼過ぎからグルメ本コーナーの平台に五冊ほど積まれた。撤去前は多面展開していたのだが、さすがに控えている。店内において鉱文社の商品をすべて撤去した旨のアナウンスがなされているが、『カレー・オブ・ザ・イヤー』の版元までいちいち気にしてないのだろう、客からも今のところクレームは出ていないようだ。グルメ本コーナーではベージュの帽子にコート姿の男性が立ち読みをしている。

「神保町はカレーの街じゃないですか」

研介は昨日ビブリオカレーで美月が言ったのと同じことを言った。竹中は「そうだよな」と素直に納得している。研介は栗山に話した自分の推理を思い浮かべた。ミュンヒハウゼン症候群による自作自演。彼の現れるところに事件は起こる。

「なんだよ？　なんでそんな目で私を見るんだ」

「い、いえ……すみません」

猜疑心《さいぎしん》が顔に出てしまったようだ。研介はすかさず視線を逸らした。竹中は鉱文社の本が置かれていることを知っている。これから彼から目を離すわけにはいかない。なにが起こるか分からないのだ。

「前と同じだな」

「なにが同じなんですか？」

「店の空気だよ。張り詰めているだろ」

もし彼が真犯人なら今まで捕まらなかったのはその勘の鋭さにあるのかもしれない。美月に似た、見えないものを見通せる千里眼のような。

「例の女性店員に、あの警視庁の刑事。それにあの男みたいな店長。明らかになにかを警戒しているぞ。君は聞いてないのか」

「さあ……聞いてませんよ」

店長からも美月からもそんな話は出ていない。栗山をはじめとするスタッフたちも同じだ。しかし竹中が指摘するように美月はどことなく緊張しているように思える。一見平常業務のようだが動きが微妙にぎこちないのだ。竹中に言われて初めて気がついた。そして津田もときどき本から顔を上げて周囲に注意を配っている。言われてみれば立ち読みをしているふりをしているといった様子だ。店長に至っては売り場に出ていること自体が不自然である。

「なにかが起こるぞ」

「なにかってなにが起こるんですか」

「そんなの知るか。でも分かるんだよ。今からここでなにかが起こる。元刑事の勘がそう告げているのさ」

竹中の言葉はあまりに出来すぎていてにわかに信じられない。優秀な刑事でありたい、市民のヒーローでありたいという願望が彼に幻想を、いや、妄想を見せているのではないか。ますますこの元刑事から目を離せない。彼は『カレー・オブ・ザ・イヤー』に毒ポップを仕込むかもしれないのだ。

「動いたぞ！」

突然、竹中が研介を肘で突いた。

「えっ⁉」

美月、津田、そして剣崎が一斉にグルメ本コーナーに詰め寄った。そして津田が立ち読みしている男性の片腕を取り押さえた。周囲の客たちの視線が集まる。竹中が向かったので研介もあとを追った。津田に腕を押さえられた男性は帽子を目深に被っているので顔が見えない。しかしこの男性に見覚えがあった。昨日の昼前に美月が見ていた防犯カメラの映像に映っていた中肉中背の男だ。コートは色もデザインも違ったが帽子は映像と同じだ。アウトドアショップで扱っているレインハット。この帽子、どこかで見たことがあるなと引っかかったがすぐには思い出せなかった。その帽子の庇《ひさし》の陰に見え隠れする顔は、体型のわりに輪郭が細く色白だった。

突然、剣崎がはたきで男性の帽子の庇を振り上げた。帽子は天井高く飛んで男性の顔が露わになった。

研介の知っている顔がそこにあった。

＊＊＊＊＊＊＊＊＊

津田たちは直ちに男性を連れて応接室に移動した。彼を奥の椅子に座らせて周囲を刑事と美月や店長、そして研介で固めた。男性はうなだれることなく真っ直ぐな眼差しを刑事に向けていた。口角はほんのりと上がって微笑んでいるように見えた。

「昨日、うちに来たのは僕をおびき寄せるためだったんですね」

彼は美月に向かって静かに言った。その表情に怒りや失望は浮かんでいなかった。かといって開き直っているとか投げやりになっているようにも見えない。そして彼の言っている意味がよく分からなかった。しかし美月は「そうです」とはっきりと答えた。

「どうして僕だと分かったんですか」

「あなたはミスを犯しました」

「ミスを？」

男性は心当たりがないといった様子で首を傾げた。

「まずは毒ポップを仕込んだ雑誌についた汚れです」

「汚れ？」

男性と研介の声が重なった。

染みではなく汚れ？　ミドリサンゴの乳液のことではないのか。

「あの騒動のとき、表紙の隅にほんのわずかですけど茶色いソースのようなものが付着してました。犯人は指紋を残さないようおそらく手袋をはめて犯行に及んでいる。茶色いソースはたぶん袖あたりについていたのでしょう。犯人はそれにきづいていなかった。私はそう考えたのです」

男性は口元を手で覆った。美月はさらに続ける。

「そしてあなたの帽子です。同じものを私はあなたのお店で見ました。写真ですよ。先代が被っていたでしょう。きっと譲り受けたものですよね、足立秀敏さん」

男性はビブリオカレーの店主だった。華奢な体型の彼が中肉中背に見えたのはコートの中にセーターを何枚も着込んで着ぶくれを起こしていたからだった。それとベージュのレインハット。研介も今になって思い出した。写真に写っていたすずらんカレーの店主・足立源太郎が魚釣りで被っていたものとまったく同じだ。そして言うまでもなく茶色い汚れとは彼の店のカレーソースだ。当日の彼の服装は紺色のロングコートだった。今日のようなベージュならともかく、紺色では袖への付着に気づかなかったのだろう。

「たまたま立ち寄ったカレー屋さんで同じ帽子を見つけた。そしてその先代は鉱文社の『カレー・オブ・ザ・イヤー』と少なからずの因縁がある。私はそれからあなたの伯父さんである足立源太郎氏について調べました。今は都内の病院に入院されてますよね」

「え？　釣り三昧でお元気じゃないんですか」

研介は思わず口を挟んだ。

「とんでもありません。先代は閉店をきっかけに容態が悪くなり現在も入院生活を余儀なくされてます。私はご本人とご家族に話を聞きに行きました。すずらんカレーの大ファンで何度も通いましたから源太郎氏も私のことを覚えていてくれましたよ。やはりあの本の記事は誤報だったみたいですね。いわゆる風評被害です。先代は秀敏さんに自分が守ってきたカレーのレシピを継承させるつもりだったそうです。しかしその夢も打ち砕かれた。源太郎氏はすっかり塞ぎ込んでました」

そう語る美月の表情はとても淋しげだった。

「伯父は仕事一筋でしたからね。魚釣りもたまにする程度で打ち込めるような趣味なんて本当はありません。生きがいを奪われてひどい鬱になってしまったんです。訴訟も考えましたが症状がさらに悪化するかもしれないからとドクターストップがかかりました。鉱文社は伯父だけじゃない、僕の夢をも潰したんです。技術を磨いて伯父を納得させることができたらレシピと調理法を教わる約束だった。僕はすずらんカレーを受け継ぐつもりで頑張ってきました。血の滲む思いをしながらやっと伯父に認めてもらえた直後にあの記事です。心底憎かったですね。絶対に許せなかった。伯父があんな状態ですから僕が復讐することにしました。すずらんカレーと同じ苦しみをあの出版社に味わわせてやりたかったたんです。風評被害の怖さをね」

足立はギラギラした憎悪の光を瞳にみなぎらせながら声を震わせた。

「足立さんは疑惑を逸らすために伯父さんは釣り三昧だとか、元気でやっているとか嘘をついたんですね。そうか……ターゲットにする書店の選別からして出版業界に詳しい者の犯行じゃないかと思っていたけど、あなたは相当の読書家だ。業界に対する関心や知識もあったはずだ」

ターゲットとされた店舗はいずれも業界において影響力が強い。カリスマ書店員の在籍する書店となると業界に詳しくなければ知りようがない。それに該当するのはそこで働く者ばかりではない。作家志望者や読書愛好家たちがそうである。

美月が一枚のポップをテーブルの上に置いた。マジックペンで書き込まれているがいつものそれとメッセージが違う。

「今日で最後にするつもりだったんですよね」

「充分にお灸《きゆう》を据《す》えましたからね。鉱文社を倒産にまで追い込むつもりはありません」

足立は静かにポップの上に指を置いた。

そこには『鉱文社　ゆるしたる』と書かれてあった。グリコ・森永事件と同じメッセージだ。

「締めくくりは『カレー・オブ・ザ・イヤー』にすると決めてました。あれこそ本丸です。

でも都内ではほとんどの店で撤去されてしまいましたからね。お客さんがあの本を復帰させると話しているのを聞いて、終息宣言はベルサイユ書房にしようと決めました。随分迷惑を掛けてしまった書店ですから幕引きもここでと思ったんです。本当に申し訳ありませんでした」

足立は膝に手を当てると深々と頭を下げた。

「頭を上げよ」

突然、剣崎が彼に声をかけた。

「貴様は革命を起こそうとした。しかしそれは見事に失敗に終わったわけだ。時代が時代なら貴様は間違いなくギロチン送りだ。妙に物分かりのよい現代に生まれたことを神に感謝するんだな。それに貴様は一つ大きな勘違いをしている」

足立は顔を上げて剣崎を見つめた。

「貴様の師匠が今回のことを喜ぶと思うか、愚か者が！　貴様はすずらんカレーの看板に泥を塗ったのだぞ。この騒動で溜飲を下げているのだとしたら単なる自己満足でしかない。お前は弟子としても人間としても失格だ。そしてなによりカレー職人としてもだ。覚えておけ。人の思いは味覚を変える。憎んでいるとき疑っているときに食べた物はどんな美味でも半減だ。最高の調味料は空腹だけじゃない。それを作る者に対する信頼だ。私は金輪《こんりん》際《ざい》、貴様の作るカレーを決して美味いと思わないだろう。それが本当は美味かったとしてもだ」

剣崎の言葉がギロチンとなったように足立はガクリとうなだれた。

「さあ、諸君。あとは警察に任せよう。我々は忙しくなるぞ。なんといっても鉱文社の本をすべて復帰させるわけだからな。残業を覚悟しろ」

剣崎は美月と研介に向かって手を打った。

研介は天井を見上げてため息をついた。

それは大変だ。

＊＊＊＊＊＊＊

研介は棚を眺めながら店の中を歩いていた。本が揃った棚は久しぶりな気がする。この二日間で鉱文社の本や雑誌をすべて棚に戻したのだ。店の出入り口に一番近い、いわゆる一等地の平台は「鉱文社特集」と題して鉱文社専用のコーナーとした。

今やニュースやワイドショーは鉱文社の話題で持ちきりだ。毎日のようにレポーターやカメラがこの店に入ってくる。剣崎店長がテレビに映ると男装の麗人ぶりがネット上でも事件以上に話題となり、彼女を生で見ようと野次馬が殺到した。店長の帰宅時にはスタッフが総出で彼女を取り囲んでマスコミや野次馬を振り払いながら、彼女をアストンマーテインの駐めてあるパーキングまで送るのだ。こんな浮世離れした姿も話題になっている。ここ数ヶ月でノブエ事件で騒がせたりと、ベルサイユ書房は日本で一番有名な書店になった。今日は修学旅行生が店の前で記念撮影をしていた。

あれから足立秀敏は犯行をすべて自供した。いくつかは古井盟尊をはじめとする模倣犯による犯行だったが、本店や旗艦店などの大型店やカリスマ書店員が勤務する店舗は足立の犯行だ。大きく下落していた鉱文社の株価も今日は少し持ち直したという。他店でも一斉に鉱文社の本を棚に復帰させておりその作業に大わらわである。まったく書店員泣かせの事件であった。もちろん実害の多くは鉱文社だが、誤報を掲載してすずらんカレーを閉店に追い込んだ非は彼らにある。足立源太郎はいまだに入院中で復帰の目処は立っていないのだ。鉱文社の社長が源太郎の病室に見舞いに赴いたとニュースになっていた。

「それにしてもたった一枚のポップで一企業をあそこまで追い込んでしまうんだから風評被害って怖いよな」

今日も竹中が姿を見せた。思えばここで本を買っている姿を見たことがない。

「うちも今回のことで防犯カメラを増設することになりましたよ……って予算の都合で一台だけですけど。店長はケンザキ製菓のご令嬢のくせしてこういうとき財布の紐が固いんですよねぇ。それはともかく今回はグリコ・森永事件のようにはなりませんでしたね」

「美月美玲さんか。あんな女性が当時俺たちと同じ刑事だったら迷宮入りはなかったかもしれない」

竹中は少し悔しげだった。

美月は自分の推理を事前に剣崎と津田に伝えてあったようだ。情報漏れを防ぐためにも知っている人間は最小限がいいという津田の指示もあって研介らには知らされなかった。彼らは『カレー・オブ・ザ・イヤー』を台に置いてから見張っていたという。足立が犯人と目星をつけていた美月はカレー店が休憩に入る午後三時から五時の間に姿を見せるだろうと推測していた。彼はさっそく三時に現れたというわけである。

——竹中さん、ごめんなさい。

研介は心の中で謝った。彼のことをミュンヒハウゼン症候群呼ばわりして犯人だと疑っていたのだ。トンデモ推理にもほどがある。さすがに本人には言えない。でも次回作のネタにするつもりだ。

「今度、美月さんを呼んで飲み会をしないか」

「三人で、ですか」

「あの刑事も呼んでやろう。グリコ・森永事件の捜査状況を記した日記を持ってくるよ。表に出てない情報もたくさん書いてあるぞ。俺としてはこれまでの調査から犯人を五人までに絞り込んであるんだ。それを彼女に読んでもらって犯人を推理してもらうのさ」

「それってまずいんじゃないですか」

警察とはいえ公務員である。その手の情報に対しての守秘義務があると聞いたことがある。

「真相を知らずにこの世を去れるかよ」

「まだまだお若いですよ。歯もしっかりしているようだしあと三十年くらいは生きられるんじゃないですか」

「ステージフォーだ」

「はい？」

「末期の胃がんだよ。先週、見つかった。長くて半年だって医者に言われた」

そんなこと言っても見た目は健康そのものに見える。顔色も肌つやも同年代の男性よりずっと健全だ。

「ま、またそんなこと言っちゃって……」

しかし竹中の表情は変わらなかった。研介はそれ以上、言葉が出なかった。どんな顔をしていいのか分からなかった。

「やりましょうよ、飲み会」

突然、背後から女性の声がした。竹中と一緒に振り返ると美月が立っていた。

「私でよければその日記を拝見させてください。本物の刑事の執念の日記を読んでみたいです。その刑事がたどり着いた真相の一歩手前。犯人はきっとその五人の中にいると思いますよ」

「そうか。君もそう思うか」

「はい」

美月ははっきりとうなずいた。

飲み会は来週の土曜日と決まった。竹中はニコリと微笑むと「あの刑事にもよろしく」と手を振って店を出て行った。研介と美月はその背中を見えなくなるまで見送った。

「さてと……鉱文社も復帰したし仕切り直しですね」

彼女は腕をストレッチしながら言った。時間が早いこともあって客はまばらだ。

「美月さん、矢追書店に行かれましたよね」

研介は隣で指の関節を鳴らしている彼女の目を見ながら言った。

「矢追書店？　なんのことかしら」

彼女の瞳がゆらりと揺れた。研介から視線をサッと外す。

「とぼけないでください。鎌倉拓三ですよ。僕の本の上に果物を載せてきたでしょう」

「あなたの本？　どういうこと」

「あの書店に置いてあったのはすべて僕の本なんですよ。あそこの店長は知り合いなのでお願いして一時的に並べてもらったんです。先日連絡したら五冊すべてに載せてあったらしいですよ。紙のコースターの上にね」

「言っていることが分からないわ。どうして私がレモンを載せなきゃならない……あっ！」

美月がさっと口を手で覆った。

「やっぱり……。美月さんだったんですね。僕は果物とは言ったけどレモンとは一言も言ってませんから」

鎌倉拓三とレモンの関係を知っているのは、研介の他には古書店のごくごく一部の人間だけである。正確には文観書店と矢追書店の店主だ。他にレモンを置かれた古書店の店主も、どの本だったか気にしていない。今尋ねてもさっぱり覚えてないだろう。だから美月が知っているはずがないのだ。

彼女はバツが悪そうに唇を噛んでいる。

「僕はあなたに言いました。矢追書店に全作揃っているってね」

「私を罠に掛けたんですね。ずるいわ」

美月はキッと研介を睨んだ。実は矢追書店の鎌倉シリーズの置き場には、研介の用意した隠しビデオカメラが仕込んであった。しかしバッテリー切れで撮影が上手くいかなかった。だから彼女にカマをかけてみることにしたのだ。まさかこんな単純な手に引っかかるとは思わなかった。

「僕は鎌倉拓三の大ファンですからね。覆面作家の秘密はどうしても気になってしまいますよ。先日、山村正夫記念小説講座で田部さんとの会話にヒントを見出したんです」

「はあ……。あなたを連れて行くべきではなかったわ。まさか彼があんな昔の作品を口にするとは思わなかった」

研介は田部の会話を思い出す。

――ほら、ヒロインが墜落する飛行機から脱出するシーンのやつ！　殺し屋とパラシュートの奪い合いになる展開はすごかったなあ！

このシーンに既視感《きしかん》があった。それは鎌倉拓三の第五作、つまり現時点での最新刊『偽りのボジョレー・ヌーヴォー』のラストだ。ヒロインの乗った飛行機が墜落して殺し屋と対峙するシーンで終わる。続きは次巻でとなる。

「僕は田部さんにお願いして当時のテキストを読ませてもらいました」

「あ、あのテキストを読んだの⁉」

美月は眉をひそめた。

「もちろん外には持ち出してませんしコピーもしてません。田部さんの部屋で仕事帰りに、三日間かけて読ませていただきました。一話につき百枚で全六話の連作短篇でしたよね。読んでいる間はページをめくる指が止まりませんでした。でもやはり既視感がありました。それもかなり強烈なね」

反論するのを諦めたのだろうか。美月は黙って聞いている。

「鎌倉作品は長篇シリーズですから物語のスケールは比べようもありませんが、サイドストーリーやサブエピソードを排除していくと、登場人物の名前は変えられているものの連作短篇の展開とほぼ同じです。つまり教室に提出した六作品のテキストは完成作品ではなく、長篇のプロットだったんです。そして両者には大きな一致点があります。それはタイトルです……」

なおも美月は黙っている。研介は続けて鎌倉拓三の作品の五作品のタイトルを並べた。

第一巻『辛口ショートケーキ』

第二巻『柿木夫人の憂鬱』

第三巻『ピンクの遊戯』

第四巻『禁断の果実』

第五巻『偽りのボジョレー・ヌーヴォー』

そしてさらに教室に提出した連作短篇のタイトルである。記録は許されなかったので頭の中にしっかりと叩き込んでおいた。

第一話『ストロベリー・オン・ザ・クリーム』

第二話『柿色の女』

第三話『ピーチプレイ』

第四話『禁じられたリンゴ』

第五話『嘘つき葡萄酒』

第六話『初めての接吻』

「二つのタイトルはそれぞれ呼応してますよね。また短篇連作のタイトルを見て、一見なんの関連性もない鎌倉作品のタイトルのつながりが分かりましたよ。ショートケーキは苺、柿木夫人は柿、ピンクは桃、禁断の果実はリンゴ、そしてボジョレー・ヌーヴォーはぶどう。つまり一連のタイトルは果物つながりだったというわけです。そんな共通点でつながっていたなんて今まで気づきませんでした。鎌倉ファン失格ですね」

研介はおどけた苦笑いをしてみせたが、彼女は反応しない。黙ったままだ。

「そして短篇連作の第六話、つまり最終話の『初めての接吻』。この流れからいけば次に刊行される作品が最終刊となるのでしょう。でも第六話だけ果物の名前が出てきません。おかしいなと思ったのは最初だけ。もちろんすぐに気づきましたよ」

研介は胸を張った。美月はわずかに表情を緩めた。

「文芸書コーナーを見てください」

彼女は研介を促してコーナーに移動した。先ほどまで彼女は新刊を平台に並べていた。そこに矢印だけのポップが立っていた。平台の上にその本は一冊しか置かれていなかった。

「もう出てたんだ」

「明日が正式な発売日ですけどフライングです」

表紙には、

『ファーストキス』

とタイトルが黄色いフォントで打たれている。もちろん作者は鎌倉拓三である。つまりこれはシリーズ最新刊であり最終巻でもある。

「ファーストキスはレモンの味、ですよね」

「よくそう言われますね」

美月は素っ気なく答えた。

「そして覆面作家の鎌倉拓三は……美月美玲さん、あなたですよね」

研介の言葉に彼女はなにかを噛みしめるようにゆっくりとうなずいた。そのように推理をしていたが、ただの偶然が重なっただけの勘違いかもしれないという思いもあった。しかし本人は正解であることをはっきりと認めた。

衝撃も感動もなにもなかった。頭の中が痺《しび》れて実感が湧かない。敬愛して目標だった覆面作家の正体がこんな身近な、それも妙齢の女性だったのだ。

「どうしてレモンなんか置いて回ったんですか」

「ステマですよ」

「ステマってあのステマですか」

ステマとはステルスマーケティングの略語である。消費者に宣伝だと気づかれないように宣伝行為をすることだ。インターネットの掲示板で筆者が読者を装って自著の高評価なレビューをしたりするのはステマの一例である。

「次回作のタイトルの告知です。レモンならファーストキスを連想するでしょう」

「たしかにそうですけどっ！」

「でもこんなステマ、全然効果がないんですよねぇ。さっぱり売れません。そのうえ日比谷さんに覆面脱がされちゃったし、踏んだり蹴ったりです」

美月は大きなため息をついた。多くの作家をブレイクさせてきた彼女なのに肝心の本人が日の目を見ない。デビュー以来、低迷が続いているという。なんとも皮肉な話だ。

それが研介が追い求めていた真相。意外すぎるし……しょぼすぎる！

「だけど古書店に絞ったのはどうしてですか」

「だって新刊書店は防犯カメラがありますから」

彼女があっけらかんと答えたので思わず脱力した。たしかに古書店だとカメラを設置してないところも少なくない。一見設置されていてもダミーだったりする。前にバイトしていた珍本堂がそうだった。あの店長は元気だろうか。

研介は『ファーストキス』を手に取った。

「買います……っていつものように一冊しかないですね」

「本当はうちにもレモンを置きたかったんですけど即日で日比谷さんが買っちゃうから

……」

「それは悪かったですね。じゃあ今回は見送りますよ」

研介は平台に本を戻した。

「買って下さい！　お願いします！」

美月は本を取り上げるとさっと差し出した。

研介は笑った。周囲の客の視線を集めても声を上げて笑った。

自分は彼女の貴重な読者なのだ。そしてなにより彼女の新作を世界一楽しみにしている読者は自分なのである。

「あのぉ、すみません」

突然、背後から声をかけられた。慌てて笑いを止めて振り返ると中年の男女が立っている。

「はい、なにか？」

研介と美月は男女と向かい合った。女性は赤いセーター、そして男性は青いセーター姿だった。常連客だ。

「このポップを書かれたのはどなたですか」

「どちらのポップでしょうか」

研介たちは女性に促されてヤ行作家のコーナーに移動した。

「これです」

彼女は雨後のタケノコのように乱立しているポップの一つを指さした。

『まだ知らない、あなたたちの幸せはここにあります』

イラスト入りのそれは明らかに美月の作品である。人気作家が書いた恋愛小説にそのポップが掲げられていた。

「おかげさまで私たち、結婚が決まりました」

突然、赤いセーターの女性が満面の笑みを浮かべて頭を下げた。

「え、ええ……おめでとうございます」

……ってお二人はいったい誰？

「それは本当におめでとうございます」

隣で美月が小さな拍手をしながら祝福している。知り合いなのだろうか。

「きっかけはこのポップでした」

女性は照れ笑いを浮かべながら言った。ぽっちゃり体型で美人とはいえないが、笑うと頬にえくぼができるチャーミングな女性だ。長身の男性もそんな彼女を幸せそうに見つめている。物静かで実直そうな雰囲気。そんな二人は手をつないでいた。

「あっ！　このイラスト」

ポップには二人の男女のイラストが描かれていた。シンプルな線画であるがフランスあたりのイラストレーターが描きそうな味わいのある画風だ。二人はセーター姿で男性は青、女性は赤色だった。目の前の二人と同じである。

「私が彼に一目惚れしたんです。いつも彼は青いセーター姿で、この店で立ち読みしてました」

「たまには買ってるよ」

男性は照れくさそうに頭を掻いた。彼が立ち読みしていたのは『恋愛書肆』というタイトルで、書店で出会った男女が結ばれる恋愛小説だ。ポップには簡単な内容紹介もされている。鉱文社の全商品が撤去された日に男性は研介に「売り切れなのか」と問い合わせてきたことを思い出した。

そしてこの女性。帰り際に彼に声をかけていたので知り合いだと思ったがフィアンセだったようだ。それにしても結婚のきっかけがこのポップだったとはどういうことなのか。

「どうしてこの本を手に取ったの？」

赤いセーターの女性は男性に尋ねた。

「何気なくこのポップが目に入ったからだよ。青いセーターのイラストがなんとなく僕に似ているような気がしてね」

たしかに美月の描く男性のイラストは彼とどことなく似ている。

『恋愛書肆』の主人公も青いセーターを好んで着用していた。彼は小説の中に出てくる書店の常連客である。仕事帰りにいつもその書店に寄っては立ち読みをしていた。そんな彼に好意を向ける女性がいた。彼女もその書店の常連であり赤いセーターを好んでいた。そんな二人がひょんなことから意志を通じ合わせ結ばれていくまでが描かれている。

「妙に熱心に立ち読みしている彼を見て、私もその小説を買ってその日のうちに読みました。次の日には赤いセーターを着てここに来たんです。彼は『恋愛書肆』を立ち読みしてました」

「そのうち買うつもりだったんだよ」

二人のやりとりに美月が苦笑している。

「でもなかなか声をかける勇気が出せなくて」

「僕も赤いセーターの彼女のことを意識するようになりました。だって本の内容と似通ってますからね。運命めいたものは予感してました」

男性は顔を赤らめながらうつむいた。

「『恋愛書肆』が撤去された日、私は思いきって彼に声をかけたんです。その本を持ってますからお貸ししましょうか、と」

それがきっかけで二人は交際を始めることになり、つい先ほど彼は彼女にプロポーズをしたという。

「たしかにポップがきっかけですね」

研介はポップを眺めながら言った。

「よろしかったらこのポップを差し上げますよ」

美月はポップをスタンドから外すと二人に差し出した。

「ええ！　いいんですかっ」

女性が両手を組み合わせながら瞳を輝かせた。

「お二人をつないだ記念すべきポップですから。お二人が持っていてください」

「ありがとうございます！」

二人は心底感激したように声を弾ませるとポップを受け取った。そして何度も礼を言いながら仲良く手をつないで店を出て行った。

「やっぱりすごいですよ」

研介は二人の背中を見送りながら言った。

「なにがですか？」

「美月さんのポップです。人を動かす力がある」

「大げさですよ。たまたまあのポップが二人の幸せに結びついたんです」

「本当にそうですかぁ？」

研介は美月に向き直った。彼女は小首を傾げて研介を見上げる。

「どういう意味ですか」

「本当はあの二人を結びつけるためのポップだったんでしょ」

美月は女性が男性に好意を向けていることに気づいていた。そこで青いセーター姿の男性のイラストが入ったポップをつけて『恋愛書肆』を手に取らせる。男性はその物語に没入することで主人公の心理にシンクロした。女性は女性で物語になぞらえて赤いセーターを着用してきてヒロイン役として彼の目を引こうとした。そこから物語のようなストーリーが現実でも始まったのだ。そして二人が結ばれたことで終章を閉じた。

それらはすべて美月の手がけたポップによって幸福の運命は演出されていたのだ。

「さあ……どうなんでしょうね」

美月はエプロンの皺を伸ばしながらもったいぶった笑みを浮かべた。

「またまた」

「さて、仕事に戻らなくちゃ」

彼女は答えるつもりがないように研介から離れていった。

いつか作家になってデビュー作のポップを彼女に書いてもらうんだ。

ここはベルサイユ書房。

魔法のポップがお客さんを幸せにする書店。

解説

石坂《いしざか》　茂房《しげふさ》
（フリー編集者）

今度の舞台は神田《かんだ》すずらん通り。

と聞けば、本好きのみなさんはにんまりとすることだろう。言わずと知れた、日本一、いや世界一といわれる神田神保町《じんぼうちょう》書店街のメインストリートである。地図を確認せずに「神田の古本街」を目指し、JR神田駅で下車して途方に暮れたかたは少なくないはずだ。書店街のランドマークである三省堂《さんせいどう》書店が、利用者の声を反映して神田本店から神保町本店へ名称変更したのは平成十九年である。この物語の作者・七尾与史《ななおよし》も途方に暮れた一人であることは間違いあるまい。

平成二十二年に第八回『このミステリーがすごい！』大賞隠し玉、『死亡フラグが立ちました！』（宝島社文庫）でデビュー以来、「死亡フラグ」、「ドS」、「バリ3」など、世間に受け入れられつつある新語をタイトルに取り入れ、理不尽さ満点のユーモアミステリーを描くかと思えば、「山手線」を取材してふんわりお手軽トラベルミステリーを演出する。変幻自在に読者を翻弄する七尾与史である。「すずらん通り」とくれば、昨今流行した古書店モノの七尾版かと思いきや、いい意味で期待を裏切ってくれる。背後に回ってアカンベエをしている七尾与史の顔が目に浮かぶ。

本書の主人公・日比谷研介《ひびやけんすけ》は二十五歳のアルバイト古書店員。ミステリー作家になるという志を持ち、執筆の妨げになるからと就職はしなかった。浜松の両親には就職活動に失敗したと言ってある。お客さんは多くなく、店主が店に寄りつかない環境は執筆に最適だった。しかし、小説の出来はいまひとつどころか、何回投稿しても一次予選さえ通過したことがない。ある日、今日限りで店をたたむと店主に告げられ、呆然自失のうちに立ち寄ったこの老舗《しにせ》エリアにおける新規参入店「ベルサイユ書房」でアルバイト募集のチラシを見て早速応募、採用となるのだが……。

七尾作品では見慣れた光景ながら、「ベルサイユ書房」の従業員たちのキャラクターがまた濃い。副店長で横浜からヘッドハンティングされてきたカリスマポップ職人にして隠れ巨乳の美月美玲《みつきみれい》、おっとりしてみえる女子大生アルバイトの栗山可南子《くりやまかなこ》、オーナー兼店長の剣崎瑠璃子《けんざきるりこ》にいたっては、フェンシングの元国体選手であり、中世ヨーロッパおたくであり、言動は、アニメ化、舞台化されて大ヒットした池田理代子《いけだりよこ》のコミックス「ベルサイユのばら」の主人公・オスカルそのものである。業界最大手のお菓子メーカーのお嬢様である剣崎が好き放題にできる新刊書店、それが「ベルサイユ書房」なのだ。美月の書くポップ、すなわち平台に並べられた本の上に立てたり書棚に貼られているハガキ大の手書き広告は、独特のセンスの良さと売り上げにつながった実績から、大手出版社の販売部に一目置《いちもく》かれている。

この舞台の上で、様々な人間模様と人生の悲喜劇が交錯する。離れ離れになっていた母子の再会、初めてのサイン会に臨む新進作家、迷宮入り事件を抱えて定年退職した刑事、毒入りポップ騒動、戦争に引き裂かれた恋人、何者かによって古書店の本の上に置かれているレモン……。美月の手によるポップが、人々の心の奥にしまいこまれた引き出しを開けていく。研介もまた、オープン当日に「ベルサイユ書房」を訪れたとき、不思議なインパクトのあるポップに導かれ、無名の作家の小説に魅了された一人であった。

しかし、そこは七尾与史である。すべてのエピソードがお涙頂戴のストレートな人情話にはならない。デビューしてから五年と経たないのに、すでに七尾ワールドともいうべき世界観ができあがっている。そのキーワードは「意地悪」のひとことといえるだろう。世間ではこうあるべきと考えられていることを斜《はす》から眺める。まっとうといわれる真面目な生き方を茶化す。人間が心の底に秘めている反抗心を思い出させてくれるのだ。そう、小学生が好きな子を上から目線で詰《なじ》ってしまうように。そのねじれ加減は、ほとんどの読者にとって懐かしい香りがするはずだ。

ブラックユーモアという手あかのついた言葉よりはダークサイドユーモアとでもいえばいいのか。息苦しいまでにシニカルで理不尽な描写の根っこには、人間本来の温もりが垣《かい》間見《ま》える。日ごろの妄想からストーリーを発想し、構成として着想するときに三回転半くらいひねる。それは七尾与史本人が抱える繊細さ、純粋さの発露なのであろう。

本書の執筆にあたって、七尾与史は名の知られた書店員や、神保町界隈を取材したという。虚虚実実入り乱れた情報は、書店と出版業界を取り巻く現状のリポートであり、ストーリーの中にぴりりと効いたスパイスになっている。

作家や文化人に愛され続ける喫茶店「さぼうる」、「ラドリオ」はもとより、カレーの「ボンディ」、「エチオピア」、定食の「キッチン南海」は神保町の有名店だ。梶井基次郎《かじいもとじろう》の『檸檬《れもん》』をはじめ、実在の小説、作家もちりばめられている。

また、「取次」とは出版社と書店をつなぐ流通業者のことで、卸売問屋と考えるとわかりやすい。取次との委託販売制度によって、日本全国津々浦々まで本や雑誌は届けられ、書店は売れ残った本や雑誌を返品できる。返品が多いと出版社の利益が少なくなるので、販売実績のない書店が大量に発注しても数を減らされる。これが配本数である。汚れたり、破れた本は、返品できないのが原則だ。作中にあるように、作家のサインも汚れとみなされるので、返品できない。著名作家が亡くなると追悼コーナーができてすぐに売り切れるのも現実である。

研介が入塾を考えている「山村正夫《やまむらまさお》記念小説講座」は、都内にある小説道場だ。塾長であった推理作家・山村正夫が平成十一年に急逝《きゅうせい》、存続が危ぶまれたとき、その遺志を継いだ森村誠一《もりむらせいいち》が、名誉塾長に就任し、現在にいたっている。講義内容や年間スケジュール、テキストの提出手順など、本書で詳しく触れられている。臨場感あふれる教室内の描写は、自身が公言しているように、七尾与史が受講生だったからである。

浜松で歯科医を開業している七尾与史は、独りで投稿を続ける限界を感じ、新人賞を目指しているライバルはどんな奴らか見てやろう、プロの編集者の講評を受けて意見を聞いてみたいと考えて、受講を決めたという。

幸いなことに、申し込んでから四月の新年度開講までの間に、隠し玉デビューが決まっていたのだが、毎回通ってきていた。講義後の懇親会でも、積極的に受講生たちと酒を酌《く》み交わし、小説や映画談議で盛り上がっていた。その中から得たヒントが反映された著作もあるという。よほど水が合ったのだろう、複数の連載を抱えるOB作家となったいまも、節目の講義には必ず上京して出席している。

平成二十年以降、山村正夫記念小説講座からデビューした作家には、坂井希久子《さかいきくこ》〈平成二十年「虫のいどころ」で第八十八回オール讀物新人賞受賞〉、七尾与史、中村柊斗《なかむらしゅうと》〈平成二十二年『夢幻の如く』（廣済堂出版）〉、美輪和音《みわかずね》〈平成二十二年「強欲な羊」で第七回ミステリーズ！　新人賞受賞〉、川奈《かわな》まり子《こ》〈平成二十三年『義母の艶香』（双葉社）〉、成田《なりた》名璃《なり》子《こ》〈平成二十四年「やまびこのいる窓」で第十八回電撃小説大賞メディアワークス文庫賞受賞〉、深沢潮《ふかざわうしお》〈平成二十四年「金江のおばさん」で第十一回R－18文学賞大賞受賞〉、土橋章宏《どばしあきひろ》〈平成二十五年『超高速！　参勤交代』（講談社）〉などがいる。

　これも七尾与史の悪戯心なのだろう、本書の登場人物の中には受講生に似ているプロフィールが散見される。

「革のジャケットを羽織った小太りな男性」

「ふくよかに見えるのは元々の体格なのか、ダウンジャケットの厚みなのか、それとも両方なのか」

「変声期前の子供のような甲高い声のわりに濃い顔立ちの巨漢である」

　さらに「七尾良夫《ななおよしお》」はいうまでもなく、「丸塚丸子《まるづかまるこ》」は勘が鋭い読者にはお分かりだろう。「古井盟尊《ふるいめいそん》」は……いやこの辺りにしておこう。

　七尾与史に、なぜ書店を舞台に選んだのか訊ねてみた。デビュー作『死亡フラグが立ちました！』は、「死亡フラグ」という言葉を目にとめた秋葉原の書店が店頭展開し、小説文庫今週の第一位を獲得したことから、一気に火がついたのだ。恩返しの気持ちがあったのではないか。

「さあ、なんでですかね。担当編集者に言われたのかな。憶えてないですね」

　照れたように笑うだけで、煙《けむ》に巻かれた。繊細さゆえの返答だろうか。次回作でも新しい芸風を、もとい、作風をみせてくれるに違いない。いや、その前に、「ベルサイユ書房」の続編をお願いしたい。

あなたも自分自身を幸せにする魔法のポップを見つけませんか。
きっと七尾作品の上にちょこんと載っていますよ。

〈初出〉
「小説宝石」（光文社）
二〇一四年二月号、四月号、六月号、八月号、一〇月号、一二月号

光文社文庫

文庫オリジナル
すずらん通《どお》り ベルサイユ書房《しょぼう》
著 者 七《なな》尾《お》与《よ》史《し》

2015年4月20日 初版1刷発行

発行者 鈴木広和
印 刷 萩原印刷
製 本 ナショナル製本

発行所 株式会社 光文社
〒112-8011 東京都文京区音羽1-16-6
電話 (03)5395-8149 編集部
8116 書籍販売部
8125 業務部

ISBN978-4-334-76904-8 Printed in Japan

組版 萩原印刷

お願い　光文社文庫をお読みになって、いかがでございましたか。「読後の感想」を編集部あてに、ぜひお送りください。

このほか光文社文庫では、どんな本をお読みになりましたか。これから、どういう本をご希望ですか。

どの本も、誤植がないようつとめていますが、もしお気づきの点がございましたら、お教えください。ご職業、ご年齢などもお書きそえいただければ幸いです。当社の規定により本来の目的以外に使用せず、大切に扱わせていただきます。

光文社文庫編集部

◇◇◇◇◇◇◇◇◇◇◇光文社文庫　好評既刊◇◇◇◇◇◇◇◇◇◇◇

シンメトリー　誉田哲也
インビジブルレイン　誉田哲也
感染遊戯　誉田哲也
疾風ガール　誉田哲也
ガール・ミーツ・ガール　誉田哲也
春を嫌いになった理由　誉田哲也
世界でいちばん長い写真　誉田哲也
黒い羽　誉田哲也
クリーピー　前川裕
おとな養成所　槇村さとる
スパイク　松尾由美
ハートブレイク・レストラン　松尾由美
花束に謎のリボン　松尾由美
煙とサクランボ　松尾由美
鈍色の家　松村比呂美
西郷札　松本清張
青のある断層　松本清張

張込み　松本清張
殺意　松本清張
声　松本清張
青春の彷徨　松本清張
鬼畜　松本清張
遠くからの声　松本清張
誤差　松本清張
空白の意匠　松本清張
共犯者　松本清張
網　松本清張
高校殺人事件　松本清張
告訴せず　松本清張
内海の輪　松本清張
アムステルダム運河殺人事件　松本清張
考える葉　松本清張
花実のない森　松本清張
二重葉脈　松本清張